郝赫 ◎ 编著

怪侠欧阳德

北方联合出版传媒(集团)股份有限公司
春风文艺出版社
·沈阳·

Ⓒ 郝　赫　2012

图书在版编目（CIP）数据

怪侠欧阳德/郝赫编著. —沈阳：春风文艺出版社，2012.8（2024.8重印）
ISBN 978 - 7 - 5313 - 4174 - 1

Ⅰ. ①怪… Ⅱ. ①郝… Ⅲ. ①长篇小说—中国—当代 Ⅳ. ①I247.5

中国版本图书馆CIP数据核字（2012）第004305号

怪侠欧阳德

责任编辑	常　晶　姚宏越
责任校对	陈　杰
装帧设计	冯晓驰
幅面尺寸	145mm×210mm
字　　数	255千字
印　　张	9.5
版　　次	2012年8月第1版
印　　次	2024年8月第2次
出版发行	北方联合出版传媒（集团）股份有限公司
	春风文艺出版社
地　　址	沈阳市和平区十一纬路25号
邮　　编	110003
购书热线	024-23284402
印　　刷	永清县晔盛亚胶印有限公司印刷

ISBN 978-7-5313-4174-1　　　　　　　　　　定价：68.00元

常年法律顾问：陈光　版权专有　侵权必究　举报电话：024-23284391
如有质量问题，请与印刷厂联系调换。联系电话：024-23284384

目　录

楔　　子 / 1

第 一 回　洋神甫京都行奸计　清大帝宝殿护尊严 / 7
第 二 回　马德赖惑众毁孔庙　牛玉成执法封教堂 / 18
第 三 回　彭钦差挂印巡两广　黄镖头提刀镇三江 / 28
第 四 回　大侠客海南收弟子　小东方川西拜恩师 / 39
第 五 回　金印岭钦差失金印　黄花庄怪侠会黄花 / 53
第 六 回　老英雄醉上北丘寨　小蝎子笑闹璞球山 / 66
第 七 回　三义士勇战周应虎　二侠客智擒马道玄 / 77
第 八 回　怪侠客相邀五魁首　粉金刚诈降三杰村 / 88
第 九 回　尤四虎弄鬼成冤鬼　欧阳德装神戏财神 / 100
第 十 回　微山湖群雄小聚会　璞球山众寇大逃亡 / 111
第十一回　彭钦差遇难金陵府　怪侠客巧探西皇庄 / 122
第十二回　嘻嘻嘻小爷耍知府　哈哈哈大侠戏郡王 / 133
第十三回　马道青天涯寻杀手　宋仕奎就地骗钦差 / 144
第十四回　西皇庄怪侠斗怪客　东帝岛善人逢野人 / 157
第十五回　父与子两上弈秋嶂　师和徒首探画春园 / 169
第十六回　西皇庄怪侠擒反叛　绍兴府钦差会豪杰 / 182
第十七回　南霸天夜追三剑客　粉金刚日会九花娘 / 197

第 十 八 回	娇滴滴美女戏徐胜	羞答答奇男救武杰 / 209
第 十 九 回	赛毛遂盗帕遭不测	粉金刚求药动真情 / 223
第 二 十 回	怪欧阳三请魔侠女	贤黄花两劝桑玉薇 / 234
第 二十一 回	高楼山三僧会三剑	青剑岭洋鬼遇洋神 / 249
第 二十二 回	欧阳德火烧耶稣阵	高通海水淹神机营 / 260
第 二十三 回	怪侠客石击马德赖	南霸天镖打白起龙 / 273
第 二十四 回	拜老祖古刹小相会	朝天子金殿大封官 / 287

楔 子

话说清朝入关立国,定都北京。开国君主顺治皇帝在位一十八年,暴病而卒。临终时传位于皇三子爱新觉罗·玄烨,取年号康熙。康熙皇帝八岁登基,十四岁亲政。他内除鳌拜、外抗沙俄;平息三藩王、扫灭噶尔丹。从此之后,天下太平。

连年征战过后,康熙皇帝不敢喘息。他又传下数道圣谕:废除圈地、减轻赋税、疏通黄河、奖励垦荒,使国家渐渐富足起来。

这日清晨,静鞭三响,钟鼓齐鸣。文武大臣,排列两旁。康熙皇帝在内侍太监、宫娥彩女的簇拥之下,迈步登上金銮宝殿。他左手轻扶龙书案,右手捻须笑道:"吏部尚书李光地听旨。"

"臣在,参拜万岁、万万岁。"李光地甩开马蹄袖,紧走几步跪倒在丹墀,三叩九拜:"不知万岁有何吩咐?"

"李爱卿,你身为吏部,执掌百官。朕有一事,想与你商量。"

"臣不敢当。请传圣谕。"

"据朕所知,自从商、周、秦、汉、唐、宋、元、明以来,钦天监衙门都是只设监正一职,别无其他官员。而今,天象气候涉及万物,朕欲在钦天监增设监副一员,你看如何?"

"圣意英明，早当如此。臣即刻办理手续，准备发凭放饷，令其尽快上任。"

"李爱卿，监副一职，当为几品？"

"钦天监监正是正六品，监副当为从六品或正七品较为适宜。"

"七品？"康熙皇帝犹豫片刻，摇头笑道："历代各朝对天象气候都不够重视，钦天监的地位也历来不高。而今非昔比，当注重科学。依朕之意，钦天监监正可晋为正五品，监副可定为从五品，不知李爱卿意下如何？"

"遵旨。"李光地心想：按大清官制，官员共分九品，每品又分正、从两级，共为九品十八级。头五品为高级官员，有资格参与国家大事。后四品为普通官员，对国事无权过问。尤其是五品与六品之间，虽一级之差，待遇却很悬殊。如今，圣上将钦天监有意提高，其中的奥妙，我自然明白。

书中交代：古时的钦天监相当于现代的总天文台，是个掌管天文气象的学术机构。早在上古时期，中国对天文气象就很有研究，并且取得过一定的成果。先秦、两汉时，朝中设立太常寺，其职能是掌管宗庙祭祀，兼理天文气象。中唐玄宗时，科学文化逐渐发达，随之增设"司天台"，从此有了管理天象的专门机构。元、明两朝，又将司天台改称"钦天监"，监内设监正一名，负责管理行政事务。至于其他工作人员则一律被称做"郎"，类似现代的研究员、工程师，属于"业务干部"，只有"职称"，而无品级。

康熙是位博学多才的皇帝，他不仅在政治、军事、经济方面很有韬略，而且对自然科学也有一定的研究。他曾派人将西方学者利玛窦编著的《几何原理》翻译成满文，供自己与皇室子弟学习。同时他还将西方传教士白晋、安多等人请进皇宫，让他们讲解西方的天文和历法。通过这些活动，康熙对西洋的文化知识有了初步了解,并对他们的先进科学倍加赏识。

且说在一个多月之前,钦天监的学者们测量出了一片浓密的云层,并断定这片云层会带来一场狂风暴雨。这个结论是一致的,可是在降雨位置上却发生了严重分歧。两派学者各执己见,互不相让,最后请监正公断。钦天监监正叫吴明恒,此公举人出身,忠厚老实,办事勤恳。怎奈他只懂得政务,不懂得科学,所以难辨是非,不敢擅自做主。为了尊重两派学者,吴监正请他们各具其词,连同自己的报告一起上交翰林院。翰林院是个贤能聚集的地方,官员们大多出身三鼎甲。这些大文豪对社会科学了如指掌,对自然科学却是似懂非懂。按理说,他们与钦天监并无隶属关系,这事可以不管。但是文人们的自尊心很强,觉得钦天监看重他们,就该为钦天监拿些主意。几位大学士一商量:当今圣上注重民情,又对天文气象很内行,干脆写份奏折,请圣意裁决吧。

康熙皇帝收到折本之后,果然十分重视。他立即指派吏部大臣李光地陪同英吉利著名天文学家南怀仁先生同往钦天监进行考察。南先生不愧是位大学者,他经过观察和推测之后,准确地指出了云层位置,并断定京西七十里一带将有一场特大的暴风雨。康熙皇帝用人不疑,当即传旨令京西一带做好防洪准备。不出所料,百年未遇的特大水患果然在京西七十里发生了。由于当地早有预防,所以损失较轻,死人无几。这件事情的经过,满朝官员人人皆知,吏部尚书李光地更是一清二楚。

书归前言。康熙增设监副、提高钦天监品级之意,李光地心领神会。他顺着皇帝的心思奏道:"据臣所知,钦天监监正吴明恒办事认真,勤勤恳恳,并且很有政绩。由他一人管理事务足矣。至于从五品监副一职,是否当从学者中选拔?"

"李爱卿所奏甚合朕意。由学者充任监副,钦天监将更有成效。依爱卿之见,当派何人担负此职?"

"钦天监内贤才甚多,待臣考察之后,再向圣上推荐。"

"李爱卿,朕已选好一人。由他担任监副最为合适了。"

"不知是谁?"

"英吉利学者南怀仁!"

"啊?"李光地微微一愣。他万没想到皇帝选中了一个外国人来当清朝官员。康熙见他沉默无语,不由得笑道:"李爱卿,你身为吏部大臣,切不可墨守成规呀!"

"万岁,此举尚无先例,请万岁三思。"

"没有先例的事多着呢!朕意已决,速传南先生金殿听封!"

"且慢!"文官班中走出一人,他不顾君臣大礼,口中喊道,"此举万万不可,前车之鉴,历历在目。洋人心怀叵测,久欲犯我大清,岂能让他任我五品官!"

"噢?"康熙低头一看,见喊叫者不是别人,正是当朝第一重臣、和硕亲王兼武英殿大学士索额图。索额图的父亲名叫索尼,隶属满洲正黄旗。早年,索尼扶保清太宗皇太极南征北战,东挡西杀,立过不朽的功劳。皇太极驾崩时,任命索尼为顾命大臣,负责照管年方六岁的顺治皇帝。索尼受命于危难之中,对皇室忠心耿耿,直到累死任上。康熙初年,召索尼之次子索额图为近身侍卫。索额图为人机警,才华出众。他曾协助康熙铲除了奸相鳌拜,又曾挂帅印北征俄罗斯、西扫噶尔丹,战功显赫,名噪当时。康熙根据他父子两代的功劳,又根据他本人的才华,对索额图倍加重用,封他为和硕亲王兼武英殿大学士,职位相当于历朝宰辅。索额图不负皇恩,在军政建设、治国富民等方面都曾大力协助过康熙皇帝。他对康熙的一些重大决策历来支持,鼎力照办。今天他却挺身而出,反对起用南怀仁,实属出人意料。此时此刻,金銮宝殿鸦雀无声,众大臣暗想,索亲王是位举足轻重的人物,现在他说话了,准有热闹看吧。唯有康熙心中有数,他对索亲王笑道:"御弟,朕欲加封南怀仁先生为钦天监监副,你敢抗旨吗?"

"万岁,奴才斗胆不敢抗旨。不过,您屡屡告诫过大臣,为君者,当善听逆言,不可自负。既然如此,奴才愿进一言……"

"详情奏来。"

"据奴才所知,我中华地大物博,洋人久欲图谋不轨。远的不说,顺治年间,荷兰兵船屡次侵我东海……"

"哈哈,"康熙仰面大笑,"御弟呀,南怀仁先生是著名的学者,他可是一艘兵船也没有呀!"

"学者?嘿嘿,奴才还记得,南明永历元年,西藩传教士毕方济也自称学者,他曾率教徒三百名,明中传教,暗中插手华夏内务,致使朝廷有令难行……"

"结果呢?"

"结果?当然被驱逐出境!"

"着!"康熙皇帝从龙椅站起,他面色严肃,将手一挥,"天下之大,列有万国,万国竞争,各有所长。我大清坐统中原,若故步自封,将无疑困厄!为此,朕演西洋之算学,习藩人之历法,又将天文、地理拿来我用,旨在富我神州、强我民族,百利而无一弊,又何乐不为?至于洋人中暗隐奸徒,乱我内务者,则另当别论。其一待蠢动,当迎头痛击!"话到此处,康熙重新坐下,笑道:"御弟,民间有句俗话叫做'不可因噎废食',这个道理你不会不懂吧?"

"这……"索亲王觉得脸上发烧,连连点头,"万岁,圣意英明,奴才明白了。"

"明白就好。还要御弟助我一臂之力。"康熙说罢,又对大臣们问道:"诸位爱卿,谁还有本,从速奏来。"

文武大臣早已心悦诚服。康熙传旨,宣南怀仁金殿见驾。

南怀仁生于英吉利伦敦城,早年毕业于剑桥大学物理学院。有人问:当时有剑桥大学吗?当然有啦。剑桥大学创建于公元

楔子

1209年，到康熙时已有四百多年历史了。南先生毕业后，曾游学欧洲列国，是当时著名的天文学家。他十分愉快地接受了中国皇帝的封诰。到职以后，不问政治，只是运用西洋科学知识。他首先改建了观象台，制作了六件巨大的天象仪。这些仪器在后来发挥了很大作用。时至今天，六件观象仪还陈列在首都北京城的古代观象台上！

天文学十分奥妙，编书人弄不懂，它又与情节无关紧要，故不再细表。

有分教：殖民主义者无孔不入，他们见中国皇帝重视西洋科学，便欲乘此机会捞得利益。殊不知，圣主英明，民心难辱。朝野上下，共抗洋教！

野史说部，亦真亦假。本篇楔子讲的是史实，由史实又演化成一部评书。书中有位怪人，他穿怪服、怀怪艺、说怪话、行怪事，使用怪兵器，铲除怪恶之徒。人称他为"怪侠"，怪得可爱，怪得可笑。若问如何怪法，且看正文，自有分晓！

第一回　洋神甫京都行奸计
　　　　　清大帝宝殿护尊严

　　话说康熙大帝为了国家繁荣富强，力排众议、弃旧图新，不断吸收先进知识，大胆起用外籍学者，一时名震天下。许多西洋人士闻讯之后，抱着各自不同的目的，纷纷涌向中华。这些人士良莠不齐，五花八门。既有学者、专家，又有失意的官僚政客。同时还掺杂着一些披着宗教外衣的不法之徒。康熙皇帝对于他们区别对待，有的封官加赏，有的遣往民间，有的丰衣美食厚养起来，也有的被依法制裁或驱逐出境。由于中国皇帝圣明，西洋人士多数尚能奉公守法，其中敢于胡作非为者实属寥寥无几。

　　且说这天早朝，礼部尚书彭朋跪倒在丹墀，他三呼万岁，向上奏道："昨日傍晚，西洋传教士马德赖神甫由罗马来到北京。遵照惯例，臣将他安置在外藩驿馆……"

　　"知道了。"康熙没等彭朋把话说完，摇头笑道，"如今外籍学者越来越多，朕已无暇一一过问了。卿掌礼部，类似之事由卿全权处理。"

　　"启奏万岁，这位马神甫与众不同，他向臣提出不能进驻驿馆，而要入国宾馆。同时要求中国皇帝在三日之内务必接见。"

　　"噢？"康熙有些纳闷，"彭爱卿，这位马神甫是什么身份？"

"臣已问过了。论身份,他只是个普通神甫。可是他带来一封罗马教皇致中国皇帝的亲笔书信。"

"如此说来,他该算是钦差大臣了。"

"他们称做'圣使'。万岁见他不见?"

"既是'圣使',当然要见。彭爱卿,你可知道教皇的那封信上说了些什么?"

"据马神甫说,那封书信只能面呈中国皇帝,别人无权过问。"

"好吧,传朕圣旨,宣马神甫太和宝殿见驾。"

"遵旨。"礼部尚书彭朋领着通事,也就是现代的翻译人员,一同奔往国宾馆。去不多时便将马神甫带到太和殿。马神甫祖籍意大利威尼斯城,他四十多岁,黄头发,绿眼珠,身材高大。虽是神职人员,却穿着一套黑色大礼服,结着鲜红的领花。进殿之后,满脸傲气,东张西望,并不把中国君臣放在眼里。通事忙用英语喊道:"洋人马德赖速速见驾!"

"大清皇帝,你好。"马神甫的汉语说得十分流利。他只向上边微微鞠了一躬,然后站在一旁。康熙对外国人历来尊敬,并不要求他们跪拜。此时心想:他既懂得汉语,我就向他直接问话吧:"你就是西洋神甫马德赖先生吗?"

"正是本人。"

"马先生,据我大清礼部尚书彭朋所奏,你带来了一封教皇阁下致朕的亲笔书信。请呈上来,令通事宣读。"

"嘿嘿。"马德赖冷笑了两声,心中暗道:都说这位大清皇帝不好惹,果然名不虚传,他与我刚刚见面,二话不说,立即公事公办,态度上又不卑不亢。怎么办?我得难为他一下。想到此处,马德赖掏出信件,并不上交通事,而对康熙说道:"中国皇帝,我们教皇阁下的亲笔信是用古罗马文字写成,你们大清王朝中有人认识古罗马文字吗?"

"噢?"康熙皇帝微微一愣。为了实行对外开放,自己早就培养了一批外语专门人才。对英语、日语、波斯语、德语已经了如指掌。至于对古罗马语言和文字目前尚无人通晓。怎么办?教皇的亲笔书信事关紧要,如果不能翻译过来,则影响大局。康熙皇帝看了看文班大臣,见大臣们个个低眉俯首,不言不语。别问了,他们当中没有一个是"李太白",谁也不能"醉草吓蛮书"。想到此处,又看了看马德赖。只见这位西洋神甫面带冷笑,傲气逼人,康熙皇帝心中明白了八九:"马先生,据朕所知,古罗马文字已经过时了,今日西洋诸国也很少使用。能读懂古罗马文字的人不多呀。"

"哈哈。"马德赖就等着这句话呢。他不顾中华礼法,在金殿之上放声大笑,"皇帝陛下,本神甫对古罗马文字十分精通,如果陛下允许,我愿代读。"

"有劳马先生。"

"不过,我们西洋人处处讲求效益,让我读信,需出白银一万两,不然嘛,嘿嘿,请皇帝陛下另请高明。"

"你想讹诈吗?"康熙皇帝不动声色,面上仍旧挂着微笑。这样一来,反让马德赖有点手足无措:"这,这,不给一万两,给八千两也行。"

"哈哈,我大清国太和宝殿可不是你们的西洋商场。你敢在此讨价还价,理该治罪。姑且念你来自远方,罪过暂免,下殿去吧!"康熙皇帝心如明镜:他是替教皇来办事的,事没办成,回去也无法交代。不用我治你,让你们教皇治你吧。这招果然高明,马德赖一听让他走,脸色立刻发白:"那,那我回去怎么说呀?"

"笑话,你来华目的朕尚不知,难道还让朕批写回文吗?"

"皇、皇帝陛下,我甘愿不取分文,代读书信。"马德赖彻底垮台,完全崩溃。谁料康熙皇帝一摆手:"马先生,你以为我

大清帝国朝中无人吗?实话对你说,能识古罗马文字者不下数百,根本不用你代读。既是两国公事,我也不难为于你。你暂归驿馆休息,留下信件,三日之内必有答复。"

"这,多谢陛下。"马德赖刚才那股傲气一扫而光,只得随同侍卫离殿而去。

再说康熙皇帝,他从内侍手中接过罗马教皇的亲笔信,信件封筒很大,且很华贵。上边的文字当然一字不识。礼部大臣彭朋重新跪倒,再次见驾,"万岁,臣掌礼部,却不能替圣上分忧解难,特此请罪。"

"彭爱卿,一个人的精力有限,岂能事事都懂?爱卿何罪之有,速速平身。"

"谢主隆恩。万岁,三日之后,马神甫必到礼部讨问回音,臣如何答复于他呢?"

"哼!"康熙皇帝有些动怒,"那个马神甫气焰嚣张,朕要煞煞他的威风。看来他外强中干,不过如此而已!"

"万岁圣明。"彭朋犹豫片刻,继续说道:"那神甫乃是无赖之徒,既被天颜镇服,依臣所见,应该让他代读信件……"

"若让他读,则失去我大清尊严了!"

"这个……恕臣冒昧,据臣所知,满朝官员并无人识得古罗马文字……"

"有!"康熙捻须笑道,"两国交往,非同儿戏,若是没有后路,朕也不会将那神甫轰走。内侍官何在?"

"奴才候旨。"

"你速去钦天监,传从五品监副南怀仁先生金殿见驾。"

"遵旨。"内侍官奉旨而去。文武大臣们佩服极了。谁也没想起来朝中还有位南怀仁。他虽然也是洋人,却是清朝五品官。食王禄报王恩,为国家效力乃是天经地义之事。亏得皇帝心中有他。尤其是和硕亲王索额图心中更加佩服:当初,万岁起用

10

南怀仁时我曾力加阻拦，今日看来，他目光长远，广见卓识，才干超过我等数倍。有这样一位英主，何愁国家不能强盛！"

话分两头。再说钦天监从五品监副南怀仁到职之后，他充分发挥自己的才能，翻译学术著作、开办讲习所，与中国学者密切合作，使钦天监的效率得到了很大提高。他本人也受到了大家的尊敬。按照当时的惯例，凡在中央机构工作、级别又在五品之上的官员，本当天天上朝陪王伴驾。可是南先生是位学者，对政治毫无兴趣。他向康熙提出：自己的时间紧迫，研究项目繁多，为此请求免去朝拜。康熙对他这种治学精神大加赞扬，不仅免去他的朝拜，而且明令宣布：除重大事件外，绝不打扰南先生。这样一来，南怀仁在钦天监中倒很安然。他足不出户，对外界情况一无所知。

这天，南怀仁正在观天台校正望远镜，内侍官风风火火地跑来传旨："万岁圣旨下，宣钦天监从五品监副南怀仁太和殿见驾。火速，钦此！"

"噢？"南怀仁精通汉语，不用翻译便知圣旨内容。他心中奇怪：我到职一年有余，大清皇帝从来没有召见过我，今天让我火速见驾，莫非发生了什么重大事件？想到此处，他向内侍官问道："亲随阁下，皇帝传我有什么事情？"

"南先生，"内侍官摇了摇头，"您是洋人，对我们大清朝的规矩不太熟悉。万岁召见您的事，别说我不知道，就算知道也不敢随便说。嘻嘻，您刚才叫我什么？亲随阁下？我也成阁下了？您快跟我走吧！"

两匹快马，风驰电掣来到太和殿前。内侍官带领南怀仁金殿面君。康熙皇帝摆了摆手，并不要南怀仁下跪。这不是惧怕洋人，而是尊重人家的风俗："南爱卿，近日身体可好哇？"

"承蒙皇帝陛下关照，臣一向很好，请问陛下有何吩咐？"

"南爱卿，西洋神甫马德赖先生送来一份罗马教皇致朕的亲

笔信件。信件是用古罗马文字写成,我朝大臣无人识得。南先生博学多才,曾在钦天监讲解过这种文字。今日特请你来翻译,望勿推辞。"

"臣食中华薪俸,乃大清官员,理当尽职。请陛下取信我看。"南怀仁从内侍手中接过信件,从头到尾看了两遍。不由得双眉紧皱,只气得脸色发白。他自言自语地说了句英国话。康熙皇帝懂得几个英语单词,听出他说的是"下流"两个字。连忙问道:"南爱卿,罗马教皇的信件很无理吗?"

"岂止无理!"南怀仁面带苦笑,"陛下,臣乃耶稣教徒,说来深觉惭愧。人各有志,信仰不同,教皇陛下的这封信件过于霸道了!"

"请南爱卿读与朕听。"

"遵旨。"南怀仁念一句原文,又将它翻译成汉语。最后用汉语将全文宣读了一遍。康熙皇帝与满朝大臣听罢,人人怒从心头起,个个恶向胆边生。索亲王不顾君臣大礼,高声骂道:"混账!教皇算个什么东西?竟敢欺侮到我大清头上!"

那么,信上说了些什么呢?

书中交代:由于康熙皇帝大力引进西方先进技术、重用西方学者,这些事情在西洋诸国引起了强烈的反响。一批殖民主义者认为:中国地大物博、人口众多,一旦强盛起来,犹如东方雄狮猛醒,必将不可一世。怎样对付中国?怎样掠夺中国的财富呢?他们再三商议之后,决定先搞文化侵略。于是以罗马教皇的名义给康熙送来一份信件。信件中说:中国的儒教简陋不堪,弊端百出,是不可信仰的。中国人崇拜自己的祖先也是十分可笑的。只有耶稣才是最可敬的,只有上帝才能拯救全人类!为此要求中国皇帝下一道命令,让中国百姓抛弃儒教和自己的祖先,而后全民加入耶稣教!这种无理要求已经粗暴地干涉了中国内政,严重地侵犯了中国主权,难怪康熙皇帝震怒,难怪索亲王金殿咆哮了。

"陛下，"南怀仁把信件交了上去，继续说道，"不知陛下做何打算？"

"南爱卿，"康熙沉着冷静，"你既是耶稣教徒，依你之见呢？"

"臣已说过，人各有志。正如臣是耶稣教徒，圣上并未强迫我改信儒教一样……"

"南爱卿言之有理！不过，这并非单单是个信仰啊！"

"这……"南怀仁若有所悟，"陛下，臣乃学者，不愿卷入政局。若无其他事情，臣想告退了。"

"且慢。朕来问你，那位'圣使'马德赖神甫你可曾有过耳闻吗？"

"马德赖？莫非他有四十多岁，生得高高大大，黄发碧眼，神态总是冷漠孤傲吗？"

"正是。"

"嘻！他算哪家神甫！"南怀仁痛苦地摇了摇头，"教皇陛下好糊涂，怎么能让马德赖这种人充当圣使呢！"

"南爱卿，听你的语气，似乎与他很熟悉呀。"

"他算是我的半个老师呢。陛下，臣在英伦三岛剑桥大学读书时，恰与那个马德赖为同班学友，又被分配到同一间寝室。马德赖是意大利水城威尼斯人，威尼斯人善于经商，他父亲足迹踏遍全球，是个资财雄厚的富商巨贾。马德赖家中奴婢成群，出于全球经商的需要，他父亲又雇佣了世界各大国的不同人种为他服务。其中有一男一女两个中国人。姓氏臣已忘记，只记得他俩是一双夫妇。那个男的自幼学艺于四川峨眉山，对中国武术十分精通。那个女的知书识字，可能是位大家闺秀。据说，他们也许是私奔，在中国走投无路，才投靠了外国洋人。马德赖的父亲对这一男一女、一文一武的两个中国人十分欣赏，让

儿子从小就跟随他们。这样一来，马德赖不仅和他们学会了汉语汉字、唐诗宋词，而且还学会了中国武术。据他自吹自擂，三五十人休想靠近他。剑桥读书时，他的英语基础很差，为此他提出向我学英语，并教我意大利语。我觉得，地球上华人最众，中国文化更是光辉灿烂，所以要向他学习汉语。马德赖十分痛快地应承下来。我说他是我半个老师，正在于此。"

"噢，"康熙饶有兴趣地点了点头，"如此说来，南爱卿的汉语是向他学来的了？"

"正是。基础课都是他教的。"

"后来呢？"

"升入大学三年级时，马德赖越变越坏，他天天旷课，追逐戏耍妇女。仗着家中富足，出入舞厅、酒吧，夜不归宿。考试时，门门功课都不及格。最严重的是，他夜入民宅，强行奸污一个英国少女时，不料被少女的父亲发觉。马德赖仗着武术，一脚踢死了那位少女的父亲，连夜潜逃，回意大利了。后来听说，他参加了一个什么黑团体，专搞暴力活动。我与他虽有十几年没见面，据我猜想，这种人绝不会成为一个真正的神甫！"

"原来如此。"康熙皇帝面带笑容，"南爱卿，你今日既翻译了教皇的信件，又帮朕弄清了马德赖的来历，功劳不小。朕特赐你百两白银、一双玉璧。另赐单眼花翎一顶，望爱卿再接再厉，切莫辜负圣恩。"

"多谢陛下。"南怀仁满心喜悦。据他所知，外国人受赏的不少，多为金银财宝。而能得到"花翎"者却绝无仅有。

什么是"花翎"啊？在清朝，官员们都将孔雀翎装饰在官帽后边，俗称"花翎"。花翎上的"眼"越多越贵。普通官员多为"单眼"，立大功者可戴"双眼花翎"，至于"三眼花翎"只有亲王大臣、蒙古贵戚才能顶戴。康熙年间，能戴上"单眼花翎"者已经很显贵了，戴"双眼花翎"者不过百人；至于"三眼花翎"尚无一人顶戴。直到晚清咸丰年间，皇帝传旨，凡五品以上官员准戴单眼花翎，亲王、郡王准戴三眼花翎。这是二百年以后的事了，此处暂且不提。

再说南怀仁下殿之后。康熙皇帝向大臣们问道："诸位爱卿，南先生所读信件谅你等均已听清了。罗马教皇要我摒弃儒教并列祖列宗，而独尊西洋耶稣。你等对此有何看法？"

"万岁，"兵部大臣明珠连忙跪倒，"奴才以为，此事万万不可。西藩欺人太甚，天朝应该立即回绝！"明珠字端范、号纳兰，满洲正黄旗人。清朝入关立国后，他首任内务府总管大臣，后任刑部尚书，再任兵部尚书。按照清朝官制，皇帝以下设三殿三阁：保和殿、文华殿、武英殿；体仁阁、文渊阁、东阁。这三殿三阁的正堂官员统称"大学士"，俗称"阁老"，职权相当于历朝丞相。三殿三阁之下又设有兵、刑、工、吏、户、礼六大部。兵部掌军权，刑部掌司法，工部掌工业，吏部掌人事，户部掌钱粮，礼部掌文教。虽然六部正堂皆称尚书，级别也都是正一品，但是兵部尚书权力最大，无形之中成为六部之首。清朝还有个不成文的惯例，凡是内阁大学士出缺，总是由兵部尚书晋补。为此，高级官员之中有句口头禅："兵部无人惹，一步进内阁。"由此可见，明珠的地位十分显赫。别看明珠执掌兵权，他却更有文采，诗词歌赋无所不通。直至今天，江南各地还留有他的许多墨迹。由于他后来晋升为武英殿大学士，所以人们称他为"纳兰学士"。有关纳兰学士的轶事和传说相当丰富，只是与本书无关，不便赘述。这里只说两件事，一是康熙二十二年，他奉命治理黄河，日夜操劳、不辞辛苦。在清理河道时，他采用雇佣民夫的办法，免去了强行征派，使黎民百姓减少了终年服役的苦难；二是康熙三十五年，他被授为大将军，随同康熙征讨分裂主义者噶尔丹，为国土完整做出很大贡献。

康熙皇帝知人善用，所以对明珠十分器重。今日听罢他的奏述，不由得点头称是："明珠爱卿之言甚合朕意，想我堂堂大清帝国，岂能任人摆布？"说到此处，他又对索亲王问道："御弟，你刚才在金殿怒骂洋奸，想来与明珠爱卿所见相同吧？"

"正是！依奴才所见，立斩那个什么马神甫，撕碎那封信件，对那些胡说八道也不必理睬。"

"嗯——"康熙未置可否，又对礼部大臣彭朋问道："彭爱卿，接待外使乃礼部之责，你看应该如何处理？"

"依臣所见……"彭朋是汉族官员，在皇帝面前自称为"臣"。至于满族官员则必须自称"奴才"，这算是"内外有别"。这位彭朋字奋斯、号友仁，福建省莆田县人氏。早在十七岁时就考取了进士，被授为三河县七品县令。由于为官清廉，政绩累累，十余年间升任了广西巡抚。后来，索亲王奉旨视察广西，发现彭朋才华出众，胆识过人，所以再三保举，康熙皇帝调他入都，由二品巡抚晋升为一品尚书，掌管礼部。虽说礼部居六大部之末，但权势很显要。这位彭尚书更有可贵之处，身为一品大员，却不以权贵自居。他广交宾朋，结识豪士，朋友之中既有士农工商，又有绿林侠义英雄。如浙江绍兴府三太镖局总镖头、号称"威震三江"的飞镖将黄三太，江南白马坡总辖大寨主、白马神枪李七侯，赛毛遂杨香武，圣手无痕梅映霜，一枝梅梅映雪，银头皓叟胜奎，凤凰张茂隆，花刀无羽箭刘世昌，神手大将纪有德，八臂哪吒万君兆等等绿林豪杰都是他的座上客。这些侠义英雄尊称他为彭公，并对他表示，彭公一旦有事，皆愿鼎力相助。这些情况，康熙皇帝早有耳闻。并嘱托彭朋，好好关照绿林豪杰，引导他们为国家效力。

闲话带过。彭朋奏道："臣对索亲王千岁与明珠尚书的见解完全赞同。洋人无理，竟让我强信耶稣，这是绝不可答应的。不过，历来各朝都遵循'两国相争，不斩来使'的章法。若杀了马德赖，如除草芥，但我大清会被洋人耻笑。依臣所见，请万岁批下回文，令马德赖限期离境，并不可复来。不知圣意如何？"

"好！彭爱卿所述有理有据，朕当照此办理。"康熙说罢，提起御笔，写道：

"我中华大国，历历数千载，文明道德，举世皆知。我之儒教，博大精深，含天地、括万象，举世皆敬。西藩诸国，科学可取，而宗教岂可强加于我？强加者，涉我内政也！孰不可忍！朕晓谕中华百姓：耶稣基督不可信，坚予取缔，凡信仰者，一月退出，拒退者格杀勿论！凡藩人传播者，限三月之内离我境界，拒离者按大清律斩首正法！

"另，洋人马德赖者，同匪同盗，限本月之内离境，违者斩！此旨晓谕中外，钦此，年、月、日。"

康熙这道圣旨很坚决，态度十分明朗。秉笔太监制成副本，交与彭朋，并请彭尚书转达马德赖。

再说马德赖接到副本之后，先是一惊。暗中想道：这可倒好，本想让他们全国信教，谁料连原有的教徒也得退出。嘿嘿，他随后一阵冷笑：幸亏我早有准备，要不然可就糟了。康熙呀康熙，就冲你这道圣旨，我让你大清帝国地覆天翻！

第二回　马德赖惑众毁孔庙
##　　　　牛玉成执法封教堂

话说马德赖被康熙皇帝赶出北京之后，并没有回归意大利，而是奔往中国广西西林县。他为什么要去广西呢？当然另有一段缘故。

书中交代：马德赖自幼学练中国武术，他的师父名叫牛金成。牛金成祖籍广西西林县，他在四川峨眉山学艺，练成一身好武功，不但刀枪剑戟样样精通，而且轻功更为玄妙。学成之后，牛金成只身闯入成都府。由于有真本领，很快被成都府四品知府白大人雇佣为护院教师。当时，这位护院教师刚刚二十岁，小伙子长得漂亮，高高的身材，细腰乍膀、浓眉阔目。他不仅武功好、相貌俊，而且很会来事。每逢见到白知府，总是卑躬屈膝、笑脸逢迎，为此深受白知府的器重。

再说白知府有个独生女儿名叫翠屏，这位小姐从小读书，胸中有些文墨。一天，翠屏小姐游逛后花园，恰逢牛金成光着膀子正耍六合刀。他那雄健的身材把白小姐深深吸引住了。俗话说"男求女、隔千里，女求男、在眼前"，一来二去，这对少男少女相爱起来。牛金成深知，自己的身份低贱，若想明媒正娶知府的千金是根本不可能的。可是他凭借自己的武功，在一个风雨之夜背起白小姐逃回自己的原籍广西西林县。说来也是该他倒霉，西林县县令恰是白知府的门生。这县令接到老师的来信之后，立即派出巡捕捉拿牛金成归案。牛金成被逼无奈，刀劈巡捕，带着白小姐逃往广东。这对小夫妻白天不敢走路，只有夜间抄山间小道才敢前行。这晚，一群草寇在大荒山下抢劫一位外国客商，牛金成拔刀相助，救了那外商的性命和财产。那客商非是别人，正是马德赖的父亲。马父见这对夫妻文武全才，于是向他们提出：愿不愿意跟随自己出国？小夫妻正在走投无路，立刻答应下来。马父资本雄厚，眼界很宽，花钱买下两份假护照，把小夫妻带到了意大利水城威尼斯。当时，马德赖刚刚六岁，他对这两个东方人很觉得新奇，十分靠近。马父觉得：儿子将来要走南闯北，学点中国武术可以防身，于是把马德赖交付牛氏夫妻照管。

眨眼三十年过去，那位白小姐早已作古，牛金成也是半百之人了。有一年秋天，马德赖从国外归来，恰逢牛金成重病不起。马德赖姑念师徒情分，来到床榻之前问牛金成还有什么要求。牛金成眼含热泪："少先生，我们中国人最讲落叶归根，可是我这把骨头却要埋在异国他乡了。别的要求没有，我的原籍是中国广西西林县，家中的父母估计早已仙逝，另外还有个胞弟名叫牛玉成，我离家出走时他刚刚十岁，正在读书。少先生周游列国，万一能去中国，求少先生把我的情况告诉我胞弟玉成，省得说我活不见人、死不见尸。少先生若能办到这件事，我在黄泉也就瞑目了！"说罢，牛金成泪如雨下。马德赖心中暗喜：上帝，怎么会这么巧呢？难道这是主的安排吗？

原来，马德赖在剑桥大学逃跑之后，不久便在意大利西西里岛参加了一个黑组织。这个组织与官方殖民主义者相互勾结，并且利用宗教外衣，流窜到世界各国搞破坏活动，从中牟取暴利。由于他会说汉语，又懂得中文，黑组织便令他以神甫的身份去中国活动。在去华之前，马德赖先回家一趟，不意受到牛

金成的重托，真叫他喜从天降："唉，我师母在世时，曾三番五次对我说过，中国礼节最讲究天地君亲师。您是我老师，近在五伦之中。如今您看重我，让我替您寻根，这是当学生的分内之事。我本来不想去中国，既然您让我去，我就跑一趟。请您给师叔写封信，我一定面呈与他。"这家伙说的比唱的还好听，牛金成感动得几乎昏了过去。他立即提笔在手，抱病修书，给胞弟玉成写了一封长信。又过了几天，牛金成含笑而逝。

单说马德赖拿着这封信来到中国广西西林县。西林县地处偏僻，是云南、贵州、广西三省交界之处。北靠上黄山，南倚驮娘江，物产还算丰富，尤其是以水晶石闻名于世。本地出产的水晶质地坚硬，透明度极高，除了进贡朝廷，尚远销南亚诸国，换取橡胶与白米。马德赖入境一打听，原来本县七品县令正是牛玉成。这意外的消息使马德赖十分兴奋。他不顾旅途疲劳，立即来到县衙。西林县很少来洋人，衙役不便盘问，慌忙禀报县令。

县令牛玉成四十余岁，举人出身。他为官清正廉明，声誉不错。只是有一件事使牛县令日夜不宁。距县城往西六十里是上黄山的支脉名叫下黄山。下黄山比上黄山更为险峻，山连山、山靠山，共有三十六峰，主峰高有百仞，名唤青剑岭。三年之前，一伙匪徒在青剑岭占山为王，他们抢劫百姓，掠夺水晶石，抗拒国税，走私到境外，闹得地方日夜不安。牛县令心急如焚，屡次上报省府。官兵虽说围剿过几趟，怎奈俱是大败而归。

青剑岭总辖大寨主名叫白起龙，人送外号西路天王、紫面达摩僧。此人手中一条凤翅镏金锐，据说是按照隋末大将、天下第二条好汉宇文成都留下的锐谱练成，有万夫不当之勇。他手下有九员马上副寨主、九员步下副寨主，这十八人号称"十八路诸侯"，个个武艺高强、能征善战。尤其是第二把交椅坐的是位女寨主，这女寨主二十六岁，生得如花似玉，美艳无双。她名叫桑玉薇，外号九花娘。手中一柄宝剑，奇功盖世，威震武林。山上许多男子追求她,九花娘皆不屑一顾。这伙人出现,扰得牛县令食不甘味、睡不安宁。这天,牛县令又在亲自起草公文,准备请上司再次发兵剿山。衙役进来报告:"大人,外边有位西洋神甫要求见您。"

"西洋神甫?"牛玉成微微一愣。心中暗道:如今圣上注重科学,许多洋人纷纷来我大清。可是西林县远在边陲,从无洋人人境。为此也未配备通事。彼此语言不通,相见之后,必定十分尴尬,见不见呢?他正在犹豫不决,衙役早已看出主人的心意:"大人,那位洋神甫会说中国话,刚才和小人唠了半天呢!"

"噢,他会说汉语?"

"岂止会说。听他的话音,多多少少还带点咱们广西味!"

"既然如此,请洋神甫客厅相见。"

"是。"衙役去不多时,将马德赖领进客厅。牛玉成起身抱腕,尽量说些浅显易懂的语言:"先生,您好。"

"县令大人,本神甫来得唐突,请县令大人海涵、海涵。"

得,牛县令暗想:他连文绉绉的官话都会说,看来对汉语十分精通了。"先生一路辛苦,本县未能远迎,尚望先生见谅。"

"老父母过于客气了!"马德赖尽量显示自己,他知道中国的知县又称"父母官",所以把"老父母"也端了出来。牛玉成果然惊奇:"先生,请问贵国何处?您来华是为了布教还是为了考察。嘿嘿,本县糊涂了,忘了请问先生的尊姓大名?"

"县令大人,本神甫是意大利人,名叫马德赖。按中国习惯,叫我马神甫好了。至于来华目的,既非布教,又非考察,而是专程寻访我的一位师叔……"

"寻人?"牛县令更觉新奇,"马神甫,您的师叔是位什么人物?"

"哈哈!"马德赖放声大笑,"中国有句俗话,'大水冲了龙王庙,一家人不认一家人。'我的师叔就是您呀!"

"啊?"牛县令眼睛瞪得老大,惊疑地问道,"马神甫,本县

不懂您的意思。"

"我这里有封信件,请您过目。"马德赖把牛金成的遗书交了过去。牛玉成接信在手,慌慌忙忙看了一遍,手足情深,先是令他眼圈发红,后来失控,泪如雨下!胞兄失踪三十余年,万没想到他会流落到异国他乡,并且还收了个洋徒弟。于是急切地问道:"马神甫,我兄长可好吗?他能不能回来?"

"唉,"马德赖故作悲戚,"恩师在半年之前已经故去了。"

"啊?"牛玉成更加伤心难过。过了半晌,他才抽泣地说道:"兄长走时,我刚刚十岁。常听父母提他。尤其是先母,老人家弥留之际还对我说,无论如何要打听哥哥的下落。"

"你们中国人的道德风范,很令人羡慕。"

"马神甫,您既是先兄的高足,也就不是外人了。请到书房,过一会儿我与先生摆酒迎风。"

"谢谢,师叔。"马德赖窃喜。他正想利用牛县令的地位开展自己的工作。

二人来到书房,先后落座。马德赖瞟了一眼书案上的文件,故作吃惊地问道:"师叔,您正在办公吗?当县令很忙啊。"

"这个……"牛县令犹豫了一下,中国的内政本不想让外国人知道。可是又一想,人家万里迢迢为我送信,不便冷淡人家,再说,这事与外国人无关,他知道了也不要紧。于是点头说道:"是呀,西林境内出了伙强徒,他们占据青剑岭,胡作非为。本县正起草公文,请上司发兵剿山呢。"

"原来如此。"说者无心,听者有意。马德赖又问了一些青剑岭的情况,皆牢牢记在心中。从此之后,他便以故友的身份留居在西林县衙。这个洋神甫时而浏览街头,时而外出"考察",有时竟数日不归。牛县令对其行踪虽有疑虑,却又不便多问。

一晃过了半年,眼看冬至将近。西林县内竟有数乡居民联名上书,提出自筹资金,于圣诞节时在本乡建立耶稣教堂。这件事让牛玉成十分为难,有心准许,以前并无先例;有心不准,又怕激起民愤,聚众闹事。万般无奈,他只得写下公文,上报督抚。督抚批示:耶稣乃是洋教,与中国的非法教门并不尽同。如今圣上器重洋人,并不禁止耶稣,所以当顺民意,听其自然。尽管如此,牛县令仍是十分慎重。他只准许在县城之内建立一座教堂,至于各乡的请建要求,则一律驳回。

教堂堂址设在县城西大街,紧靠着孔庙。破土动工这天热闹非凡。四乡八镇来了许多信徒,他们顶礼膜拜,态度虔诚。根据教堂的设计图纸来看,其规模比旁边的孔庙宏伟数倍。最令人奇怪的是,这么大的举动,洋神甫马德赖竟然没有出席。县令牛玉成百思不解:发起耶稣教分明是马德赖的蛊惑,此时此刻,他又到哪里去了呢?

原来,马德赖此时正在下黄山青剑岭。

半年之前,这个身怀特殊使命的洋神甫从牛县令处得知青剑岭之事,他欣喜若狂,认为有机可乘。于是在几天后,孤身一人闯上高山。总辖大寨主、西路天王、紫面达摩僧白起龙对这个洋人很感兴趣,将他迎入大寨,热情招待。依白起龙的本意,只是好奇,想从这洋人口中听点"西洋景"。马德赖正合心意,他借题发挥,从西洋的政治、经济、文化,一直讲到耶稣教,并对《圣经》大肆宣传。由于他讲得头头是道,白起龙和"十八路诸侯"听得入迷了,于是向他问道:"马神甫,我们中国人入耶稣教行吗?"

"嘿嘿,"马德赖故意神秘地笑道,"白天王,本神甫此次中国之行,专为了找你呀!"

"找我?"白起龙大惑不解。

"白天王,据罗马教皇夜观天象,上帝已指派巨星诞生在东方。这颗巨星将成为东方之主。据方位推算,巨星将成事于广西一带,本神甫奉教皇差遣,专程来此寻访。今观天王风采,

正是那颗巨星。此行不空,上帝保佑,阿门!"这家伙使了个"洋为中用",把白起龙捧得晕头转向:"马神甫,什么叫'东方之主','巨星'又怎么讲?"

"用你们中国的说法,'巨星'即是'紫微星',又称'帝座星'。至于东方之主嘛,哈哈,那就是皇帝呀!"

"我能当皇帝?"白起龙半信半疑。

"当然!"马德赖语气十分肯定,"白天王,如今满洲人称帝,汉民人心不服。这正是你夺取天下的大好时机。不过,统一民心,需有信仰。东汉的赤眉,三国的黄巾皆是此理。"

"差矣!"白起龙有点生气,"马神甫,赤眉、黄巾都没有好结果呀!"

"他们的失败,在于孤立无援。而我耶稣教遍布全球,信徒数千万众。西洋诸国中,许多国王、皇帝都是耶稣教徒。你若起事,他们可以援助洋枪、火炮、黄金、白银……"

"马神甫,你这话算数吗?"

"先决条件,你必须入教,并多多地吸收教徒。待到成功后,还要命令全国入教。那时,一切国政须取得教会同意。这些条件,你能答应吗?"马德赖并非真正的神甫,他只是披着宗教外衣,搞的是非法活动。他所谓的教会,正是那些殖民主义者。谁料白起龙利令智昏,满口应承:"行,第一步让我与十八路诸侯先入教;第二步,我派出人马四乡动员,凡是入教者,赏白银二两。待人多势众时,再扯旗造反,不知神甫意下如何?"

"妙计!"马德赖没想到白起龙会这么痛快。于是他立即布置,吸收下黄山青剑岭大小头目全体入教。并把随身带来的二十几枚"十字架"赠给白起龙等人。第二天,他又找来一百多名能说会道的喽啰,向这些喽啰讲了半个月所谓的《圣经》。然后派这些人出去游说。西林县居民有的被《圣经》吸引,也有的贪图那二两白银,不下半年,入教者竟达三万。这些教徒联名上书筹建教堂，至于资金，当然出自青剑岭。

马德赖为了避嫌，没有出席奠基仪式。同时，他已接到主人的来信，让他返回罗马。奠基仪式开始时，白起龙正在为他饯行。饯行之后，马德赖踏上了归途。回到意大利，他向主人报告了工作情况，主人十分满意。经过商量，决定第一步先拉拢康熙皇帝，若拉拢不成，则尽全力支持白起龙。就这样，马德赖摇身一变，以"圣使"的身份再赴中华，不期被康熙皇帝撵出京都。

看官，您读到此处准会疑问：历史上真有这件事吗？不瞒诸君，野史说部虽有虚构，历史事件却不敢胡编。据史料记载，公元1705年和1720年，也就是清朝康熙四十四年和五十九年，罗马教皇曾先后两度派出"圣使"来到中国，强迫中国只准信仰耶稣，而不准信仰儒教，这实际上是干涉中国内政、侵犯中国主权，所以遭到康熙皇帝的有力回击。康熙曾明令宣布：耶稣教在中国是非法的，不准传播。那些殖民主义分子当然不死心，一位马神甫曾在广西西林一带勾结匪徒，对抗官府，最后有二十六人被处决，这就是历史上著名的"西林教案"。这部《怪侠欧阳德》借用这段历史，演义而成。闲话带过，书归正传。

却说马德赖饥餐渴饮、夜宿晓行，非止一日来到广西境内。由于他是被中国皇帝赶出来的，途中倒也不敢放肆。来到广西，他更不敢接触官府，只能偷偷摸摸奔往下黄山青剑岭。他这一去又有半年，白起龙见他之后，表现得十分亲热："马神甫，您可算回来了。自从您走后，我又吸收了两万多个教徒。咱们的势力越来越大。这些教徒中，不仅仅是平头百姓，而且还有许多武林高手。他们愿意合作，共举大业。只不知教皇陛下可支持咱们吗？"

"当然支持。洋枪、火炮不日即可运来。"马德赖吹牛不眨眼，哄得白起龙眉开眼笑："马神甫，从现在开始，你就是青剑岭的大军师吧，一切事宜，请你多出主意。"

"行啊！白天王，咱们要想多得到支援，就必须大造声势，

第二回　马德赖惑众毁孔庙　牛玉成执法封教堂

干些轰轰烈烈的业绩。依我的打算,你立即通知教徒们,三天之后集聚在教堂,由我亲自布讲福音。参加的人越多越好。"

"行,就照军师的吩咐去干。"白起龙对马德赖言听计从,他立即派人通知,凡去听讲者,每人五个馒头、一斤酱牛肉。这招果然奏效,开讲那天,教堂聚集了一万余人。其中混杂着许多青剑岭的喽啰和当地的流氓无赖。这些人对什么基督耶稣根本没有兴趣,他们横冲直撞,到处乱串。尤其是对大姑娘、小媳妇更是嬉皮笑脸,有的甚至动手动脚。

天到辰时,也就是上午十点钟,马德赖身穿长袍,神态严肃地走向讲台。他的声音不错,讲起教来真有几分娓娓动听:"教友们,始祖获罪,人类代承,要把众生打入地狱。为了拯救人类的苦难,上帝对他的独子说:'速去投胎,救赎众生!'帝子遵旨,从童女肚中出生。充满宇宙的神,装进了一个犹太人的躯壳……"他音调时高时低,抑扬顿挫十分得体,间或穿插一些外国故事。这样一来,把台下的教徒们深深吸引住了,就连那些地痞流氓也不再走动。马德赖见时机已到,他话锋一转:"教友们,全球信仰耶稣者数千万众,咱们西林县的教友也会越来越多。这小小教堂,早已容纳不下了。我们必须扩建教堂,如何扩建呢?本神甫觉得,中国的儒教是陈腐不堪的,教堂东侧的孔庙必须拆除,用那地盘扩充我教堂最为适宜了……"他话音刚落,青剑岭的头目们立即响应:"是呀,留着孔庙没用,教友们,拆庙去呀!"说罢,举起事先准备好的钢锹铁镐,带头向孔庙拥去。教徒们迷惑了,有些老实人不敢妄动,女教徒们吓得缩成一团。青剑岭的头目们只得向那些地痞流氓求援:"凡去拆庙者,赏白银十两。"重赏之下,必有勇夫。财帛动人心,一群愚氓跟随那些头目冲向孔庙。锹镐齐举,片刻间孔庙被毁,破烂不堪。

早有乡长里长跑向县衙,将这案件上报县令牛玉成。此时,牛县令正在书房阅读公文，这道公文是府中刚刚发来的，内容是下达皇帝圣旨，禁止传播耶稣教，违者斩首。牛县令暗中庆幸：当初十几个乡镇都要建立教堂，我只准建立一座，如果都建起来，现在禁止就费事了。至于孔庙西侧的那座，我也得赶快查封。他正要动身，接到报案，牛县令立即紧张起来。顾不得乘轿，备上一匹快马，带领三班衙役和二十名本县的士兵奔往教堂跑去。

此时，大街小巷买卖关门，商家闭店，行人飞跑着往家赶。牛县令一见此景，更是心急如焚。来到孔庙大喊一声：“住手！你们这些罪犯，心中还有点王法吗？”他毕竟是一县之主，几声怒吼，终究把人们镇住。牛县令取出公文，又高声说道：“如今，万岁传下圣旨，明令耶稣教是非法教门，一律禁止！来呀，先把教堂封上，然后再追究毁坏孔庙的匪人！”

"是。"差役刚要上前动手，马德赖分开人群，高喊一声："慢来！"

"是你？马神甫，你几时回到西林县的？"

"哈哈，本神甫早就回来了。县令大人，论排辈，你是我师叔，本神甫先君子后小人。若听我的劝告，师叔何不撕毁公文，背叛朝廷，与下黄山青剑岭的白天王兵合一处，共抗大清？有我们耶稣教支持，将来必成大器。那时，师叔会封王拜相，富贵绵长！"

"胡说，你要造反吗？"

"正是。师叔若不听我劝告，死在眼前！来人呀，点炮发令！"

原来，马德赖与白起龙商量好了，今日传教时，先毁孔庙，然后便扯起反旗，正式背叛。他们规定以号炮为令，炮声响，叛军入城。白起龙早已率领"十八路诸侯"和三千喽啰兵埋伏在县城周围，听得炮声，伏兵四起，一齐向县城攻去。西路天王、紫面达摩僧白起龙一马当先来到教堂，他首先看见了县令牛玉成，不由得胸中火起：就是他几次请兵攻山，与我仇深似海。今日冤家路窄，我先结果了你吧！

第三回　彭钦差挂印巡两广
##　　　　黄镖头提刀镇三江

却说下黄山青剑岭总辖大寨主白起龙催马来到牛县令面前。他勒住丝缰，高声喝道："呔，看你的顶戴花翎，莫非是西林县七品狗官牛玉成吗？"

"你，你是何人？竟敢出口不逊，辱骂朝廷的命官！"

"哼，你这狗官，三番五次请兵讨我青剑岭，搅得本寨主不得安宁。今日见面，我要让你知道本寨主的厉害！"

"噢？如此说来，你就是那个祸国殃民的贼子白起龙吗？"

"哇呀呀，气死某家！"白起龙听人叫他"贼子"，不由得怒从心头起，怪叫三声，向牛县令冲去。站在旁边的马德赖连忙摆手："白天王，且慢动武，待本神甫问他三件事，然后动手也不为迟。"说罢，扭头向牛县令笑道："第一，我的教徒毁了孔庙，请问，他们可有罪吗？"

"有！首犯按律当斩！"

"好。我再问你，西林县耶稣教堂狭窄简陋，若是扩建，你愿协助吗？"

"哼，别说扩建，就连现存的教堂也得封闭。这是圣旨，看你们谁敢违抗！"

"第三件事，青剑岭上的白天王乃巨星降临，他在我耶稣教的支持下,准备招兵买马,扯旗抗清,与康熙皇上争夺天下。凡响应者皆为开国元勋,将来必定封王拜相。牛县令,你若与白天王合作,胜过这小小七品官。不知尊意如何?"

"啊?你们想造反?"牛玉成大惊失色!他原先以为:白起龙虽然凶恶,罪过累累,充其量只是一伙占山为王的草寇。如今他们却要分裂国家、背叛朝廷,这可是惊天动地的重大案件。想到这里,牛玉成吓得半晌无言。白起龙坐在马上也吃一惊。心中暗道:军师呀军师,你太大胆了。咱们造反的事还无眉目呢,你怎么给捅出去了?我占山为王、抢劫财物、走私抗税、反击官府,虽说也是犯罪,终究罪名较小。县里、府里,顶多由省里过问一下也就是了。至于造反可就大不相同,俗话说"功大莫如救驾,罪大莫如造反",一旦事败,那就得锯树刨坟、锉骨扬灰、灭绝九族、千刀万剐呀!再者说,造反之事很快就得报到北京,那康熙是好惹的吗?发来正规军队,青剑岭如何能够抵抗?白起龙越想越怕,不由得看了马德赖几眼。其实,这是马德赖的一条诡计。马德赖唯恐白起龙出尔反尔,他正式宣布造反,等于将白起龙推上了老虎背,白起龙再想反悔也来不及了。他见白起龙观望自己,更是扬扬得意:"白天王,唯大英雄能本色,做真名士自风流!此时此刻,你还等待什么?那姓牛的狗官不会答应咱的条件,他活够了,你那鎏金锏也该开开杀戒了。哈哈,堂堂天王,不会胆怯吧?"这是激将法,若杀了皇家命官,便是又向深渊走近一步。白起龙骑虎难下,把心一横,举金锏朝着牛玉成头上砸去。可怜牛县令,当场毙命。

一不做、二不休,白起龙传下山令,派手下"十八路诸侯"和喽啰们攻取县衙,屠杀衙役。西林城内一场血战,只闹得尸横遍地,哭叫连天!

"西林教案"早已惊动了广西巡抚,他们一面调兵遣将,准备讨伐,一面上呈折本,以八百里特快加急送往北京。

再说康熙皇帝，接到广西奏折之后，并未惊慌。他传下圣旨，召集几位王公大臣、三殿三阁大学士及六部尚书参加御前会议。大臣们听罢情况介绍，各抒己见。工部尚书梁清标首先奏道："万岁，自我大清开国以来，数年征战不绝。首讨吴三桂，再伐尚之信、耿精忠。东收台湾岛，北拒俄罗斯，西灭噶尔丹。屈指算来，耗费了多少兵力与财物。如今广西起事，依臣所见，当以安抚为上策。"

"安抚？安抚能有几条好处？"

"有三条好处。第一、节省兵力与财物；第二、显得圣上仁慈为怀，宽宏大度；第三、广西事件牵扯洋人，如调兵讨伐，洋人会怨我大清'排外'，今后就不会与我往来了。"这位梁尚书年届六旬，宦海沉浮四十年，总算熬到正一品。他为什么极力主张安抚呢？原来在两年之前，梁清标秘密加入了耶稣教。那时的耶稣教尚属合法。后来被康熙取缔，梁清标唯恐惹起圣怒，便将入教之事隐瞒起来。谁料不法之徒抓住他的把柄，屡次威胁，让梁清标向教会提供秘密情报。这样一来，他越陷越深，难以自拔。今日御前会议，他力主安抚，也是出于个人目的。哪想话音刚落，兵部尚书明珠一声冷笑，"梁大人，征讨叛逆与'排外'之说乃风马牛不相及，我看梁大人有点过虑了！"

"明爱卿，御前会议，各抒己见。你既反对安抚，一定力主讨伐了？"

"正是。启奏圣上，那马德赖身为教皇圣使，插手大清事务。不除外辱，要兵部何用？"

"好。"康熙不动声色，继续问道："诸位爱卿，是抚是战，皆尽奏来。"

"万岁容禀，"礼部尚书彭朋奏道，"依臣所见，梁大人言之有理。"

"啊？"明珠一愣：彭朋历来很明智，怎么竟会同意梁清标的主张？梁清标见有人支持他，更来劲了："是呀，彭大人既也主抚，想来理由比下官充足。"

"非也。"彭朋摇头说道，"连年征战，耗费了许多兵力和财物，若再围剿白起龙，国家负担太重。从这点看来，梁大人的见解是对的。可是白起龙杀官造反，罪大恶极，马德赖干涉大清内政，决难饶恕。依臣之见，应该有个两全其美的办法，既要减轻国家负担，又能灭息叛匪……"

"嘿嘿，"梁清标冷笑三声，"彭大人，莫非你会请天兵天将吗？"

"虽非天兵天将，也敢保他们马到成功！"

"嗯，朕明白了。"康熙皇帝聪明过人，他早就听说彭朋结交了一群绿林朋友。那些人武艺高强，胆大心细，时常进京与彭朋来往。今日听彭朋的语气，似乎想让这些人为国立功，若真是这样，堪称两全其美。想到此处，皇帝问道："彭爱卿，莫非你想起用绿林英雄吗？"

"万岁圣明。那些绿林豪杰不仅武艺高超，而且品德端正。他们久欲报效国家，只愁没有机会。再者，白起龙造反与吴三桂、噶尔丹不同，吴、噶皆为藩王，帐下拥有重兵，而白起龙乃山贼草寇，手下人尽是飞来飞去的武林强徒。若用国家正规军讨伐，如同五指按跳蚤，未必有利；而绿林人出头，恰到好处。"

"妙！"康熙拍案叫绝，"彭爱卿，你曾为广西巡抚，对广西地理、民俗极为熟悉。除此而外，那些绿林豪杰又都是你的良朋挚友，据说他们重意气、讲交情，别位官员很难指挥他们。为此，朕欲派你辛苦一趟，不知爱卿意下如何？"

"臣愿为国效劳。"

"彭朋听封，朕命你为代天巡狩，钦差大臣，有权过问两广军政事务，钦此！"

"谢主隆恩。"

"且慢。"朝廷第一重臣，和硕亲王兼武英殿大学士索额图向上奏道，"万岁，据奴才所知，帘外那些封疆大吏各持一方，

他们重兵在握,目空一切。彭大人身为礼部,品级与两广总督相同,若想调动当地兵马,恐有波折。万一出现内讧,则对讨伐不利。请万岁三思。"

"是呀,多亏御弟提醒。帝外大吏那些弊端,朕也早有耳闻。彭爱卿,朕再晋封你为武英殿协理大学士,出巡期间,挂神威将军衔,另赐御札十道、金印一封。望卿莫负朕意,为国立功,钦此!"

"谢主隆恩。"彭朋的身价立刻提高了。协理大学士相当于宰相助理,算是候补阁老;神威将军是武职,按当时官制,"大将军"可以提调全国诸省地方军队,"将军"可以提调一省至三省地方军队。至于"御札"相当于皇帝使用的便笺,效力几乎等同圣旨,金印则是钦差凭证了。这样一来,彭朋的职位已经非同小可。康熙封罢,接连问道:"彭爱卿,不知你何日动身,朕与爱卿设宴饯行。"

"臣不敢当。万岁,依臣之意,秘密动身,离京时不必让外人知晓。"

"噢?"皇帝不解,"自古以来,'钦差出朝,地动山摇',你却秘密出京,是何道理呀?"

"臣的那些绿林朋友常来京师看我,据他们说,耶稣教会遍及全国各地,圣上虽明令禁止,他们仍在暗中活动。教徒之中,有许多江洋大盗与亡命之徒,他们若知我出京,必然狗急跳墙。一旦集聚青剑岭,与白起龙兵合一处,将打一家,将给剿山灭寇带来困难。为此,臣秘密出使,先去浙江绍兴府,请出绿林头目黄三太。神不知,鬼不觉,以迅雷不及掩耳之势一举攻打青剑岭。即使各路匪徒想协助白起龙也来不及了。"

"好,照卿所奏。途中多加小心,以防不测。"康熙旨罢,卷帘散朝。

不表别人,单说工部尚书梁清标刚刚回到府中,仆从来报:

"大人，西门脸儿马回回已在书房恭候多时，他说有要事相见。"

"啊？"梁清标一惊。

原来这个马回回公开身份是开饭馆的老板，实行是耶稣教京都教堂神甫。他掌握梁清标加入教会的秘密，所以常来要挟，迫使梁清标出卖情报。梁清标深知，马回回一旦翻脸，自己便是死罪，所以不敢得罪人家，只好待如上宾，让他随便出入书房。此时马回回来访，不见不行，只得到书房相会。马回回开门见山："梁大人，您上次写的那些材料，主教大人很满意。给您五千两银子赏金，明天送到。"

"谢谢马先生。"

"还有，最近广西闹事，主教大人请您察明朝廷的打算，教会好做些准备。"

"这……"梁清标吞吞吐吐，最后一狠心，把彭朋出巡的机密说了出来。马回回一惊：这彭朋可够高明的。秘密出京，让我们毫无准备，他打个措手不及。如果事成，马德赖费了九牛二虎之力，将付之东流。幸亏收买个梁清标，不然就糟了。事不宜迟，马回回起身告辞："梁大人，您效忠耶稣，这条消息最少能值一万两银子。等着领赏吧。"说罢，急忙出府。梁清标脸色煞白，心中暗想：彭朋与我同殿称臣，此次出巡，凶多吉少，我对不起他了！

话分两头，再说彭朋回到府中，夫人吴氏连忙迎出："老爷，下朝这么晚，莫非又有大事？"

"一言难尽。"彭朋简要地说了几句，然后吩咐道："夫人，你与我找出几件平常的衣服，再让彭安、彭定、彭兴、彭旺四个家人做些准备，三天之后，本官秘密动身。"

"这，老爷，途中有没有危险啊？"

"夫人放心，本官化装成商人，谁也不知我的身份。只要到达绍兴府，便万无一失了。"

"还是小心从事。"吴氏夫人很替丈夫担心。国家大事,又不敢多说,只得对四名家人千叮咛、万嘱托,让他们途中小心服侍。一晃过去两天,准备工作完全就绪。当天晚上,和硕亲王索额图又派来一人,这人姓左名逢春,外号吹破天,是王府中的护院教师。左逢春乃武当派正宗门人,他功夫不深,平平常常。论品德还算正派。只是有一个毛病,专爱吹牛腿说大话。因而得了个"吹破天"的雅号。他一见彭朋,立刻吹道:"大人,我们王爷对您老人家特别关心,怕您路上出错,决定派一名高手保护大人。王爷千挑万选,从护院教师中把小人选拔出来了。您只管放心,有小人跟着您,别说强盗不敢来,即便来了,小人一瞪眼,他扭头就得跑!"

"多谢壮士。"彭朋心想:这人太玄。就连黄三太也不敢说此大话。可是索亲王派他来的,又不便退回,只得热情招待。左逢春也看出彭大人的心思,连忙笑道:"大人,小人外号吹破天,刚才说几句大话,您别往心里去。其实我武功平常,没啥本事。不过,小人有个专长,那就是经得多、见得广。武林中人,不论是上三门、下五门,都与小人有点交情。他们若是见到我,我说什么,他们都得听从。"吹破天又吹起来。

第三天清晨一早,奉旨钦差彭朋化装成商人模样。他光头不戴帽,一把抓的大辫子垂在脑后。身穿青布长袍,脚蹬礼服呢面、香牛皮底的便鞋。座下骑一匹大走骡,这骡子菊花青色,头高体壮。骡子肚下挂一个大褡套,褡套中装些细软之物。另有一黄绫子包裹,内装金印。至于圣旨和御札不敢装进褡套,而由左逢春背在身后。时逢盛夏,几名家将和左逢春都是短衣巾、小打扮,他们分乘几匹高头大马,随同钦差出京南下。

饥餐渴饮,夜宿晓行。走大兴,越沧州,穿过德州府,又渡黄河界,这天来到济南。一路之上,平平安安,谁也不知钦差身份。彭公赶路心切,恨不得立刻见到黄三太。所以他不到天黑绝不住店。这天傍晚,主仆六人进入一座小镇,忽然吹过一阵凉风,六月天儿,孩儿脸儿,说变就变,下起雨来。总管彭安怕大人被淋生病,忙对彭定、彭兴、彭旺说:"我到前边看看有没有店房,你们照顾老爷。"说罢,拨马要走。吹破天左逢春一摆手:"总管,看样暴雨马上就来,进村找店不赶趟了。你看村口有个棚子,棚顶挂酒旗,估计是个小饭馆,咱干脆到那避避雨,捎带用晚饭吧。"

"也行,左英雄说得对。"主仆六人奔向木棚而来。这小店面积不大,只摆着几张长条桌案,收拾得还算干净。此时正是饭口,虽说下大雨,仍旧有人就餐。他们拣了张桌案就座,堂倌赶紧过来照应:"客爷,真对不起,小店简陋,没有马棚,您几位的脚力只得挨浇了。"

"没什么。"左逢春吹道,"家里骡马成群,浇死几头再换新的。快把酒食端来。"

"是。"伙计转身而去。

这时,坐在旁边的几位客人看了看彭公,一人说道:"和字儿,调瓢把活,海翅子入窑,青子挡锋点儿,浑天摘瓢,见舵把子,储头子海啦!"

"新鲜,他们说的哪国话?"总管彭安觉得可笑。左逢春暗中叫苦,糟了,大人的身份被贼人认出来了。那伙人说的是绿林黑话:"和字儿"是同伙的;"调瓢把活"是回头快看;"海翅子入窑"是大官进屋了;"青子挡锋点儿"是把刀磨快点儿;"浑天摘瓢"是黑天杀头;"见舵把子"是报告首领;"储头子海啦"是赏银子很多!如果连贯起来就是:

"同伙的,回头快看,大官进屋了,把刀磨快点,黑天杀他,回去报告头目,赏银子准能挺多!"

左逢春暗道:若论吹牛,我谁也不怕,敢称天下第一。若论真功夫,别说他们是一群,就是一个人我恐怕也对付不了。

大人身份高贵，万一有险，我责任太大了。怎么办？只得跟贼人动心眼儿吧。想到此处，对堂倌问道："伙计，这镇里有好店房吗？我们不怕花钱。"

"客爷，要说好店房，就得算宏升客栈了。干净、明亮。开张之后，把别的店房都挤兑得黄铺了。"

"好，你这饭棚吃食太差，给你一两银子赏钱，我们上宏升店吃饭去。"说罢，拉起大人就往外走。来到街上，才把黑话翻译一遍。彭公真有些后怕："左壮士，快赶路吧。"

"大人是金玉之身，不可劳累。据下差估计，那些匪人今夜准去宏升店行刺。咱们另找住处，让他们一头扑空。这是我略施小计，声东击西，管保让他们上当。"左逢春又吹了起来。一边吹牛一边用手一指，路东果然有家店房。白墙黑字"安寓客商姜家老店"。大概是天已黑了，店房关门闭户。彭兴催马上前，敲打门环。过了片刻，门闩声响，从里边走出个老者。他看了看众人，抬头问道："客官，是要住店吗？"

"对，有闲房子吗？"

"有,众位里边请。"老者把众人领到上房，又将马匹拴在槽头。左逢春见他忙里忙外，不由得紧皱眉头："店家,我们一路饥渴，衣服也被雨浇湿了。虽说是盛夏，身上也不好受。你快让伙计点上盆火，我们得烤烤衣裳。再端来酒菜，我们还没吃晚饭呢！"

"客官，真对不起。"老者苦笑道，"小老儿姓姜，名叫够本，这个名字取糟了。小店的生意都被本镇宏升店抢走，我数日难得开张。姜够本，嘻，连本也不够了。小老儿只得辞退伙计，里里外外一人忙，还请客官担待。"他这一番话，把众人都说笑了。左逢春只得与家人齐忙动手，拢起火盆，为彭公烘烤衣服。正在这时，忽听店门又被敲打，彭公说道："姜老头儿也够可怜，彭旺，你替他开门去吧。"

"是。"彭旺打开店门，见门外立着一匹战马。借月色观瞧，这匹马浑身雪白，一尘不染。马上坐着一人，身穿箭袖，腰佩宝剑，年纪在三十多岁，五官端正，相貌堂堂。他看了看彭旺，不由得满脸惊疑："嗯？你不是彭公的亲随家人吗？怎么会在此住店？"

"哎哟，李七爷！您这是从哪来呀？我家老爷在里边呢。您快请进来吧。"

"什么？你家老爷怎么会住这种小店？莫非，莫非罢职……"

书中交代，来的这人名叫李七侯，外号人称白马将。李七侯的哥哥叫李五侯，曾与彭公为同科进士，二人来往密切，情同手足。为此，七侯与彭公也极为熟悉。李七侯不喜读书，专爱练武，一条银枪神出鬼没。又因为他爱骑白马，所以人称"白马将"。一个月之前，李七侯接到一份请帖，邀他去杭州参加"三江擂"。什么叫"三江擂"呀？原来，江苏、江西、浙江三省巡抚都是武将出身，为了让武术发扬光大，三巡抚出资设立了一座擂台，请三省武林高手比武会友。由于三省都带一个"江"字，所以取名"三江擂"。李七侯来到杭州，见许多著名豪杰都已聚齐。其中既有上三门，又有下五门。擂期定为二十天，拳脚、兵刃、暗器、刀马各比赛五天，胜单项者赏银一千两，胜全项者赏银一万两，并由三省巡抚贺号"威震三江"。对于这样的殊荣谁不想夺？只看本事如何了。结果，浙江绍兴府三太镖局镖头、南霸天飞镖黄三太凭着三支金镖一口宝刀勇取第一名，取得了"威震三江"的称号。尽管有人不服，却也无可奈何。

白马将李七侯是黄三太的好友，本想在擂台过后多住几天，替黄镖头摆宴祝贺。谁料家人跑到杭州送信，言说其兄李五侯病危，请七侯速回原籍山东滨州府照料。七侯告别黄三太，日夜兼程奔往山东，不期济南郊外遇雨，巧逢彭公，二人相见，自然喜出望外。

"七侯，你哥哥可好吗？屈指算来，有十年未见了。"

"唉，彭公，家兄病危，我正要赶回呢！"李七侯将杭州擂讲述了一遍，接着问道："彭公，您怎么会住在这种小店？"

"这……七侯，我不想瞒你，你千万不可外传。"彭大人把自己的使命讲罢，又讲了请黄三太帮忙之事。李七侯点头应道："天下英雄聚集杭州，正是好机会。大人不必去绍兴了，直接奔杭州吧。可惜家兄病重，恕不能奉陪。"

"代我向五侯问好。并盼你能早日赶到广西。"

"七侯愿为国效力。"二人正在交谈，吹破天左逢春进来了。他与李七侯早就认识，连忙寒暄起来。彭公问道："左壮士，你干什么去了？"

"别提啦，我想大人又饥又渴，所以到厨房催饭。谁料厨房空无一人，连火也没点，姜够本老头儿也不知死哪去了！"他话音刚落，只听门外喊道："客官，酒饭来啦。"从门外进来一个小伙，手托食盒，满脸笑容。"客官，姜老头儿是我舅舅，由于连月赔本，他的店房什么吃食也没有了。刚才他到我家，让我帮忙。我寻思这么晚了，现买菜做饭也来不及。所以在本镇醉仙居酒楼叫了几个菜，众位将就一顿吧。"说着，小伙打开食盒，端出几盘鸡鸭鱼肉并四瓶好酒。这些人早就饿了，左逢春斟满酒杯："大人、李英雄，请！"

他们刚把酒杯举起，忽听后窗户"噗"的一声。李七侯眼观六路，耳听八方，连忙停杯回头观看。只见窗户纸已经破裂，从外边捅进一个烟袋锅子。这烟袋锅子足有碗口大小，里边最少能装四两烟叶。说时迟，那时快，烟袋锅子横着一扫，准极了，竟把三盏酒杯全部扫落。彭公大惊失色，这要扫在头上，谁还有命啊？幸亏李七侯在此，不然就糟了："七侯，快抽宝剑，窗外有刺客！"

"哈哈，"李七侯大笑，"彭公放心，此人出现，灭青剑岭、捉白起龙易如反掌！"

第四回　大侠客海南收弟子
　　　　小东方川西拜恩师

且说白马将李七侯一见那个大烟袋，不由得心花怒放。他向后窗户高声叫道："欧阳兄，你又开什么玩笑？快请到屋中来吧。"

"唔呀，李七侯贤弟，吾老人家救了你老人家一条小命，你老人家怎么还埋怨吾老人家呀！"随着话音，从门外走进一人。彭公和手下的差人们一见这人，全都忍不住笑了起来。现在正是盛夏时节，人们脱光膀子还觉得酷暑难熬，可是眼前这人却身穿老羊皮袄，板朝里、毛朝外。这皮筒子是纯正的西口货，质地极好，弯弯曲曲的白毛足有一拃多长，如同成熟的麦穗。腰中扎一条蓝布大带，大带上挂着一个枕头大小的帆布口袋。头上戴一顶黄不黄、黑不黑的金边沿毡帽，迎门不镶美玉、不镶珠宝，而镶着一块雪白的牛骨头片。下身穿粗灰布兜裆马裤，足蹬高靿薄底快靴。脸上看，紫微微的面皮，鼻直口阔，大耳垂轮。只是看不清他的二目，因为他戴着一副特大眼镜。这眼镜是用紫红色玳瑁做框，深茶色水晶做光片，每个光片都有巴掌大小，把脸面的上半部几乎全部挡住。看年龄，不会超过四十岁。他手中擎着一根五尺多长、风磨铜杆、白金锅子、翡翠嘴子的大号烟袋。书中暗表，这烟袋净重三十六斤，既可抽烟，

又是兵刃。在烟袋锅子里还暗藏五枚钢球,每枚二两七钱。必要时,口衔翡翠嘴,用丹田力将钢球吹出。这暗器百发百中,八十步内可致敌死地。他是谁?看官自喻,当然是本书"书胆"——怪侠欧阳德!

欧阳德祖籍浙江嘉兴府平湖县西塘镇。他父亲欧阳化乃举人出身,自称北宋文学大家欧阳修的远代玄孙。欧阳化读书刻苦,文才出众,怎奈命运不济,一生也未能考取进士。直到五十多岁时,才被推荐为广东海南岛陵水县九品典史。欧阳化发妻早丧,身边只有一子,取名欧阳德,当时年方六岁。父子同到海南,人生地疏,语言又不通,再加上当地的土著十分排外,逼得欧阳化心灰意懒,只得闭门不出,每日以教子读书为乐。谁料想福不双降、祸不单行,欧阳化心情郁闷,又水土不服,刚刚到任三年便一命呜呼了。欧阳德未满九岁,虽然是个通晓经纶的少年才子,却对老父的后事无能为力。他痛哭过后,只好东奔西走,哀求官府料理丧事。可是海南陵水县的主要当权者皆是本地土著,他们根本不把那个外来的汉族官员放在眼里。任你欧阳德百般哀求,仍是置之不理,甚至还说上几句风凉话。欧阳德虽说年少,却很早熟。他心中发恨:人情淡如水,半点不假!不怪古代有些豪杰游戏人生。等我长大之后,也要效仿这些豪杰,戏弄人间几十年!发恨归发恨,眼下的丧事怎么办呢?这少年走投无路,只得亲手写了一张告白,卖身葬父!一连三天,无人过问,急得欧阳德几乎昏倒。这日傍晚,人群外走进一位绿林英雄,他穿短打,佩宝剑,年近四旬。操着浙江的口音叹道:"可叹,可怜,可贵!这位小兄弟,你埋葬老父需要多少钱啊?"

"啊?"欧阳德听对方的口音,知是大同乡,倍觉亲切起来。于是他用带有海南味的嘉兴话答道:"唔呀,吾先谢谢你老人家。若有二十两银子,吾埋了老父,就随你老人家去呀。"

"二十两？"绿林人微微一颤，若有所思。

书中暗表，这人姓梅名映霜，外号人称"圣手无痕"，乃江湖路上一位著名人士。

当时的江湖路、绿林行共分为上三、下五八个门户。所谓"上三门"，指的是武当、少林、峨眉。门人学会武艺，或报效国家，或开设武馆，或保镖押运，最不济的也当护院教师，总之一句，都是自食其力，靠功夫谋生糊口。至于"下五门"就大不相同了。"下五门"指的是黑虎、白猿、玄狐、鹌鹑、蝴蝶五种。黑虎门靠拦路抢劫；白猿门靠深夜偷盗；玄狐门靠坑蒙拐骗；鹌鹑门靠赌博弄鬼；至于蝴蝶门就更坏了，专讲采花盗柳、奸人妻女。各门户之间界限极为严格，如果超越界限，比如黑虎门的人胆敢采花盗柳，那么绿林道有权问罪。

闲话带过。单说梅映霜自幼拜在白猿门第三门长、身形无影夜摸天宋连峰膝下为徒。学艺八载，练就一身好武功，人称圣手无痕。他走上江湖路后，按照门规，当然是以偷为业。有一次夜间行盗，他偷了人家二十两白银。次日清晨，无意之中又从这家路过。只见这家门前跪着一个小男孩，年龄不满十岁。边哭边诉："叔叔、大爷，我爹病重，借了二十两银子给他治病。可是黑心贼把银子偷去了，我爹一着急，昨晚半夜死啦。爷太们，为我爹发丧，小人甘愿卖身为奴，哪位行行好，把小人买去吧……"孩子泪流满面。梅映霜心中十分难过，暗暗埋怨自己：干的这叫什么事呀？虽未亲手杀人，也算欠人命债！他连忙给那男孩二十两纹银，未及孩子感谢便跑回住处。一连数日，梅映霜心中很不安宁。他暗自想到，既入白猿门，就得以偷盗为生。可是这种行当不仁不义。男孩卖身葬父被我偶然撞见，没撞见的一定会更多。今后怎么办呢？若是再偷，定会心虚手怯，若是不偷，又别无生计。梅映霜思来想去，突然眼睛一亮；有了，今后再行窃时，不偷平民百姓、善良人家，而

专偷那些富而不仁的贪官污吏、土豪劣绅。这些人贪赃枉法、盘剥黎民,他们家财万贯,别说丢二十两,即使丢二百两、两千两,也是九牛一毛!主意拿定,心情顿觉轻松起来。

从这日起,梅映霜专偷那些行为不端的恶人,并将所得财物散发给贫困的百姓。一晃十余年,他又落了个"大侠"的美誉。梅大侠不敢辜负这个"侠"字,他常常规劝本门弟兄,希望大家效仿自己。谁料这样一来,却遭到一些门人的反对。有人骂他沽名钓誉、有人怨他管事太宽,还有人到他恩师宋连峰跟前告状。反对者不少,拥护他的人更多。凡有些正义感的门人都对他劝道:"海阔凭鱼跃,天高任鸟飞,人各有志。梅大侠,咱何不另立门户,我们就举你为门长。"

"不行。"梅映霜摇头说道,"江湖路上只有上三、下五,八个门户,另立新门户不会被人承认。再者说,咱们虽属偷富济贫,终究离不开一个'偷'字。既然是偷,除了白猿门,别无出路。"

"可也对,总得想个办法呀。"大家议论纷纷。最后有人提议,"既有上三门、下五门之分,咱何不也来个上白猿,下白猿。凡赞成偷富济贫的,属上白猿,见谁偷谁的属下白猿,一门两枝,各行其事!"

"妙!"大家一致赞同。

人无远虑,必有近忧。梅映霜另立门户属于"叛变"行为,白猿门总门长下令将其开除,并派出杀手取其性命。多亏有人提前报信,梅映霜连夜逃走。内陆不敢逗留,这才来到海南岛陵水县。不期恰逢欧阳德卖身葬父。当欧阳德说到"只要二十两"时,梅大侠又想起当年被偷的那个男孩,不由得浑身一颤,深觉往事不堪回首。

"小兄弟,你葬父的银钱我给了。你小小年纪,将来如何生计呢?"

"唔呀，谢谢你老人家。葬父之后，吾跟你老人家当差好啦。"

"当差倒不必。我见你人很机灵，想收你当个徒弟，教你武艺，你可愿意吗？"

"唔呀，恩师在上，徒儿给你老人家磕头了。"欧阳德纳头便拜，喜得梅大侠眉开眼笑。

丧事完毕，梅映霜在陵水县租了几间房子，带着欧阳德住了下来。每天早起晚睡，教他武艺。眨眼又是一年，欧阳德的腰腿有了些基本功了。梅大侠心中又喜又忧。喜的是欧阳德极为聪明，天生的练武材料。忧的是囊中渐渐空虚，师徒二人的吃喝花费眼看用尽。自从被白猿门开除之后，自己就再未行偷，怕的是门中人说三道四。今后如何度日呢？海南岛人地两生，只有回归内陆另想办法。好在躲了一年，追杀自己的那股风估计过去了，干脆，回去吧！拿定主意之后，梅映霜带领欧阳德离开海南，回到浙江杭州府。

果然不出他所料，在他的受业恩师、白猿门第三门长、身形无影夜摸天宋连峰的极力周旋下，白猿门总门长已经撤回了杀手，对他不再追捕。可是开除门户的决定绝不收回，若发现他再行偷窃，则格杀勿论。这正合梅大侠之意，他早已不想再干偷盗之事了。于是邀请了十几位好友，当众金盆洗手，从此跳出界外。依他本意，凭着满身武功，不愁混碗饭吃。谁料想做人难，做好人更难。不明真相者，一听他是被门户开除的，便以为他大罪弥天，不敢录用；明真相者，又怕得罪白猿门，对他也敬而远之。由此一来，梅大侠贫困潦倒，几乎带着徒弟乞讨街头了。

天无绝人之路，正在此时，南七北六十三省总镖头、神镖将胜英胜子川恰好押运镖车从京西宣化府来到杭州。他闻知梅映霜之事，深表敬佩与同情。于是出资白银一万两，在杭州开

了一处镖局分号,并请梅大侠担任镖头。梅大侠绝地逢生,千恩万谢。胜英为人仗义,又提出与梅大侠冲北磕头、八拜结交。于是二人结为兄弟。胜英有位心爱的弟子,就是如今"威震三江"的飞镖黄三太。当时,黄三太尚未出师,遵照胜英的吩咐,也与欧阳德拜为弟兄。老少四人欢聚半月,各自散去。梅大侠用胜英的银子买了一处宅院,这宅院种满枫树,每到深秋,一片火红。大侠暗想:我名映霜,这满院的枫树是好兆头。于是取名"枫院镖局",替胜英照管江南业务。

什么叫镖局呀?原来在康熙年间,邮运工作尚未开展。有些大商家要办置南北货物;有些官僚和民间富豪也要往原籍家中运送金银财宝。可是途中不安全,常有山贼草寇拦路劫抢。为了保护财产,人们便请有关部门负责押运。这个部门便称做镖局,其首领则称镖头。镖头必须武艺高强,否则镇不住群寇。当时,全国总镖头就是胜英。他令梅大侠在杭州开设分号,也是对梅大侠的信任。梅映霜不负所望,果然将枫院镖局办得火红起来。

眨眼又是二年,欧阳德在枫院日夜苦练,基本功已经十分娴熟了。从第四年开始,梅大侠教他轻功,蹿高蹦矮、滚瓦爬坡,一练又是二年。待轻功练就,始教兵器。欧阳德对刀枪剑戟皆无兴致,却喜欢使棍。根据本人爱好,梅大侠为他打造了一根熟铜棍。这条棍净重三十六斤,外表镏上一层金水,锃光瓦亮。二年过去,欧阳德的棍法已是神出鬼没了。

这天,梅大侠叫来徒弟,说道:"德儿,你九岁学艺,如今已经十六岁了。为师本该再教你几年,怎奈你过于聪明,把我这点本事全掏净了。昨天,京西宣化府胜老英雄派人送信,言说他那得意高徒黄三太即将出师,定于三月十五摆设香堂盛会。届时,南七北六十三省上三、下五各门豪杰都要在宣化府集聚,一为胜老英雄祝贺、二为其高徒黄三太贺号戴花。为师乃胜老英雄门下的分号镖头,既接到请柬,绝无不去之理。"

"唔呀,师父呀,胜老英雄为弟子摆设香堂,一定很热闹呀?"

"当然,根据胜老英雄的人品、武艺、门户,参加香堂盛会者必将空前。"

"唔呀,你老人家把徒儿吾也带去吧,让徒儿也开开眼界呀。"

"这……"梅大侠沉默片刻,一声长叹,"德儿,不行啊。为师是胜老英雄的门客,你算什么身份呢?"

"唔呀,吾是你老人家的徒弟呀!"

"唉,正是如此,你更不能去了。德儿,为师的经历你也知道,我是被白猿门清除的人物。根据绿林规矩,像我这种人是没有资格再收徒弟的。即使收徒,也不敢摆设香堂,徒弟出师之后,也不被江湖承认。"梅大侠说到此处,眼圈发红,"德儿,为师把你的前程耽误了。不但不能带你去京西宣化府,而且还想打发你走。"

"唔呀,"欧阳德慌忙跪倒,"师父,徒儿不去就是了,你老人家别生气呀。一日为师,终身是父。什么门户不门户的,吾可不在乎呀!"

"非也。"梅大侠摇了摇头,"当今状况就是这样,没有门户,即使有天大的本领,也难闯出一番事业。另外,我打发你走,也不是光为门户。刚才说过,我的武艺被你学尽了,再留下去,于你无益。所以你应该单独去闯,若逢机会,可以另投一位正门正户的师父重新学艺。至于我嘛,就把你当成一个螟蛉义子好了。德儿,你才十六岁,前途无量。我意已决,不必多说。赶快去收拾收拾,明日清晨咱们一同上路。"

"嗯……师父在上,受徒儿大礼参拜。"欧阳德知道难以挽回,忙给师父磕了三个头,回到自己的住处。当夜,他无论如

何也睡不着觉。心中暗想：世上最难琢磨的是"人情"二字。当年，老父病丧海南，人情淡薄，若不是碰上师父，自己的小命也早就完了。而今，师父侠肝义胆，品格高尚，却又被这"人情"二字闹得如此烦恼，就连亲授弟子都不敢公开。哼，我就不信这些，将来倒要拿它开点玩笑，看你世人敢对我如何！欧阳德越思越想心中越乱。反正是睡不着，他点上油灯，取出一本书来灯下观看。这是本杂书，名叫《游侠列传》。取材于历代传说，按着明清章回小说体加工而成。其中有一段《滑稽侠笑谏汉武帝》。内容是描述西汉大臣、文学家东方朔讽谏汉武帝刘彻的故事。这位东方先生性情诙谐、语言幽默，由于他玩世不恭，因而得罪了一些人，就连皇帝也对他不满。东方先生却毫不在意，挥笔写了一篇文章，名叫《答客难》，把世间"人情"分析得十分透彻，文章上交皇帝后，他便骑上白马，游侠天下去了。欧阳德读罢这篇小说，拍案叫绝！

"唔呀，东方先生好高明呀，这么多年前便看破了人情，比吾强多了。他骑上白马，诙谐滑稽，真有意思呀！对呀，吾们练武的人都得有个外号，什么摆设香堂、贺号戴花，去他个王八羔子吧，吾老人家自己为自己取个外号，就叫'小东方'好了！小东方，太美了，美死吾老人家！"欧阳德自言自语，乐得手舞足蹈，折腾了整整一夜也没睡觉。次日清晨随同师父出离了杭州，一同北上。这天来到嘉兴府平湖县西塘镇，梅大侠买来些纸马香烛，让欧阳德去祖宗坟前烧化祭奠。祭奠完毕，梅大侠说道："德儿，咱爷儿俩该分手了。为师要去北方的宣化府，你想到哪去呢？"

"唔呀，师父去北方，徒儿不敢同行。咱是从南方来的，吾又不能往回走，东边是汪洋大海，吾只能往西边闯闯了。"

"也好。不论走到哪儿，都要小心谨慎。"

"是。师父一路珍重。以后有了机会，吾再看望你老人家。

到了宣化府，替徒儿向胜老英雄与黄三太大哥问好。"

"知道了。"梅大侠强忍悲痛，给了欧阳德二百两纹银，师徒洒泪而别。

且说欧阳德行无定所，饥餐渴饮，一路向西，这天来到四川省峨眉县。峨眉县东临岷江、西靠峨眉山，物阜民丰，景色宜人。欧阳德面对这无限风光，万分感慨：不怪人家峨眉派是上三门，人杰地灵，造化出多少好汉！待休息两天，我倒要进山走走。当晚，他住在店房。但店房的大门、二门、客房门都张灯结彩，对联高挂。他对伙计问道："唔呀，堂倌，你们掌柜的要娶媳妇吗？"

"客爷真爱玩笑。我们掌柜的都快七十啦，娶哪门子媳妇？"

"那为什么挂灯结彩呀？"

"客爷，您年龄不大，怎么糊涂了？今天是大年三十，明天过年呀。"

"唔呀，吾老人家真过糊涂了。"欧阳德暗笑：阳春三月在嘉兴府与恩师分手，一路游游逛逛，竟连过年都不知道。伙计也暗笑：这小爷不过二十岁，却自称"老人家"。南蛮子都有钱，我顺着他说，准有好处。于是笑道："过年了，您老人家添什么东西，把银子交给小的，小的替您老人家购置。"

"唔呀，你这王八羔子想经手三分肥呀？吾老人家不用你，自己去买呀！"欧阳德走出店房，打算买点年货。忽然，一阵小北风刮来一片乌云，飘起了小清雪。四川很少下雪，欧阳德生在江南也很少见到雪，所以十分高兴，流连忘返。他走大街，串小巷，直到傍晚还不想回店。谁料越走越冷，冻得他浑身打战。欧阳德心想：南方人不禁冷，我添置几件衣裳吧。他在一家铺户买了棉衣、棉帽，当即穿戴好，顿觉暖和了许多。走出铺户时天已黑了。糟糕，人生地疏，再也找不到自己的店房。正往前走，路边有座破庙，为避风雪，他走进庙中。这庙的一

角已经塌了,风雪直往里灌。供桌上点着一盏小油灯,借灯光观看,供桌下边有一堆破烂草,草丛中躺着一人。这人是个讨饭乞丐,头旁置放着破瓦罐,旁边扔着打狗棒。那乞丐五十多岁,光着膀子,赤着双足,浑身只穿一条短裤。他四肢伸开,躺卧在草中。欧阳德心想:天寒地冷,乞丐莫非冻死?走到切近用手摸了摸鼻息,二气尚存。于是他脱下新买的棉袄,盖在乞丐身上。谁料那乞丐冲他一瞪眼:"你想干啥子?老子睡得好好的,你用棉袄闷死我,噢,图财害命,想谋我的瓦罐和打狗棒吗?"

"唔呀。"欧阳德哭笑不得。心想:这人要冻死了,说胡话呢。笑道:"你老人家把吾老人家的好心当成驴肝肺了。吾怕你冻坏,才把新买的棉袄给你盖上。"

"噢?"那人从草丛中坐起道,"误会了,你老人家救人救到底,把棉帽子也赏给我老人家吧。"

"唔呀,咱俩都是老人家,行啊。"欧阳德往头上一摸,想摘帽子,谁料头上光光,那顶棉帽不翼而飞。他正纳闷,帽子几时丢的?怎么毫无感觉呢?忽听那乞丐笑道:"这棉帽是兔毛的吧,挺暖和。"

"啊?"欧阳德一看,帽子早已戴在乞丐头上了。"唔呀,真可恶,你怎么偷吾老人家的帽子呀?"欧阳德当事者迷,他应该想想,人不知、鬼不觉,对方能从他头上摘走帽子,那就绝非等闲之辈。可是他光顾生气,忘了这些。那乞丐笑道:"嘿嘿,这般小气,帽子还给你,连棉袄我也不要了。"说罢,又重新躺下。欧阳德心中有气,抱起衣帽走出庙门。西北风一吹,他打个寒噤:"唔呀,天气这般冷,那花子赤身裸体,一夜就得冻死。吾不能见死不救呀!"于是他二次返回:"吾老人家不跟你一般见识,衣帽留下,再留一两银子,明天过年吧。"说罢,对方却未回答。欧阳德不由得自言自语:"唔呀,全怪吾老人家,吾老人家不该怄气而走呀，他老人家准是冻坏了。"一边说话，一边凑向乞丐。来到乞丐身旁，不由得大惊失色。见那乞丐赤身而卧，尽管墙角漏着风雪，他身上却热气腾腾，睡得十分香甜。嘴里嘀嘀咕咕还直说梦话："小南蛮子好狠心，想把我冻死。哈哈，我可不怕冷，好热，好热呀！"

"唔呀，碰上活神仙了！"欧阳德这才明白，身旁的乞丐乃是世外异人。怎么办？恩师梅大侠让吾闯荡江湖，今日恰逢异人，绝对不能放过。可是这位异人神神怪怪，若用普通招法，他未必收我。有了，对怪人用怪招。欧阳德也将衣服脱净，顺着乞丐身旁躺下。乞丐浑身冒汗，他却冻得要死。上牙打下牙，身上发紫，眼看昏死过去，却又一声不吭。到了后半夜，那乞丐吃不住劲了。厉声喝道："起来，要死，死在别处去！"

"唔……唔呀，你老人家把不怕冷这招教给吾老人家，吾老人家就起来。不……不教，吾老人家就不起来！"

"嘿嘿，无赖！"乞丐笑道，"你小子挺怪，跟我还算投缘。告诉你，不怕冷这招，可不是三天两天能学会的。"

"吾跟你老人家学定了，十年八年也行。"

"穿上衣裳，收拾收拾跟我走。"

书中交代，这乞丐复姓诸葛单名方，人称外号"丐剑哈哈叟"，乃川西峨眉派第六代正宗传人。他的受业恩师红莲长老现为峨眉派总门长。诸葛方武功绝伦，堪称川西高手。除了轻功、硬功，他另有三种奇艺。一种称做"寒暑不侵"，严冬赤身不冷，酷夏穿皮不热；二种称做"五星连珠"，属于暗器。既非金镖，又非袖箭，而是五枚钢球，每枚二两七钱，既可单发，又可齐发，一旦抛出，定取人性命；三种称做"点穴法"，根据人体周身穴位，按不同时间，只要用手指一点，便可切断血液循环，使对方产生麻木感，再也动弹不得，就如同今日的针刺疗法和压迫疗法，施展起来十分管用。丐剑哈哈叟诸葛方尽管身

怀绝技，怎奈脾气古怪，亦真亦假，所以落落寡合，就连收下徒弟后，不出三个月也会被他撵走。他的受业恩师红莲长老屡次劝他，让他改改毛病。并警告他说："长此下去，不会有人跟你学艺，这一支派就会失传。"又有一些本门师兄弟戏称他"绝户武功"。诸葛方不服，声称走遍天下也要寻访一名得意传人。不期破庙逢欧阳德，诸葛方十分高兴。心想：这少年屡送棉衣棉帽，可见他怜悯孤苦，心地善良。另外，他冻得浑身发紫，几乎死去，却一声不吭。可见他意志坚定，性情果敢；最主要者，他竟效仿我，赤身而卧。这一招法挺怪，怪得与我相同。天赐良缘，不收此徒还收何人？诸葛方拿定主意，带领欧阳德回归峨眉山。

按说，欧阳德已经十六岁了，学练武功起步已晚。幸喜他在梅大侠手下早已打好基础，跟随诸葛方练武还不算吃力。一晃又是九年，欧阳德已经二十五岁。他将师父的武功和三种绝艺完全学会，某些地方甚至超过其师。诸葛方年近花甲，对欧阳德叹道："你武功已成，你是我唯一的徒弟，可是我又不能为你摆设香堂。"

"为什么？"欧阳德大惑不解。

"德儿，你曾随梅大侠学艺，他是下五门，我是上三门，上三门抢下五门的徒弟，江湖上会议论纷纷。"

"唉，"欧阳德心中难过，"您与梅大侠都是可敬的长辈，却也卷在'人情世故'之中。吾不在意这些，您二位都是恩师，至于香堂之事，徒儿并不看重。"

"难得。为师虽不能为你摆香堂，却可以领你去拜见师祖。"说罢，领着欧阳德奔往清音阁。清音阁位于峨眉山牛心岭，东有白龙江，西有黑龙江，二江合流处有一怪石，颜色黑红，光泽闪闪，高数丈，状若牛心，取名牛心石。牛心石两侧各有一座拱桥，取名双飞桥，越过拱桥便是清音阁。寺院宏伟，峨眉派总门长红莲长老便住在这里。高僧年届九旬，见到徒孙十分偏爱。欧阳德演武之后，长老更加欢喜："呵呵，有其师必有其徒，一对怪才，怪得可爱。祖孙初次见面，若不赠些礼物；你师父就该背后骂我了。"

"徒儿不敢。"诸葛方笑道。

"来呀，"长老对小沙弥吩咐，"快去葫芦顶，将那杆烟袋取来。"

"是。"小沙弥去不多时，扛来一杆特大烟袋。这烟袋长有五尺，风磨铜的杆、白金锅子，翡翠嘴。长老接过烟袋，对徒孙笑道："本师祖乃边北辽东人氏，少年时期，曾随同老罕王征战天下。那时，本师祖最喜丹白桂，也就是烟草。每天吸上三五袋才觉过瘾。后来二帝皇太极继位，下旨严禁丹白桂。本师祖年轻火气旺，声言丹白桂补气提神，有益无害。皇上闻讯，将我传去，又把这只大烟袋交我，令我在金殿吸尽一锅。谁料刚吸了一半，便猝然昏倒，方知丹白桂有毒。皇上圣明，将这大烟袋赐我，令我现身说法，警喻世人。从此，本师祖戒烟，又将烟袋当做大棍，横扫天下。"

"唔呀，"欧阳德叫道，"烟袋当大棍，奇了！"

"哈哈，"长老大笑，"不仅当棍，而且还藏有暗器。徒孙呀，将你那五枚钢球拿来。"

"是。"欧阳德不知长老用意，忙将钢球送上。红莲长老把五枚钢球装进烟袋锅子，口衔翡翠嘴，来至庭院，用力一吹，但见五珠联璧，同时飞出，"啪啪啪……"将五条树枝一齐斩断！欧阳德目瞪口呆，就连诸葛方也吃了一惊："师父好偏心，只教徒儿用手发钢球，烟袋藏暗器却从来不露。今日当众显示，莫非有意传授徒孙吗？"

"正是。"长老把烟袋交与欧阳德，又对诸葛方说道："人称你为'丐剑'，三尺青锋已自成一家。而德儿恰喜使棍，本师

'五珠连璧'不可失传，正好授他。"

"德儿，"诸葛方叫道，"还不磕头谢恩，更待何时？"

"谢师祖。"欧阳德大礼参拜。

弹指之间，又是一年。欧阳德日夜苦练，已深谙"五珠连璧"之功法。这日辞别师祖，走下峨眉山。

忆当年，父死难治丧，梅大侠授艺却不敢收徒，诸葛剑客为上三门豪杰名士，他也为了声誉，免去香堂盛举。这件件往事，使欧阳德看破红尘，他决计笑闹数十年，来上一番"人生游戏"。首先从服装做起，由于掌握了"寒暑不侵"之功，所以一年四季翻穿皮袄，又配上一副特大号茶色眼镜，使人看不清他的庐山真面目。手拎大烟袋，暗藏钢球，自称"小东方"，一头闯入江湖。江湖路上共分上三、下五八个门户，除了蝴蝶门采花盗柳他绝对不干，余下的七门他见啥干啥。上三门的保镖、护院、卖艺他干过，下四门的抢劫、偷盗、拐骗、赌博他也干过。不过，皆是对付坏人，对忠臣孝子又尽力保护。他横行江湖，引起各门注视，他所作所为，又引起各门不满。怎奈他没有门户，对他难以制约，只得用武力清除。想用武力对付他谈何容易？多少位武林高手皆成了他手下败将。欧阳德比武原则是只将对手打败，而不打伤，更不打死。武林中也有"欺软怕硬"的陋俗。一晃十余年，他们不仅承认了这位"小东方"，而且又为他贺了一个"怪侠"的美誉。除了蝴蝶门，其余七门联合决定：小东方怪侠欧阳德愿干什么就干什么，各门各户不准干涉。这样一来，欧阳德反觉尴尬。他带足金银，云游名山大川去了。两年之间，绿林人不知他的下落。

书归正传。再说白马将李七侯一见后窗户捅进大烟袋，就知怪侠光临，连忙请到屋中。欧阳德望了彭公几眼，笑道："唔呀，你就是奉旨大钦差呀？哈哈，死期不远了！"

第五回　金印岭钦差失金印
　　　　黄花庄怪侠会黄花

　　钦差彭朋心中暗道:"我的绿林朋友很多,却从未见过此人。据他这身打扮,可能是一位世外奇才。于是扭头问道:"七侯,这位英雄是谁?请与下官指引介绍。"
　　"大人,您虽与他不相识,估计早听黄三爷他们说过。这英雄大名鼎鼎,如雷贯耳,他复姓欧阳单名德,自称小东方,人称怪侠,乃武林之中第一高手!"
　　"噢?"彭公连忙走近,抱腕禀手,"您就是欧阳侠客?久仰大名,未见其面。下官与黄三太、杨香武、李七侯等各位豪杰皆为至交,他们曾屡次提到侠客大名,并对侠客的品德及武功赞颂不止。下官久欲相会,只恨无缘,今日见面,真三生有幸也!"
　　"唔呀,你们当官的说话太啰唆呀!吾老人家可不会客气,请问钦差,你老人家有几颗脑壳呀?"
　　"啊?"彭朋一愣。白马将李七侯心中暗道:怪侠有点过火啦。彭公不是一般人,他乃代天巡狩,钦差大臣,又是朝中礼部尚书,对这样的大员,还是应该尊重。为此,七侯赶紧解围:"彭大人,欧阳怪侠历来诙谐,他和您开玩笑呢。"
　　"唔呀,七侯兄弟,吾老人家可不是开玩笑呀,你们往地下看看就明白了。"说罢,他往地下一指。众人顺着他手细看,只

见酒杯落处,木质地板已经烧黑了一片。李七侯大惊失色:"欧阳兄,这是怎么回事?"

"唔呀,你白马将也算武林中人吗?若不是吾老人家用烟袋捅飞酒杯,你老人家早没命了。你死不打紧呀,钦差官陪你一死,谁去青剑岭抓白起龙那王八羔子?"

"欧阳侠客,"彭公再次禀手,"下官多谢救命之恩。去青剑岭捉拿白起龙之事,侠客从何处得知?"

"听吾老人家慢慢说呀。"欧阳德玩世不恭,他连皇帝老子也不放在眼里。可是与彭公接触不久,便对这位钦差大臣的一身正气产生了敬意。他收起常态,一本正经地讲了起来。

原来,欧阳德被绿林各派承认之后,便收敛锋芒,云游名山大川去了。泰山素称"五岳之尊",奇峰峻岭不可不游。游罢东岳,他又来到济南府大明湖,准备一览趵突泉。趵突泉不愧为七十二泉之首,果然别有风光。但见泉源上喷,水涌如轮,浪花四溅,声若隐雷。欧阳德诗兴大发,仰面唱道:

　　四面荷花三面柳,
　　一城山色半城湖。
　　白云紫雾相缭绕,
　　波涛声震耳聋无!

诗未唱尽,忽听身后笑道:"好,难得侠客爷也有这种雅兴。多日不见,侠客爷一向可好?"

"唔呀,"欧阳德回身一看,见身后站着四个人。他们是金眼骆驼唐治古、火眼狻猊杨治明、双麒麟吴铎、花叉将杜茂。前二者是黑虎门传人,专干拦路抢劫勾当;后两个是玄狐门子弟,只会坑蒙拐骗。怪侠笑道:"唔呀,你们四个王八羔子从哪里来呀?趵突泉游人很盛,连抢劫带拐骗,龟孙们发大财了。

分给吾老人家一半吧。"

"嘿嘿，侠客爷见面就骂。反正咱也惹不起你老人家，挨骂也得忍着。走吧，先请侠客爷去吃午饭。"

"唔呀，王八羔子孝敬吾老人家，吾老人家只得赏脸呀。"

众人边说边走，一路来到太白楼。金眼骆驼唐治古是四人的头目，他向堂倌要了一间雅座，又点上酒菜，痛饮起来。据怪侠估计，这四贼可能买卖得手，发了一笔小财，所以才宴请自己。谁料四贼边饮酒边和欧阳德套近乎："侠客爷，圣手无痕梅映霜是您的启蒙老师，论门户，您也算咱下五门弟子。既然不是外人，我们就实话实说。这次来济南，可不是为了抢劫、拐骗，而是要干一件惊天动地的大事！"

"哈哈，"怪侠故作不信，"就凭你几个龟孙的功夫，还能干什么大事？"

"是呀，正因为我们武功不行，所以才请侠客爷喝酒。您老人家若肯帮忙，咱们后半辈富贵无穷。"

"唔呀，说给吾老人家听听。"

"您千万别外传。"唐治古压低声音，"前不久，西路天王、紫面达摩僧白起龙在广西西林县下黄山青剑岭举事反清。"

"吾老人家听说过，乌合之众，成不了大事。"

"光是白起龙当然不行。如今外国耶稣教支持他，听说向他援助洋枪洋炮。另外，中国的耶稣教徒为数不少，若是抱成一团，也够康熙皇上难办的。"

"唔呀，康熙皇上可不是好惹的，他不能不管呀！"

"对，皇上采纳了礼部尚书彭朋的主张，准备起用黄三太、李七侯他们上三门攻打青剑岭，然后再杀伐全部耶稣教徒。您大概也有耳闻，咱下五门豪杰在教的很多：彭朋一旦得手，咱就大祸临头。为此，下五门各路总门长联合决议：凡本门中的耶稣教徒，均要协助白起龙共反大清。至于非教徒，凡自愿参

战者,皆有重赏。听说白起龙很感谢下五门,已经拨了白银十万两,每门两万,做活动费用。"

"哈哈,吾老人家明白了。你们四个混账王八羔子武功不行,想拉吾老人家入伙,同去青剑岭协助白起龙吗?"

"侠客爷只猜对一半。我们想拉您入伙不假,但是不去青剑岭,而是在途中截杀彭朋。"

"唔呀,彭朋是钦差大臣,钦差出朝,地动山摇,随便下得了手吗?"

"彭朋狠毒,为了奇袭青剑岭,他化装成商人,秘密行动。据我们所知,他身边有个姓左的负责保护。这姓左的原为索亲王护院教师,也是上三门门人,估计武艺高强,不然也不敢孤身一人保护钦差。我们四人武功不高,怕非姓左的对手。所以想请侠客爷协助,大功告成后,白起龙能赏两万两。"

"唔呀,你们若是碰不见吾老人家,彭钦差就平安无事了。"

"不能便宜他。彭朋去绍兴府密邀黄三太,他们一旦会合,凭黄三太的金镖、宝刀,咱就不敢下手了。为此,下五门从山东济南府开始,直至浙江杭州府,穿越鲁、皖、苏、浙四省,布下三十六道埋伏。我们守在济南,是头道杀手,后面还有三十五道,想那彭朋插翅难逃!"

"噢?钦差私行乃朝廷重大机密,你们几个王八羔子怎么会知道的这样清楚?"

"这……据说朝中有位重臣也是耶稣徒,是他提供了消息,不会有错。"

"唔呀,吾老人家既是下五门,理当出头。不知彭朋何时到达?"

"多谢侠客爷。"四贼一见他愿帮忙,自然喜出望外,"不瞒您老人家,我们哥几个都不认识彭朋。所以指派胡铁丁带着几个踩盘子小伙计在官道上把守。胡铁丁外号胎里坏,北京天桥人氏。他经常见到彭朋上朝下朝,所以对那狗官十分熟悉。一旦发现彭朋,胡铁丁立刻会来报信。"

"唔呀,胡铁丁那混账王八羔子吾也认识。他好酒贪杯,又无本领,办不了大事呀。还是吾老人家去一躺吧。"

"那更好了。您认识彭朋吗?"

"只要见到胡铁丁,也就找到彭朋了。"怪侠说罢,告辞而去。

再说四贼,他们见怪侠走了,满腹狐疑。三贼向金眼骆驼唐治古埋怨道:"大哥,怪侠为人神出鬼没,他与下五门有交情,可是与上三门也是朋友。你不该把底细全部透露,万一有变,咱可不好收拾。"

"嘻,求他帮忙心切,只得听天由命吧。"

一晃两天,这日傍晚,胎里坏胡铁丁跑到下处送信:"彭朋来了,住在济南郊外姜家老店。"

"噢?看准了吗?"

"一点不错。他们一行六人,除了彭朋,还有一个保镖的及四名家丁。那个保镖的好机灵,可能对我们有所觉察,他声扬要住宏升客栈,结果住进姜家老店。幸亏我暗中跟随,险些上当。"

"怪侠呢?"

"什么?哪位怪侠?"胡铁丁一愣,"您说欧阳德?我已经几年不见他了。"

"他没去找你?糟了!"

"大哥,"火眼狻猊杨治明苦笑一声,"别怪我埋怨你,那欧阳德和咱们根本不是同路人。你把底细都交给他了,依我看,他不会帮助咱们,很有可能去帮助彭朋。唉,他若真与咱们作对,别说咱哥四个,就算四十个也不是他的对手。"

"现在说什么都晚了。"唐治古自我解嘲,"也许怪侠没找到胡铁丁。"

"我倒有个主意。"胡铁丁见几人害怕怪侠,连忙献策,"离此不远,有座黄花庄。黄花庄有两位豪杰,黄龙、黄虎。他们虽是峨眉门弟子,却与我有些交情。你们几位只管去行刺,我请

二黄打接应。不是说大话,二黄若肯出头,就不怕什么怪侠了。"

"好,既然如此,就请老胡辛苦一趟。事成之后,定有重赏。"他们派走胡铁丁,来到姜家店。正逢钦差彭朋与白马将李七侯叙旧。四贼暗想:一个姓左的护卫,我们都未必能胜,再加上白马将李七侯,取胜更难。看来只有暗算,不可明斗。于是他们分头动手,绑上店东姜够本,又从附近饭馆弄来酒菜,酒中撒下烈性蒙汗药,准备把彭公等人撂倒。多亏欧阳德用烟袋打落酒杯,救下诸人。

欧阳德简单讲罢经过,白马将李七侯忙抽宝剑:"欧阳兄,那四贼在哪里?我去擒他。"

"唔呀,等你擒他,晚半月了。吾老人家用点穴法点住四贼,他们都在院里站着。待吾去为他们解开穴道,交钦差盘问吧。"怪侠说罢,领着李七侯、左逢春来到院中。抬头一看,不由得大惊,院中哪有四贼的踪影。

"唔呀,吾老人家可从来不吃这个,今日算是栽了。李七侯贤弟,你在此保护钦差,吾老人家追那龟孙一程!"说罢,抖身上房,眨眼不见踪影。

"栽了?"吹破天左逢春望着怪侠的背影,疑惑不解,他向李七侯问道:"什么叫栽了?惹得怪侠如此动怒?"

"左贤弟,你在王府多年,对外界不甚了解。这位欧阳德身怀三绝艺:寒暑不侵、铁弹伤人、点穴法。他的点穴法是按人体周身穴位,只要点上,谁也动弹不得。除非怪侠再解开穴道,否则寸步难移。而今四贼能够脱逃,必有另外一个人替他们解通穴道。能够解开穴道者,必是高手。"

"我还不明白。"左逢春摇头问道,"即使那人会解通穴道,也只不过与怪侠平等,怪侠又栽在何处?"

"左贤弟,怪侠的武功与你我不同。他眼观六路,耳听八方。刚才他在屋里,对院中的所作所为竟毫无察觉,由此可见,那位高手的轻功举世无双，所以怪侠才承认栽了跟头。"

"原来是这样。"二人回到屋中，向彭公讲述了经过。这时，天已渐亮了。众人折腾了一夜，谁也没睡。李七侯派四名家丁在马棚里找到店东姜够本，老头儿被捆得手脚麻木，苦不可言。彭公给他五两银子，又派他买来些酒菜，一边吃饭，一边等候欧阳德。天到近午，仍不见怪侠归来。彭公说道："下官公务在身，不敢耽搁。既然欧阳侠客至今未归，我就不等他了。七侯呀，令兄五侯重病在身，你也该早日回家探望。见面之后，替下官向他问好。"

"是，多谢大人。"李七侯说罢，就要起程。吹破天左逢春慌忙拦住："慢走。在下有一事不明，想跟李七爷请教。"

"左壮士太客气了。"

"请问七爷，国家和自家哪个重要？"

"当然是国家重要。没有其国，哪有其家？"

"既然这样，我向李七爷直说了吧。在下人称'吹破天'，论说大话，天下第一，论真本事，稀松平常外带二五眼。我受索亲王的委派，一路保护彭公。原以为彭公秘密私行，无人知晓，我也倒不必紧张，不必害怕。据欧阳怪侠刚才所述，下五门与青剑岭携手合作，一路派出三十六道杀手谋害钦差。不知底细者，以为我孤身保驾，是条豪杰，其实动起手来，我必败无疑。在下如同草芥，死而无怨。钦差身负国家重任，一旦危险，后果不堪设想。李七爷，自古以来忠孝难以双全，我求您保护钦差南下，为国家尽忠；在下甘愿去滨州府，侍奉李五爷，替七爷尽孝。李五爷万一不测，在下披麻灵前，尽人子之劳。李七爷，看在国家和黎民百姓的分上，您答应了吧！"话毕，左逢春双膝跪倒，磕下头去。李七侯热泪盈眶，慌忙扶起。心想：左逢春外号吹破天，从不承认自己无能。今日为了保护钦差，竟然给我下跪，让我怎敢推辞？于是说道："左壮士，肝胆相

照,光明磊落,令七侯十分敬佩。家兄患病,自有家嫂和晚辈们照料,岂敢劳动大驾。在下不才,愿陪左壮士一道保护钦差。"

"多谢了。"左逢春深知白马将李七侯的本领,有他保驾,料无妨碍。彭公笑道:"七侯,你不回家,五侯兄也不放心。下官写封书信,让彭兴送交五侯,省得他惦念。"彭公与李五侯是同榜进士,彼此熟悉,修书完毕,家人彭兴奉命而去。

当天下午,众人动身。又是三五天,平安无事。正往前走,对面闪出一座荒山。这山不算太高,却四四方方。山脚下立一石碑,上写"金印岭"三个红色大字。七侯笑道:"大人,名副其实,这山的形状确似一方金印。"话音未落,只听铜锣山响,有人高声喝道:"此路是我开,此树是我栽,有人从此过,留下买路财,胆敢说不字,管杀不管埋!"随着喊声,山环中跑出一哨人马,前边是六七十名喽啰,都是青布手巾包头,身穿青布裤褂,白袜子,打绑腿,手执四尺八寸长、二寸八分宽的斩马大刀。为首一人,年龄在二十多岁,一身宝蓝缎子箭袖花袍,面如团粉,白中透红,斜眉入鬓,目若秋水,手使一口单刀,拦住众人去路。吹破天左逢春一看,认识此人。这人姓韩名山,人称"玉美人",乃蝴蝶门子弟,专讲采花盗柳。要搁平日,左逢春不稀理他。今日保送钦差,多一事不如少一事。为此,左逢春上前叫道:"哈哈,这不是玉美人韩贤弟吗?你拦路抢劫,不怕黑虎门找你算账吗?"

"噢?我当是谁,原来是吹破天左大哥。你一向可好啊?"

"韩贤弟,"左逢春手指彭公说道,"这位是敝东家,茶叶商人。看在愚兄分儿上,让我们过去吧。"

"哈哈,凡是熟人一律放行,让我们喝西北风吗?休走,看刀!"韩山知道左逢春武艺平常,并不惧他。左逢春连忙抽刀招架,没过三招两式,败下阵来,白马将李七侯让过吹破天,挺枪催马直取韩山。韩山不认识李七侯,只以为他是个镖客,并未放在眼里。谁料行家伸伸手,便知有没有,七侯大枪一点,刺破韩山左肩头,喽兵大乱。这时,铜锣再次响起,山环中又走出一哨队伍,为首者手持方天化戟,胯骑胭脂马。他来到山口,高声叫道:"大水冲了龙王庙,一家人见面不相识。眼前可是白马将李七爷吗?"

"噢?"李七侯抬头一看,认识。来者姓戴名成,外号赛温侯。戴成抱腕禀手:"李七爷,韩山初入绿林,不识金面,七爷多多原谅。"

"不敢当。戴寨主,既然都是朋友,请放我们过去吧。"

"哪的话?七爷贵足踏贱山,岂有越门而过之理?敝山虽说贫困,凉水烧成热水也得款待七爷,您若瞧得起我赛温侯,请!"

"这……"七侯暗道:看来不去不行了。他不会轻易放我们过山。也罢,这赛温侯戴成若是三十六路杀手之一,免不了一场血战。若非杀手,寒暄几句也不算什么。想到此处,低声与彭公打个招呼,催马上山。

来到聚义厅,戴成命喽啰看茶,又起身问道:"李七爷,这几位都是何人呀?"

"噢,忘了介绍。这位是敝东家,茶叶商人。这几位是他的仆从。至于左逢春,嗯?左壮士哪里去了?"李七侯这才发现左逢春并未上山。戴成对左逢春并不关心,只向彭公说道:"您是李七爷的东家,请来上座。来人,赶快摆酒,与李七爷迎风洗尘。"吩咐下去,酒宴摆上。事到而今,七侯不便推辞,只得入席。不过,他加着万分小心,看看杯中酒,不浑不黄,清澈到底,闻了闻也无邪味,这才暗示彭公,饮了下去。糟了,天玄地转,头重脚轻,虽知受骗,又无可奈何,片刻昏了过去。

戴成大笑,命喽啰捆上众人,又向偏寨叫道:"你们都出来吧,大功告成了。"

"哈哈,戴寨主功高如日月。"随着笑声,从偏寨走出四人。一个道家打扮,三个武生。书中暗表,这四人是劫杀钦差的二路埋伏。老道姓马名道玄,人称恶法师。三个武生是:蝎虎子

第五回 金印岭钦差失金印 黄花庄怪侠会黄花

61

鲁廷、小金刚苗顺、青毛狮子吴太山。他们四人从济南府跟踪彭公，由于李七侯保驾，一直未敢动手。恶法师马道玄是赛温侯戴成磕头的盟友，所以请戴成帮忙。戴成情面难却，才用特制的五灵返魂酒醉倒诸人。"

戴成传令："快用凉水把他们浇醒。"

彭公与李七侯醒来，发觉被绑，自知上当，凶多吉少。七侯骂道："戴成，我与你往日无冤，近日无仇，你又因何绑我？"

"哈哈，李七侯，此事与本寨主无关。我只是受马道爷之托，你有话讲给他吧。"

"哪个马道爷？"

"无量天尊，贫道便是。"

"马道玄？"七侯暗想：这恶道心黑手狠，落他掌中，九死一生。

"李七爷，你那贵东翁是谁呀？"

"他乃茶商，要去苏杭办货。"

"茶商？未必吧。"恶道话音刚落，大厅门外跑进一名头目："报告大寨主，从他们马匹的褥套中搜出一块四四方方的黄金，上边刻着字，我们都不认得。"

"噢？"戴成接过一看，原来是封金印，上边八个篆字"代天巡狩如朕亲临"。看罢金印，戴成紧张起来："马道爷，您只说这掌柜是您的仇人，可没说是钦差大臣呀！拦劫钦差，国法难容，祸惹大了！"

"戴寨主不必惊慌。一切后果本道承担。"马道玄接过金印，又向头目问道："还有别的物品吗？"

"还有些财物和衣服。我去取。"

"不必了。"马道玄本想搜出圣旨，岂不知圣旨背在左逢春身上。他手托金印，向李七侯笑道："哈哈，茶商？好大的茶商啊！今天让你们死个明白，贫道奉了五路门长之命，一路劫杀狗官。冤家路窄，休怨贫道无情！"说罢，抽出宝剑就要下手。

戴成慌了："马道爷且慢，要杀钦差，你往别处去杀，千万别给我金印岭惹祸。"

"戴寨主，你的胆量太小了。"

"你胆大又何必求我用五灵返魂酒？"

他们正在这争论，喽啰跑来报告："启禀寨主，山下来了一人，口口声声让您接他。"

"什么人这样无理？"

"嘻嘻，怪人，五黄六月穿皮袄，还拎着个特大烟袋……"

"哎呀，一定是怪侠欧阳德。多年不见，待本寨主亲自迎接。"说罢，他又看了看马道玄等四人，唯恐自己下山，马道玄对钦差下手。为此又道："你们跟我一块迎接，让玉美人韩山先把钦差押到后寨。"

"哼！"马道玄心中有气，可是在人家一亩三分地，又不敢如何。暗想：迎接怪侠也好，如果能把欧阳德拉过来，连你戴成一块杀！

来到山下，戴成紧催战马，来至近前，抱腕当胸，"欧阳侠客，多年未见，难得相逢。快请山上一叙。"

"唔呀，没时间上山呀。戴寨主，你快把那个卖茶叶的交出来。他欠吾二百斤碧螺春茶，吾老人家来呀！"

"啊？"戴成蒙了。

原来，欧阳德那夜离开姜家店后，发现前边有一条黑影。那黑影似箭离弦，奇快无比。怪侠暗道：好身法，若用陆地飞腾术，一时半会儿追不上他。于是将腰向前一弯，施展独特奇功"金蛇狂舞"。绿林人的"跑功"大致可分三类：一是飞行术，属于初级，二是雁行术，属于中级，三是金蛇狂舞，属于高级。这种高级跑功脚不离地，如同蛇行，类似现代的"溜旱冰"，十秒钟足能冲刺一百米，和奥林匹克运动会短跑冠军不相上下！

闲话带过。欧阳德虽然施展奇功，哪料黑影比他更快。人

家跑跑停停,似乎有意勾引。来到一道院墙之外,黑影越墙而入。欧阳德穷追不舍,也翻过墙去。那黑影在暗处,本想绊倒欧阳德,谁料事出意外,脚下却踩上一块碎瓦片,几乎跌倒。不由得叫道:"啊,好险!"

"唔呀!"欧阳德一听声音,不由得愣住,"原来是个坤道,老娘儿们、臭脚婆娘!吾老人家好男不跟女斗,母鸭子快起来,把那四个混账王八羔子交给吾老人家。"

"臭蛮子,嘴太损了,吃姑奶奶一刀!"女子说罢,抽刀便砍。怪侠不想和她交手,躲躲闪闪:"唔呀,好快刀,就是砍不上呀!"他俩这一闹腾,早已惊动院中的主人。这院中主人是亲哥儿俩,年龄都在三十上下岁。他俩来到后院,不由得叫道:"哎呀,姐姐快住手,他是咱师兄怪侠欧阳德呀!"

"啊?"女子收住刀法,又看了怪侠几眼,说道:"好呀,口出不逊,见面就骂。我看你称'怪人'还行,实在辜负了那个'侠'字!"

"唔呀,臭……"怪侠暗道:这女子好大口气,竟然教训起吾来了。不过,人家说得也有道理。既称"侠客",就得有侠风。为此,欧阳德只说了个"臭","婆娘"二字未敢出口。他看看那女子,年龄不小了,能有三十多岁。姿色虽不出众,却有一团正气。这时,旁边的二位壮士上前施礼:"师哥,您这是从哪来呀?"

"唔呀,原来是二位贤弟呀。"

书中交代:这二人皆是峨眉派子弟,哥哥叫黄龙,人称云中雁;弟弟叫黄虎,外号草上飞。今日傍晚,胎里坏胡铁丁来到黄花庄,请黄氏兄弟去姜家店协助他们刺杀钦差。黄龙、黄虎婉言拒绝。这件事被他们的姐姐黄花知道了。黄花自幼跟随白衣道姑学艺,论功夫在两个弟弟之上。不仅刀法好,还会点穴法。只是脾气有些古怪,为此人称"魔侠女"。有了这个外号,谁敢娶她为妻?三十多岁还老在家中。她对两个弟弟说:"咱们学会武艺,首先得报效国家。不仅要拒绝胡铁丁,而且还应该保护钦差。今晚我去一趟，见机行事。"

"这……"黄龙、黄虎深知姐姐的脾气，不敢阻拦。天黑时，魔侠女黄花来到姜家老店。她见院中站着四个人，皆被点穴法定位，黄花以为他们是钦差护卫，所以上前打通了穴道。岂不知这四人正是被怪侠点住的杀手。他们得救之后，望影而逃。黄花来到窗外偷听，方知自己弄巧成拙，转身而去，不期被怪侠追到家中。

此时天已破晓，黄氏兄弟请怪侠来到客厅。稍事休息，摆宴接风。由于都是自家人，魔侠女黄花也出席作陪。席间，黄龙、黄虎看看姐姐，瞧瞧怪侠，暗想：他们一怪一魔，倒是天生的一对。因而问道："欧阳师兄，您成家了没有？"

"唔呀，吾老人家四海为家，只是没有自己的家呀。"

"这，是呀，噢，嘿嘿……"黄龙、黄虎有点为难，当弟弟的不便为姐姐做媒呀。魔侠女黄花已经看出了弟弟的心意，她对怪侠放声笑道："喂，你既然尚未成家，看我咋样？"

"唔，唔呀，吾看你比吾老人家还怪呀！"欧阳德嘻嘻哈哈，不加可否，告辞而去。

"哼，好你个欧阳德！"魔侠女紧咬银牙，转身回归绣房。她越想越恨：你瞧不起我，我偏要露两手让你看看。黄花换上短衣巾、小打扮、带上钢刀和百宝囊，瞒着二兄弟走出家院。

再说欧阳德回到姜家老店，一打听知彭钦差已经离去。于是向南追下。途中巧遇左逢春，知钦差被劫之事。

书归正传。左逢春有怪侠撑腰，便又"吹"了起来："呔，山贼听真，快将人员放还，不然的话，左老爷率领欧阳德杀你们个鸡犬不留，人仰马翻！"

"糟了！"恶法师马道玄大惊失色：欧阳德若要闯山，谁是他的对手？乘现在混乱之际，我携带钦差金印逃跑了吧。想至此处，他冲青毛狮子吴太山等人一努嘴，四贼拐印而逃。

第六回　老英雄醉上北丘寨
　　　　　小蝎子笑闹璞球山

且说赛温侯戴成，他本不敢谋害钦差。此时欧阳德管他要人，更有几分后怕："欧阳侠客，您就不必与我取笑了。您要见的那人，其实并非茶商。他乃当朝尚书、奉旨大钦差彭朋……"

"唔呀。"怪侠暗吃一惊。心想：他既知道了钦差的身份，看来彭公凶多吉少。连忙问道："戴成，莫非钦差被你谋害了吗？"

"请您放心，钦差大人安全无恙，已被在下保护起来了。"

"你若说半句假话，吾老人家的烟袋锅子敲碎你的脑壳呀。"

"请您上山，一看便知。"

"吾当然要上山。"欧阳德带领左逢春登上金印岭。戴成不敢怠慢，忙从后寨请出彭公和李七侯。李七侯恨得咬牙切齿，欲与戴成决一雌雄。怪侠劝道："七贤弟呀，这都怪马道玄那个混账老杂毛，你就原谅戴寨主一次吧。"

"哼。"七侯手扶宝剑把，"姓戴的，看在怪侠分儿上，咱算罢了。马道玄呢？我要跟他算账！"

"这……"戴成这才发现，四贼早已踪迹皆无。七侯余怒未息："两山碰不上，两人总会再遇。一旦见面，决不饶他。姓戴的，快把钦差金印交还，我们还得赶路呢。"

"金印？哎呀，金印带在马道玄身上，他，他拐印逃跑了！"

戴成深知金印重要，不由得大惊失色。

按当时的王法，当官的丢了大印，最轻得处斩罪，重一重就得抄家灭门。彭公闻听金印丢失，顿觉紧张起来：糟了！自己获罪事小，没有金印便不能执行职权，调动不了两广人马，如何平剿青剑岭？李七侯一把揪住戴成，口中骂道："你这贼子，快将马道玄交出来，不然的话，休怪爷剑下无情！"

"唔呀，"欧阳德拉开李七侯，"七贤弟呀，现在说什么都晚了，赶紧追捕马道玄，夺回金印才是正理呀。"

"人海茫茫，天宽地阔，到哪去追呀？"李七侯束手无策。

"追捕马道玄，讨还黄金印的事情就交给吾老人家去办。你与左壮士赶紧保护钦差大人南下绍兴府。七贤弟呀，不是吾信不过你，因为下五门中也有许多能人高手。你在途中千万小心，以免出错呀。"

"记住了。"李七侯深知怪侠说到做到。他既然答应去寻找金印，肯定能把金印找回来。自己只要一心一意保护钦差也就行了。为此，他向身边的左逢春问道："左贤弟，咱们几时起身呀？"

"这……"吹破天不敢再"吹"了。心中暗道：我是受索亲王委派保护钦差的，责任比别人更重十分。现在刚刚出京，便遇上两路杀手，据说前面还有三十几路，肯定是一路更比一路凶。李七爷的功夫虽说比我高出数倍，可是他敢保钦差平安无事吗？不见黄三太，总是让人提心吊胆。想到此处，左逢春抱腕禀手："李七爷，您并非公差，护送彭大人完全出于客情。根据眼下的形势，让您劳力劳心，倒不如另做安排。"

"请左贤弟明言。"

"由于朝中出了内奸，将钦差私巡的机密泄露给耶稣教，这才致使下五门派出三十六路杀手一路阻劫。由此可见，钦差私巡再无意义了。既然如此，反不如将钦差的身份公之于众，并让沿途的各州城府县派兵保护。人多势众，再有李七爷不离左

右,彭大人将万无一失,保证安全。"

"唔呀,好主张,"欧阳德首先赞成,"这就减轻七侯的负担了。吾老人家再补充一条吧,待钦差与官府接头之后,左壮士可立即赶奔绍兴府,请黄镖头北上迎接钦差。有黄三太保驾,下五门的杀手们就老实多了。"

左逢春一听怪侠抬举黄三太,唯恐李七侯多心,连忙笑道:"不必了,有李七爷保驾,杀手们也不敢乱动。"

"哈哈,"七侯大笑,"左贤弟,你不必捧我,不服高人有罪,只有黄镖头才能镇住杀手。你还是遵照怪侠的吩咐,赶快南下吧。不过,钦差金印丢失,如何与官府联系呢?"

"我身上还有圣旨与皇帝御札。可以证实钦差的身份。现在转交七爷,小弟先行一步。"左逢春将包袱交付七侯,告辞而去。

李七侯保护钦差走下金印岭。再往南走,便是江苏省徐州府。徐州府四品黄堂姓丁,他一见奉旨钦差,吃惊非小。李七侯说明意图,丁知府不敢怠慢,立刻派出本城守备率三百名差官保护彭公。直到安徽省淮北府,两下做过交接,才敢返还。就这样,一站接站一护送,暂且不提。

再说小东方怪侠欧阳德。他辞别了彭公和李七侯,独身一人寻访金印。正如李七侯所说,人海茫茫,天宽地阔,到哪里去找恶法师马道玄呢?怪侠自有主张:马道玄武功平常,手中宝剑属于下中等。他所以能在绿林道站住脚,全凭着一肚子坏水、满脑袋鬼主意。这种人不能独闯天下,势必有所依附。此时此刻,他身背黄金印,绝不敢远走高飞。我只要打听一下周围附近哪儿有高山,哪儿隐大盗,便可找到恶法师的下落。想到此处,欧阳德向身后送行的赛温侯戴成问道:"你这龟孙阻截奉旨钦差,虽说不知情,也算有罪。吾来问你,想死想活?"

"侠客爷,有话明说,您就别吓唬我啦。"

"吾问你,在你这金印岭附近,还有哪路响马?偷鸡摸狗的蟊贼草寇不必细说，只说江洋大盗。"

"这……"戴成思虑片刻，只得说道："由此向西二百里，有座璞球山北丘寨。大寨主外号人称玉面坐山雕，姓周名应虎。这周应虎本是武当派弟子，正宗上三门，他本不应该占山为王。可是他的胞兄、西霸天周应龙因为勾结藩王噶尔丹谋反大清，被黄三太、杨香武他们捉往京都正法了。为此，玉面坐山雕周应虎怀恨在心，誓与大清为敌。我听说，他正在招兵买马、聚草屯粮，准备起事造反。"

"唔呀，周应虎那个混账王八羔子是不是耶稣教徒？他与广西的白起龙有勾结吗？"

"这我就不知道了。前些日子，周寨主曾派人与我联系，让我归附璞球山。我尚未答复他，因而才知道他的一些机密。侠客爷若去攻山，千万别把我卖了。我们这些小寨主可惹不起人家。"

"龟孙放心，吾绝不卖你。"

"谢侠客。"

"吾只告诉周应虎，你是不会归附他了。"

"啊？这跟卖我一样！"戴成哭笑不得，欧阳德离山而去。次日正往西走，眼前闪出一座集镇，怪侠本想打尖吃饭。忽见镇中心围着一伙人，人群中一老一少正在卖艺。那老者年近半百，面如晚霞，手中擎着一口金背刀。旁边立一少年，十五六岁，黄脸膛，一对大眼珠滴溜乱转，分外有神。模样虽说不俊，却从里往外透着一股机灵劲儿。老者说道："诸位君子，我们爷儿俩浅在这了，我先孝敬诸位一套六合刀，再让我外甥给您耍趟行者棍。您若看得上眼，就赏我们爷儿俩几文。"说罢练了起来。他练罢单刀，那孩子上前耍棍。但只见：身似流星眼似电，腰如蛇行腿如钻。手眼身法步，处处皆到好处。欧阳德是武术大师，立即看出优劣。暗想：这孩子虽小，肯定受过高人指点，武功在老者之上。我得帮他一把。刚要掏银子，又听人群外有

人叫道:"哎呀,刘老英雄!"

"噢?"老者顺声音望去,只见人群外走进一人。这人年龄在二十出头,眉清目秀、齿白唇红。穿一套素白缎子扎巾箭袖,肋佩三尺剑,好一团英俊、威武的精神。他向老者拱手笑道:"老前辈,不期在此相遇,快把场子收了吧。"

"原来是徐壮士。三江擂一别,又有数日不见了。听说您与黄镖头同去绍兴府……"

"是呀,败在他手下,心服口服。去绍兴跟他学了几天镖法,前天才归来。"

"噢?听您话音,此处是您的故乡吗?"

"正是。刘老英雄,您怎么在街头卖艺?"

"投奔朋友,不能两手空空。想赚上几文,为人家做见面之礼。"

"不必了。一切自有晚生安排。"这人遣散观众,将一老一少领进了酒楼。怪侠暗道:这三人我虽不识,但他们提到"三江擂",又跟黄镖头学练镖法,想那黄三太乃自我幼结盟的兄长,现今,钦差彭公又去请他,我也应该打听一下黄三太的近况。想到此处,怪侠随同三人一道登上酒楼。那青年武生向堂倌吩咐道:"我今天请客,来两壶竹叶青、两壶莲花白,再炒四荤四素,一碗三鲜汤。"

"是。"堂倌转身来到怪侠的桌前,心中暗笑:这位什么病?六月穿皮袄!问道:"客爷,您吃点什么?"

"唔呀,来两壶竹叶青,两壶莲花白,再炒四荤四素,一碗三鲜汤呀。"

"噢,您也请客?"

"是呀,吾老人家想请你一块吃呀。"

"您真会开玩笑,我们可不敢陪客人吃饭。"堂倌说罢,转身去了厨房。欧阳德自言自语:"唔呀,瞧不起吾老人家,请客不请吾,吾老人家阔得很呀,一个人跟你们三个人吃一样的酒菜呀!"

"嗯?"青年武生一皱眉,刚要发作,那老者一按他肩头:"徐壮士,初到贵宝地,打扰了。"

"刘老英雄,咱又没招他,没惹他,他这是故意找碴儿呀!"

"据我猜想……"老者在青年武生耳边小声嘀咕了几句,武生眼睛一亮:"噢?如果真是他,我想请还请不到呢!"二人只顾耳语,旁边那少年把眼睛眨巴了几下,起身来到欧阳德桌前。他说话也是南方口音:"唔呀,老蛮子,人家请吾小蛮子吃饭你眼红啊?想摆阔上别处摆去,吾小人家可不怕你老人家!"

"唔呀。小蛮子,你吃你的,吾吃吾的,吾老人家也不怕你小人家呀!"

"唔呀,"小蛮子一笑,手扶桌子角,本想把桌子捅翻了,岂料老蛮子不慌不忙,抽出大烟袋往桌子心上一按,小蛮子使出全身力气,桌子竟纹丝未动。小蛮子傻啦:"唔呀,老蛮子比小蛮子劲大呀,招拳!"他推不动桌子,一拳向怪侠劈去。欧阳德微微一闪,又把大烟袋嘴子朝前,锅子朝后向小蛮子身上一捅,再看小蛮子,瞪着一双亮眼睛,举着拳头,再也动弹不得。旁边的老者慌了,忙跑过来抱腕禀手:"看您的穿戴和功夫,大概是欧阳侠客吧?恕我外甥年少无知,请您替他打通穴道。"

"唔呀,不用打通,吾点的是'轻穴',他立即就能恢复呀。"果然,那小蛮子恢复了常态。他二目圆睁,回身操起铁棍,冲着怪侠叫道:"唔呀,你老人家把吾小人家害苦了,吾跟你没完,快说,认打认罚吧?"

"唔呀,小蛮子好野。吾要认打怎样?"

"你把破皮袄脱了,让吾打你三百棍!"

"哈哈,吾要认罚呢?"

"你老人家收吾小人家当个徒弟吧,"小蛮子跪倒就磕头,"师父老人家在上,受吾小人家大礼参拜!"

"哈哈,吾还不知你小人家老大贵姓呢,怎么拜起师父来了!"

这时,青年武生走了过来。他满面带笑,抱腕当胸:"欧阳侠客,久闻大名,听说您为人诙谐。今日见面,果不虚传。在下姓徐名胜,外号粉金刚。这位老英雄叫刘世昌,人称花刀无羽箭。小壮士是他的……"

"吾叫武杰,嘉兴府桐乡县人氏。吾老父亲叫武世宗,外号神棍手。他老人家是保镖的,吾从小跟爹练棍,外号小蝎子。两年前吾爹病故,吾跟娘舅刘老英雄出来了。今天碰上师父,明天去拜师娘……"小蝎子武杰舀滔不绝,说得众人大笑起来。

粉金刚徐胜是本地头面人物。他出身上三门,前不久曾去参加"三江擂",从而结识了刘世昌。今日又逢欧阳德,自然十分高兴:"侠客爷,我看武杰与您有缘,您就收下他吧。"

"唔呀,吾是无门无户的散仙,哪有资格收徒呀?"

"唔呀,无门走窗户,吾是拜定了!"

"堂倌,"徐胜笑道,"今天是大喜之日,你给我们开间雅座,再上桌酒席,我请客。"

"是,请徐爷放心。"堂倌立刻准备,又将四人请进雅座,片刻酒席摆上。席间,徐胜问道:"欧阳侠客,您怎么来到这里?莫非还在游逛名山大川吗?"

"唔呀,一言难尽。"欧阳德把钦差丢失金印,自己准备去璞球山北丘寨查访之事讲述了一遍。老英雄刘世昌听罢一皱眉:"欧阳侠客,您不必去了,还是让我去一趟吧。"

"你去?"

"在下与璞球山北丘寨总辖大寨主周应虎曾冲北磕头,八拜结交。前不久,周应虎向我发去邀请信,请我上山帮他料理事务。我原来以为,周应虎是上三门门人,即便占山为王,也是自种自吃,不会骚扰百姓,所以答应了他。哪知他反叛国家,图谋不轨。我想明日上山,一来看看恶法师马道玄是否在山上,二来规劝应虎弃恶从善、改邪归正。"

"唔呀，不那么简单吧？"

"放心，应虎与我过命之交。如果马道玄真在山上，我让应虎捉他归案，奉还金印也就是了。"

"一待事成，吾在钦差面前替老英雄请功。"

酒过三巡，菜过五味。刘世昌已经有些醉了。人若喝醉了都爱说大话："欧阳侠客，不是我吹，周应虎要敢不听我的，我拎着他的首级来见你！"

"唔呀，"武杰一摇头，"舅舅，吾跟您一同去吧，多少算个帮手。"

"用不着。你和你师父先住在徐壮士家中，只管等候好消息。"刘世昌一步三摇，走下酒楼。欧阳德与他初次见面，不好深说，只得带领徒弟暂归徐府。

单说花刀无羽箭刘世昌来到璞球山。通名报姓后，周应虎亲自迎接。来到聚义大厅，见无数绿林人坐在两旁。什么花脸雕贾虎、吊死鬼刘芳、红眼狼杨春、黄毛吼李吉、金眼骆驼唐治古、火眼狻猊杨治明、双麒麟吴铎、花叉将杜瑞、蝎虎子鲁廷、小金刚苗顺、青毛狮子吴太山、恶法师马道玄……刘世昌暗中叫苦：应虎啊应虎，你死到临头了。他仗着酒劲，不顾群寇在场，开门见山地说道："贤弟，我来问你，恶法师马道玄可曾带来一封金印吗？"

"大哥，你消息好灵通啊。"周应虎警惕起来。

"贤弟，快将金印交出来吧，不然……"

"大哥，"周应虎拍案而起，"我请您上山，可不是让您来当说客的！实话告诉您，胞兄周应龙之仇，誓死要报！"

"贤弟，你，你……"

"嘿嘿，贱山不敢留官府说客，请吧！"

"嗐！"刘世昌长叹一声，"贤弟，你我磕头在五伦，好比同

胞一母亲。愚兄为你着想，再三苦劝。谁料你执迷不悟……"老英雄声泪俱下。酒劲也解过来了。心想，我在欧阳侠客跟前说了大话，一事无成，还有何脸面见他？刘世昌正在犹豫，马道玄一捅身边的花叉将杜瑞，杜瑞点了点头，射出一只花叉，正中刘世昌哽嗓咽喉。也怪老英雄毫无防备，大叫一声，当即身亡！

"这是谁下的狠手？"周应虎有些恼怒。

"是，是我。马道爷让我射的。"

"寨主爷，"马道玄一脸阴险地笑道，"后患不可留，留下必成仇。那老东西是官府派来的奸细，咱与他们誓不两立！"

"唉，虽说水火不同炉，他终究是我的盟兄啊。"

"您若将意气看得这么重，将来就很难成其大事了。"马道玄尽挑拨离间之能事，说得周应虎连连点头。他派人厚葬刘世昌，不必细说。又是三天过去。喽啰来报："启禀寨主，山外来了一人。他说要上山找他师兄刘世昌，不知寨主见他不见？"

"噢？刘世昌的师弟来了？他姓甚名谁？"

"人家没报名。这人很怪，六月天还穿着老羊皮袄……"

"哎呀，欧阳德！"马道玄首先大吃一惊。金眼骆驼唐治古等人想起店房被点穴，几乎丧命之事，更是浑身打战。就连总辖大寨主、玉面坐山雕周应虎也有几分担心："奇怪，欧阳德怎么成了刘世昌的师弟？他另有企图吧？"

"周寨主，"马道玄稳了稳精神说，"肯定有诈。据贫道估计，欧阳德是为了金印而来，贫道还是先躲一躲吧。"

"对，对，我们也得躲一躲。"唐治古随声附和。

"哼，"周应虎有些不悦，"仅仅一个欧阳德就把你们吓成这样，将来还能成什么大事？"

马道玄摇头说道："大寨主，小不忍则乱大谋。依贫道之见，您如此这般，这般如此……一旦成功，必让欧阳德死无葬身之处！"

"也罢，就依道长。"周应虎传令，将怪侠欧阳德请上北丘寨。

原来，花刀无羽箭刘世昌一去三天，音讯皆无。粉金刚徐胜估计，老英雄凶多吉少。欧阳德让徐胜照管小蝎子武杰，自己独闯璞球山。他来到大厅，先往四处看了看，并不见恶法师马道玄等人，于是问道："唔呀，周大寨主，我师兄刘世昌在哪里呀？"

"欧阳侠客，"周应虎故作生气，"那刘世昌也是我盟兄，他老糊涂了。来到北丘寨，二话不说，虎头双勾直刺恶法师马道玄。人家马道爷没招他，没惹他，冲着我的面子又不便还手，只得下山而去。我那盟兄却不依不饶，追了下去。一连三天，他们谁也没回来！"周应虎满嘴说胡话，其实都是恶道的安排。欧阳德似信不信："唔呀，你不是欺骗吾老人家吧？"

"不敢。"

"既然如此，吾老人家告辞了。若发现你说假话，吾再找你算账。"

"侠客难得来一趟，岂有不招待之理？来人，酒宴侍候。"周应虎再三挽留，欧阳德盛情难却，只得重新坐下。

其实，这又是恶道马道玄的主意。马道玄出身玄狐门，专讲坑蒙拐骗。他师父曾传给他一个葫芦，内装五灵返魂丹一百粒。这种药乃是五种毒草制成，取一粒泡进酒中，无色无味，会将人醉倒，欧阳德更加不胜酒力，只喝了一口，便一头栽倒，马道玄从偏厅跑来，面带冷笑："嘿嘿，人称怪侠，不过如此，看剑！"

"慢来，"周应虎一摆手，"马道爷，据你所说，欧阳德乃是钦差彭朋的党羽。他独闯璞球山，恐怕不是单单寻找刘世昌，而是另有目的。为弄清朝廷的底细，我要亲自审他，审后再杀不迟。来呀，先把他绑上，再用凉水浇醒。"

"是。"头目绑上怪侠，又浇了半桶凉水，把老羊皮袄都浇透了，欧阳德才渐渐醒来："唔呀，混账王八羔子，臭脚婆娘养

的，吾老人家上当了。"

"欧阳德……"周应虎刚要审问，又有喽啰跑来："寨，寨主爷，大事不好，山下又来了一个小南蛮子，他拎着一条铁棍，口口声声要找他舅舅，已经把弟兄们打死打伤十几个了！"

"啊？先把欧阳德押下去，小心看守。本寨主迎敌之后再加审问。"周应虎率领群寇走下山寨。来到寨门一看，眼前那人原来是个十几岁的孩子。他手拎一条铁棍，横推竖砸，正与喽啰交手。周应虎断喝一声："不得无理，谁家顽童，竟敢闯我山寨？"

"唔呀，龟孙王八羔子。快把吾小人家娘舅刘世昌交出来！"

"噢？你是刘世昌的外甥？"

原来，武杰住在粉金刚徐胜家中，一连三天，不见舅父归来。这小子鬼机灵，他见师父与徐胜密谈，便蹲在窗外偷听。当听说舅父凶多吉少时，武杰急了。他也没打招呼，拎起铁棍直奔璞球山。由于脚下功夫不如欧阳德，所以现在才赶到。红眼狼杨春认为他年少好欺，提刀上前欲立头功。一刀劈下，小蝎子武杰一转身，钢刀走空。说时迟，那时快，武杰把铁棍往杨春裆里一触："唔呀，王八羔子，吾小人家给你来个铁棍钻窝。"这一钻，把杨春的"三件"钻得粉碎。恶贼大叫一声，昏了过去。青毛吼李吉提刀上前，还未动手，武杰铁棍点地，双脚飞起："唔呀，吾小人家用脚也能胜你！"果然将李吉踢了一溜跟头。周应虎见他厉害，催马上前。门扇大刀劈风而落。正在此时，忽然从东边的树林中飞来一颗弹丸。这弹丸带着风声，直奔周应虎太阳穴。周应虎反应灵活，忙一闪身，弹丸打中他的右臂。武杰乘此机会，来了个小鬼推磨："唔呀，扫马腿儿！"一棍下去，将马腿打断两条。周应虎连忙甩镫落马，冲树林喊道："何等小辈，暗箭伤人！"

"哈哈，某家来也！"笑声过后，林中走出一位英雄。

第七回　三义士勇战周应虎
　　　　二侠客智擒马道玄

　　树林中有五辆镖车和三位镖头。为首者姓褚名彪，外号铁臂熊。这人弹弓打得最准，十丈之内百发百中。刚才射向周应虎的那颗弹丸便是出自他手。另外的二人是亲哥儿俩，哥哥叫杜清，外号赛霸王，弟弟叫杜明，外号勇金刚。他们在河南陈州开设镖局，今日押送镖车路经此地。

　　褚彪说道："二位贤弟，前边有座高山，逢山必有寇，你我弟兄押运镖车，责任重大，还要多加小心为是。"

　　"知道了。"弟兄们令趟子手将镖车赶进树林。树林距前山不远，由于枝叶茂盛，只能从里边看清外边，外边却看不清林中。此时，小蝎子武杰正在与红眼狼杨春交手。褚彪叹道："这是谁家的孩子？看样也就十五六岁，他孤身一人岂是满山贼寇的对手？"

　　"大哥，"杜明答道，"这孩子我不认识，与他交手的那人名叫杨春，外号红眼狼，是个专干坏事的草寇。"

　　"既然如此，你我以观动静。必要时，咱帮那孩子一把。"褚彪说罢，摘弓搭弹，做好准备。当周应虎刀劈武杰时，褚彪怕孩子躲闪不及，所以一弹射出，伤了恶贼的右臂。武杰并不认识褚彪，他嘻嘻一笑："唔呀，老大叔，断腿马上的这个龟孙

交给你了，吾小人家上山找吾舅舅去，回头见。"说罢，奔后山而去。周应虎急忙换了一匹战马，手举大刀喊道："朋友，过来吧，我倒要会会你是何路高手！"

"来了！"褚彪背好弹弓，对杜清、杜明说道："这五辆镖车押存三万两白银，你二人要小心看守，待我上前会会这个草寇。"

"大哥多加小心。"杜氏兄弟与趟子手守候镖车，褚彪催马拧枪来到山前："草寇，依仗尔等人多，竟对一个孩子下此毒手，良心何在？休走，看枪！"话到枪到，战马盘环一处，恶战起来。褚彪的功夫不错，在绿林之中也算条豪杰。怎奈周应虎比他更猛。这恶贼自幼随同长兄西霸天周应龙学艺，刀马娴熟，刀大无穷。只战了十余回合，褚彪便渐渐不支了。后军的杜清、杜明看得清楚，连忙拍马提枪上前助阵。三杆大枪与一口大刀混战起来。璞球山众贼本想上前协助寨主，可是他们皆为步将，对马战不太习惯，为此不敢贸然上前。其实，周应虎也不用他们帮忙，自己的跨下马，掌中刀足可力战三敌。只是右臂曾被弹丸射伤，新换的战马又不顺手，一时半刻难以取胜。

但只见：三杆长枪、一口大刀，长枪如怪蟒翻身，大刀似蛟龙出水。两家对头，四般兵器，恶以恶为强，善以善为宝。长枪吐芯，大刀劈风，面对面，不留情，生生死死一场恶战！

四人打了三十多个回合，尚且难分难解。突然，树林中一片大乱。保镖押车的趟子手高声呼喊："褚镖头、杜镖头，救命啊——"

"啊！"三义士拨马回头，只见趟子手死的死，伤的伤，五辆镖车正被喽啰们赶往璞球山。

原来，这都是恶法师马道玄的主意。他见山上的步将们帮不了周应虎，便带领一群喽啰和头目去树林之中抄了三义士的后路。褚彪等人果然惊慌，急忙扔下周应虎去追镖车。岂料璞球山乱箭齐发，射得三人落荒而逃。

周应虎大获全胜，又得了三万两镖银，心中十分喜悦。回山之后，大排酒宴，直吃到天黑方散。他向头目吩咐道："来呀，你把那个欧阳德押到聚义厅，本寨主乘着酒兴，连夜审问。"

"是。"头目刚要往外走，恶法师马道玄一摆手："慢，想那欧阳德才高智广、武功超群，鬼主意又很多，现在已是黑天，头目去押他很不保险。依贫道所见，不如派几位绿林英雄去押解，途中以防不测。"

"嘿嘿，马道爷被欧阳德吓昏了。他武功再高，计策再多，一个被绑之囚又能如何？也罢，"周应虎用手一点，"蝎虎子鲁廷、花叉将杜瑞，你二人跟随马道爷去押解欧阳德吧，途中要听马道爷吩咐。"

"是。"二贼随同马道玄离开聚义厅，赶奔后寨土牢。他们俩都是蝴蝶门弟子，平日专讲采花盗柳、奸人妻女。论起武功皆属平常之辈。鲁廷会爬高墙，外号蝎虎子，杜瑞会打飞叉，外号花叉将。两年之前，他俩随同一伙师兄弟加入耶稣教，并非信仰上帝，只为人多势众，相互有个依靠。如今下五门大联合支持耶稣教和白起龙，二贼迫于形势，归属璞球山。一晃数日，只在山上训练，不能下山采花，二贼心中常常埋怨。今晚派他们跟随马道玄押解欧阳德，他们倒是很高兴。暗想，土牢在后山，紧靠着周应虎的寝寨。寝寨之中既有压寨夫人，又有丫鬟使女。虽说不敢轻易动手，却能一饱眼福，也是件快事。他俩一边走路一边说笑，不知不觉来到后寨。正在此时，马道玄一捅二贼，说道："小声点，快往东边看，好像有条黑影。"

"噢？"二贼先是一惊，又道："是不是周寨主的家眷呀？"

"不可能。我见那条黑影行动很快，看样好像绿林人，咱们要多加小心。"

第七回　三义士勇战周应虎　二侠客智擒马道玄

"听您的。"二人暗想：这老杂毛疑神疑鬼。后寨戒备森严，山势显要，哪来的绿林人呀！他们继续往前走，谁也不说话了。忽然，前方那条黑影又一闪现，眨眼不见。三贼这才紧张起来。恶道吩咐："咱们赶紧奔往土牢，以免有人搭救欧阳德。"说罢，急步如飞，向前走去。来到土牢门口，只见四名喽啰各抱刀枪正在打盹儿。马道玄大怒："混账东西，等我禀报寨主，杀了你们，以正山规！"

"道爷饶命。"四喽啰都吓醒了。

"欧阳德呢？"

"在里边押着呢。他骂了半天街，把我们哥儿四个骂火啦，刚才进去收拾他一通。谁料他被绑着也挺厉害，累得我们呼哧带喘，所以才睡着了。道爷开恩，千万别告诉寨主。"

"哼，自不量力。就凭你们还想收拾欧阳德！"恶道听说欧阳德仍被关押，也就放心了。他带领鲁廷、杜瑞打开牢门，刚要往里走，忽听身后有人说道："唔呀，混账王八羔子，龟孙们快来送死呀！"这声音虽说不高，仿佛在马道玄耳边响起炸雷，吓得恶道浑身发软。他急忙抽出宝剑，回身观看。只见身后站着一个十五六岁的孩子。手拎铁棍，耀武扬威。来者不是别人，正是怪侠欧阳德新收的徒弟、小蝎子武杰。

书中交代：今日过午时，武杰棍挑杨春，脚踢李吉之后，便欲上山寻找舅父。他并不知道老英雄刘世昌已经被害，还以为舅父遭擒、囚禁在璞球山中。前山寨门严紧，又有喽啰把守，想要进去比登天还难。为此，武杰绕到后寨，想寻一条登山之路。谁料后寨比前山更难通过。虽无喽啰把守，却有三道险峰拦劫。这三峰称做：通天峰、灵牙峰、过云峰，过了三峰才有一条通天小路。真是一夫当关、万夫莫过。小蝎子武杰绕来绕去，一直绕到天色傍晚，仍是一筹莫展，无法攀登。急得他坐在山石上唉声叹气，又不愿离去。正在此时，忽然从头顶悬崖上飞来一颗石子,险些落在他的身上。武杰有点后怕,若是落下巨石,岂不砸得粉身碎骨。他捡起那颗石子一看,不由得愣住了。这颗石子分量挺重,表面光洁,并非山中碎石,而是绿林人使用的"飞蝗石"。这种石子既可"投石问路",又可当做暗器。武杰大惊,连忙提起铁棍仰面观看。山中静悄悄,并无人影。可是在身后的悬崖之上却垂着一条绒绳。武杰喜出望外,他拽了拽绒绳,拴得很牢靠。心中暗道:莫非有高人帮我上山吗?此时顾不得多想,手抓绒绳,脚登悬崖,渐渐向山顶爬去。武杰外号小蝎子,对于爬行很有功夫,片刻爬到山顶,过了三峰,眼前闪出一条羊肠小道。小道入口处有三间班房,班房门外躺着几具喽啰的尸体。鲜血正流,看来刚刚被杀。武杰又想:前边这人身法好快,为我扫平道路,只是不知他是何人?穿过山路,便到后寨。正往前走恰逢马道玄等三人从对面走来。武杰连忙一闪身,躲在山环之中。他听恶道口口声声说快去土牢,便以为土牢之中押着舅舅刘世昌,所以暗中尾随下来。到了土牢门口,恶道斥责喽啰,武杰方知牢中押的是师父欧阳德。于是他大喊一声,准备拼命救师父脱险。

"原来是你,"马道玄见并非欧阳德,才算把心放下。他手擎宝剑,微微冷笑,"小娃娃,你白日攻山时,曾自报是刘世昌的外甥。小小年纪,武功不错。本道长放你一条生路,快快下山去吧。"

"唔呀,老杂毛,混账王八羔子,吾小人家既敢深夜闯山,绝不空回,快把吾师父他老人家放出来!"

"啊?你师父是谁?"

"吾师父就在里边押着呢!"

"欧阳德?"恶道一惊。心想:难怪他武艺高强,原来是怪侠的徒弟。岂不知武杰只是随父学艺,并未受过怪侠的传授。

"着棍吧!"武杰见恶道发愣,一棍扫来,直取恶道双腿。

马道玄不敢硬拼,连忙闪身,武杰不留空隙,反臂又使"小鬼推磨",马道玄急忙缩顶藏头。刚刚躲开两棍,第三棍又砸下来。武杰今晚要的是"行者棍",讲究"缩小绵软巧"五种轻功。他边打边喊:"唔呀,老杂毛,老混账,吾小人家好比孙悟空,你个牛鼻子老道好比牛魔王。吾砸烂你的牛头、砸烂你的牛腔、砸烂你的牛蹄子、砸烂你的牛三件,让你一辈子见不着铁扇公主。唔呀,着棍吧,捅你的牛鼻子!"

"嘿!"马道玄气得眼睛发蓝,浑身发抖。他的剑法平常,本来就不是武杰的对手。再加上生气,没过几个照面,便渐渐不敌。旁边的蝎虎子鲁廷、花叉将杜瑞也算是武林中人,他们已经看出高低。鲁廷说道:"杜贤弟,你在这助阵,我赶紧去前厅报信。"

"什么?"杜瑞暗骂:你见人家厉害,想躲呀。"别去啦,马道长眼看着要败,咱俩一快上吧。"

"嘻,咱仨也不是小蛮子的对手。我走啦。"鲁廷说罢,扭头跑往前厅。杜瑞虽然有气,总不能跟他一同逃跑。回头再看,马道玄剑花散乱,被武杰逼得步步后退,险情就在眼前。杜瑞不敢上阵,忙从怀中掏出一把小飞叉。他这飞叉有三寸多长,前边是两个叉尖,如同"金簪花";后边是喇叭形叉托,如同"牵牛花",为此,杜瑞的外号才叫"花叉将"。这贼刀法稀松,叉法却不赖,虽不敢称百发百中,也倒十拿九稳。他托叉在手,冲着武杰的哽嗓咽喉猛然射去。武杰正在勇战马道玄,根本没有防备暗器。这叉若是射上,九死一生。在此千钧一发之际,西房坡上突然发来一块"飞蝗石"。准得不能再准了,不偏不斜正好打在飞叉之上。飞叉落地,叮当有声。武杰一愣,真有几分后怕。恶道乘此机会,连忙跳在一旁。房坡上笑道:"欺侮小孩不算英雄,我来也!"随着话音,飞下一人。身轻如燕,落地无声。此人下中等身材,穿一套墨绿色三岔通口夜行衣,手持单刀，肋佩百宝囊。脸上看，蒙着一块墨绿色头巾，不见面貌。武杰暗想，根据飞蝗石击落花叉，他肯定是引我上山的高人。于是问道："唔呀，这位老前辈，谢谢你老人家救命之恩。不知老前辈贵姓啊？"

"快去救你师父，不必多问。"蒙面人话音很低，却提醒了武杰："唔呀，对了。吾小人家去救吾师父去了。"说罢，手提铁棍，冲向土牢。马道玄和杜瑞刚要阻拦，蒙面人钢刀一挥，杀向二贼。恶道举剑招架，不顾多想。花叉将杜瑞却是一愣。此贼一贯采花盗柳，经验十分丰富。他见蒙面人虽勇，但手脚身材、形体动作却不像男人。这淫棍已经两个多月没作案了，来后寨的主要目的是想看看丫鬟使女、夫人小姐，谁料一个也没看见。此时估计蒙面人是个女子，不由得想入非非：这女人长得什么样？根据身材，准错不了。嘻，蒙着脸比露着脸更有味道，让人有个琢磨的劲头……淫贼正在胡思乱想，蒙面人一刀劈下。他未及躲闪，当场身亡，奔往西天大路做美梦去了。杜瑞一死，马道玄更加惊慌失措。他刚想逃跑，土牢中一大一小两个南蛮子同声叫道："唔呀，老杂毛，混账王八羔子，看你还往哪走？"

"哎呀，我命休矣！"马道玄出了一身冷汗。恰在此时，蝎虎子鲁廷将群贼领到后山。

"师父！"武杰说道，"你老人家先活动一下手脚，吾小人家去收拾他们。"

"唔呀，徒弟呀，师父吾老人家一时不慎，误饮毒酒，若不是你小人家搭救吾老人家，吾老人家就完了。现在你先歇会儿，把铁棍借给吾老人家，待吾去敲碎那龟孙们的脑壳！"

"师父呀，你老人家的大烟袋呢？"

"唔呀，被周应虎那王八羔子没收了。吾老人家那烟袋很值些银子呀，他龟孙要是当破铜烂铁卖了，就坑了吾老人家了。"

"师父呀,"武杰伸手从杜瑞尸体的背后拔出单刀,说道,"你老人家先用这破铁片防身吧,吾小人家的铁棍不能借给你老人家,还得用它替你老人家打头阵呢!"

"嗐!"蒙面人紧皱眉头,被这对老人家、小人家弄得哭笑不得,"二位别叨咕了,山贼已经上来,快准备迎敌吧!"话毕,手举单刀冲了上去。小蝎子武杰和怪侠欧阳德也不怠慢,各操兵刃,杀向群贼。

但只见:征云罩地、杀气冲天。月下排兵,黑天布阵。四下里齐举火把,八方里乱滚灯球。北丘寨数员战将厮杀,璞球山百名喽啰呐喊。刀枪乱刺,难分敌我。剑戟相击,撞出火星。只杀得满山之中血光冲天!

若论怪侠欧阳德的武功,胜山贼何止数十倍。怎奈手中没有大烟袋,单刀又使不习惯,只有靠双拳两掌十指迎敌。幸亏会点穴法,将许多山贼点得动弹不得。可是山贼越聚越多,他们只有三个人,若想取胜比登天还难。怪侠心想:吾闯上北丘寨的目的是追捕马道玄。夺回黄金印,如此恋战下去何日是了?倒不如重点突破,只对恶道一人下手。想到此处,怪侠跳出战场四处观望。但见恶法师马道玄站在周应虎身旁指手画脚,似乎又在施展诡计。刻不容缓,欧阳德高声叫道:"唔呀,马道玄老杂毛,快将金印交给吾老人家。"说罢,脚下一碾劲,向马道玄飞去。恶道大惊,自知不是怪侠对手,扭头就跑。蒙面人正在力战群贼,他见欧阳德赤手空拳追向恶道,唯恐怪侠吃亏,连忙虚晃一刀,也跟了下来。小蝎子武杰叫道:"唔呀吾小人家刚刚杀上瘾来,怎么说撤就撤呀?师父不必着急,待吾小人家活捉那老杂毛!"武杰手拎大棍,转身欲追。周应虎气得暴跳如雷:"哼,他们总共才三个人,把我璞球山北丘寨搅得天翻地覆。欧阳德与蒙面人已经走远,我绝不能放过这小南蛮!"说话间抽出三尺宝剑,直向武杰刺去。他本是马上将领,对步战不太习惯。武杰连忙一闪身:"唔呀,龟孙没扎上,该吾小人家打你了!"铁棍一抡,向周应虎扫去。周应虎未及躲闪,二棍又到,紧接着又是一招"夜叉探海",打得周应虎蒙头转向。这恶贼狠了狠心,将腰一弯,手按崩簧,从后背射出三只弩箭。武杰手疾眼快,忙用铁棍拨打。奇怪,弩箭在铁棍上"吱吱"乱转,并不落地。武杰大惊,不敢恋战。他虚晃一棍:"让龟孙多活几天,吾去也!"

再说欧阳德,一路追赶恶道。马道玄依仗地形熟悉,连忙钻进山环,在一块怪石底下隐藏起来。欧阳德追进山环一看,不见恶道。他正在寻找,忽听山坡有人叫道;"老道,怪石底下虽说隐蔽,可是也不保险啊!"

"嘻!"恶道大惊,钻出怪石向西逃跑。欧阳德继续追赶,前边有座古墓,墓前石碑高有九尺。恶道一哈腰,钻到石碑背后。欧阳德又愣住了,正在四处张望,树上喊道:"马老道,石碑虽高,绝非藏身之处呀。"

"嘻!"恶道又恨又怕,慌忙逃窜。正往前跑,眼前闪出山神庙。马道玄一头扎入。欧阳德赶到时,又不见他踪影。这次怪侠也不再找了,只向周围问道:"唔呀,朋友,马道玄跑到哪里去了?"

"哈哈,"树上一笑,跳下蒙面人,用手指指山神庙,"马道玄已经藏入庙中,不过你可不能进去。"

"唔呀,他在暗处,吾老人家在明处,要防备暗算呀。"

"对了。"

"对什么呀?他要一年不出来,吾老人家还能干等他一年吗?"

"嘿嘿,还敢称'怪侠'呢,你就不会想条计策吗?伏耳过来……"蒙面人在欧阳德耳边小声嘀咕了几句。怪侠笑道:"唔呀,引蛇出洞,妙呀!你老人家今夜屡次帮忙,快将面罩摘下

来吧,让吾老人家看看你到底是哪位高人!"

"没到时候,现在还不能摘下面罩。赶快行动吧。"

"你老人家闷死吾老人家了。"欧阳德一边说话,一边脱下老羊皮袄,交给了蒙面人。蒙面人穿上皮袄,奔往庙后。欧阳德来到庙门之外,高声喊道:"唔呀,老杂毛,混账王八羔子,你躲在庙里,想暗害吾老人家,吾老人家可不上当啊。你等着,吾去后窗户放把火,烧死你个杂毛老道。"说罢,怪侠隐蔽起来,庙里的马道玄大惊,他往后墙看了看,果然有个十分窄小的窗户,往外钻人不行,往里扔火把却绰绰有余。这怎么办?有心开门逃走,又怕怪侠有诈。正在犹豫,忽见后窗户外边人影走动,老羊皮袄时闪时现。恶道心想:看来欧阳德真要放火。乘他在庙后,我赶紧跑吧。恶道打开庙门,刚刚探出身来,欧阳德箭步而上,用手一点:"唔呀,老杂毛别动了!"点穴法百发百中,马道玄寸步难移。

这时,蒙面人已从后窗户飞到山神庙的房顶,他将老羊皮袄往下一甩:"接着,后会有期!"

"唔呀,你老人家还没摘面罩呢!"欧阳德不顾接皮袄,飞身追去。蒙面人步法奇快无比,刚要转身,又听对面有人笑道:"唔呀,可算追上你老人家了。"

"啊?"抬头一看,原来是小蝎子武杰站在眼前。武杰满面带笑,右手拎着铁棍,左肩头扛着一根大烟袋,摇摇摆摆拦住蒙面人的去路。师徒前后阻劫,蒙面人只得站住。

书中交代:武杰力战周应虎,起身已晚。周应虎那三只特殊的弩箭又很令他担惊。为此慌不择路,竟然向前寨跑去。正跑之间,对面走来四名喽啰,武杰问道:"唔呀,快说何处可以下山?"

"蛮子来啦!"喽啰把他当成欧阳德,撒腿就跑。武杰箭步追上,这才发现喽啰们扛着一根五尺多长的大烟袋。他知这是师父的兵器一把夺过："唔呀，怎么回事？"

"小，小蛮子老爷，"喽啰跪倒求饶，"马道爷吩咐我们把烟袋藏起来，省得被老蛮子夺回去了。谁料老蛮子没来，小蛮子却来了……"

"少废话呀，领吾小人家下山。"

"是，是……"喽啰将武杰领到寨口，武杰一通横扫，闯出山外。不期在山神庙前巧遇恩师。

"唔呀，吾老人家谢谢你小人家呀。"怪侠接过烟袋，扭头对蒙面人笑道："朋友，面罩若不摘下，吾是不能放你走呀！"

"这……"蒙面人左右为难，武杰乘其不备，上前一把掠下墨绿色头巾。欧阳德借着月色上前一看，不由得大笑："吾猜着是你！果然是你！"

第七回　三义士勇战周应虎　二侠客智擒马道玄

第八回　怪侠客相邀五魁首
　　　　粉金刚诈降三杰村

　　蒙面人乃是魔侠女黄花！
　　数日之前，黄花亲自求婚，怪侠置之不理。这位魔侠女的"魔"劲上来了，她一路暗中跟随，把欧阳德的所作所为全都看在眼里。后来，欧阳德独闯北丘寨，天黑未归。黄花怕他遇险，才从后寨上山寻访。途中又发现了武杰，知他是欧阳德的徒弟，于是暗中帮忙，甩下绒绳，才将武杰引上山寨。黄花原想不露本色，继续暗中行事。谁料被武杰掠下头巾，魔侠女虽有"魔"性，此时也有几分尴尬。
　　怪侠笑道，"唔呀，多谢黄小姐屡次相助，吾欧阳德感激不尽啊！"
　　"哼，光是感激吗？咱俩的事怎么办？"
　　"咱俩的事……唔呀，好热的天哪……"欧阳德心想，黄花的人品、武功、脾气对自己都很适合。更何况她的一片痴情。怎奈自己早已看破人生，只想游游逛逛，不想成家立业。若答应她的亲事，与自己立志相违，还是不应为妙。为此，怪侠有意岔开话题，扯起了"好热的天"。黄花有点生气，她柳眉倒竖，杏眼圆睁："欧阳德，你少跟我耍怪。告诉你，我魔侠女想干的事，没有干不成的！你说句痛快话，到底应不应亲事？"

"嘻嘻，哈哈，唔呀，有点意思。"小蝎子武杰望着这一怪一魔，不由得笑了起来。他冲黄花深施一礼："你老人家就是吾小人家的师娘吧？师娘在上，小徒有礼了。吾师父三十多岁，不能总打光棍儿呀。有您这样的师娘，他老人家偷着乐去吧！不过，天上无云不下雨，地上无媒不成婚。据吾小人家看来，二位老人家还缺少个媒人。吾若当媒人呢，还是个徒弟，辈分不对路。依吾说呀，今日夜晚，怪、魔二侠智擒马道玄，干脆，就请那个老杂毛当媒人吧。山神庙就做洞房。师父、师娘到里边去成亲，吾小人家在门口站岗放哨……"

"哼！"黄花一扭头，"有怪师必有怪徒！"

"混账王八羔子！"欧阳德踢了徒弟一脚，说道，"你把马道玄捆上，过一会儿吾还要审他呢。"

"是。"武杰解下恶道的丝绦，将其绑好。由于马道玄穴位未通，只得任武杰摆布。

"唔呀，黄小姐呀，"怪侠抱腕拱手，"钦差彭公丢了金印，吾答应替他寻找。受人之托，忠人之事，吾要审问马道玄，请黄小姐自便吧。"

"撵我走？哼，你说句实话，到底成过家没有？"

"吾以前没成过家，今后也不想成家。"

"哼，"黄花一跺脚，"好个怪侠，咱们走着瞧。前途坎坷，我也许再帮你，你也许有用我的时候。"说罢，转身而去。武杰急了，上前就要追赶，他的脚功岂能追上黄花？

欧阳德目送黄花走远，心中也有些惆怅。他打通了马道玄的穴道，当场审问："混账王八羔子，你龟孙把钦差金印放在哪里了？若不说实话，吾老人家废了你！"

"侠客爷饶命。"恶道周身发麻，哆哆嗦嗦地答道，"我奉下五门各路门长之令，协助白起龙和耶稣教反抗大清，所以才盗走金印，准备领赏。可是贫道自知武功有限，如将金印带在身

上,早晚必遭其害。为此将金印交给了璞球山大寨主、玉面坐山雕周应虎。周应虎武功高强,又有山峦做屏障,由他掌管金印,则万无一失了。"

"唔呀,糟糕!"怪侠心想,璞球山方圆数里,易守难攻。周应虎手下又有数十个强徒,几百号喽兵。凭我师徒二人,只能探山,而不能破山。擒不住周应虎,便夺不来金印,这可如何是好?小蝎子武杰初出茅庐,没有师父想得长远。他将铁棍一晃:"师父,凭您的烟袋和吾这铁棍,扫平他的璞球山!"

"唔,唔呀,"欧阳德望着铁棍出神,"徒儿小人家,你这棍上沾的是什么呀?"

师徒细看,只见铁棍之上钉着三只弩箭,箭头扎入半寸多深。武杰大叫:"唔呀,周应虎这个王八羔子,他练的是哪门功?把吾的铁棍扎了三个窟窿眼子!"他这一喊,惊动了旁边的马道玄。这恶道连忙讨好:"侠客爷,据小道所知,周应虎背后有个弩筒,内装一百零八颗螺旋弩。他只要一按崩簧,可以连续向外发射,并且百发百中……"

"唔呀,吾小人家不明白,他的弩箭怎么能钻进铁棍呀?"

"螺旋弩是娃娃铁打造,锋利无比。射出之后,自身旋转。碰到物体,如同拧螺丝一样,自动向里推进。周应虎是马上将领,每逢打仗,他的对手都顶盔挂甲。可是再好的盔甲也挡不住螺旋弩。那弩锋如同宝刀宝剑,可以穿铜透铁,"说至此处,恶道壮了壮胆量,"侠客爷,恕贫道直言,那周寨主的弩箭十分珍贵,不到万不得已,他从来舍不得发射。今晚只打令徒三弩,算是令徒命大。他若将一百零八弩连珠射出,恐怕,嘿嘿,恐怕活神仙也无法抵挡!"

"唔呀,严重了!"武杰想起以棍拨弩的局面。人家只射了三弩,自己勉强拨出,且将铁棍损坏,若再射几弩,性命休矣,好险,好险!怪侠听罢恶道所述,也有些吃惊:"马老道,螺旋弩这般厉害，难道无法攻破吗？"

"这……"恶道十分狡诈地一笑，"侠客爷若能饶我性命，我可以实话实说。"

"唔呀，吾不杀你，说吧。"

"一言为定？"

"吾老人家是侠客，说话算数。"

"据周寨主说，鲁南微山县三杰村有个宋仕奎，此人富甲天下，珍藏一面狻猊盾牌。听说狻猊是大狮子，最为厉害，日行五百里，专以虎豹为食。它的皮又坚又硬，任何利器也难穿透。周寨主告诉我们，螺旋弩碰上狻猊盾就算失效，还说，谁能把盾牌弄来，赏黄金百两。怎奈宋仕奎也很难惹，干眼馋、没办法……"

"你说的可是实话？"

"不敢撒谎。请侠客爷放我逃走。"

"好了。"欧阳德说一不二，刚想为恶道松绑，武杰一摆手："马老道，吾再问你一件事，吾舅父刘世昌曾上山劝降，他老人家一去三天，现在哪里呀？"

"嗯……贫道不敢隐瞒，刘老英雄，被花叉将杜瑞用花叉射死了。"

"唔呀！"武杰大恸，"杜瑞现在何处？吾要寻他报仇。"

"杜瑞已被那蒙面人斩首……"

"唔呀，你是他的同伙吧？"武杰二目发红，血灌瞳仁，"杜瑞虽死，吾要杀你这恶道祭奠舅父亡灵！"说罢，一棍下去。马道玄惨叫几声，扑通摔倒。小英雄只顾一时痛快，哪料惹下大祸。马道玄的胞弟、玄狐门第二门长、赤发灵官马道青将来寻找武杰替兄报仇，又曾引起一场恶战。此是后话，暂且不提。

欧阳德见恶道已死，连连埋怨："吾说要放他，不能言而无信呀！"

"师父,这事与您无关,"武杰将恶道尸体扔进山涧,"咱去攻山吧,替我舅父报仇!"

"不行。周应虎利弩难防,璞球山势众人多。凭咱爷儿俩很难力战群贼。还是找粉金刚徐胜去吧,看看他有什么办法。"

此时天已破晓。二人回到徐胜家中。徐胜正为他们着急呢,一见师徒归来,不由得大喜:"欧阳侠客,可曾找到马道玄?钦差金印是否夺回?"

"唔呀,马道玄死了,金印没见着啊。"欧阳德叙罢经过。徐胜闻听刘世昌捐躯,也十分伤感:"唉,老英雄死得可惜。请问侠客爷,不知下步做何打算?"

"当然要攻山破寨,夺回金印。但是,现在不能动手。一来吾们的人太少,与璞球山众寡悬殊;二来宋仕奎的狻猊盾尚未到手。徐壮士,你久居山东,这两件事都得靠你帮忙。"

"宋仕奎只有耳闻,详情不知。至于请人破山,我倒有个主意。由此往南一百六十里,有座鳌头岭蔡家寨。老寨主名叫蔡庆,人称铁幡杆。夫人窦氏,手使铁棒槌,比其夫更勇猛几分,外号人称金头蜈蚣。除此夫妻,另有五家偏寨主:红旗李玉、铁掌方飞、花驴儿贾亮、蓬头鬼黄顺、落马川刘珍。这五人各怀绝技,号称'鳌头五魁首'。山上养喽啰三百,自种自吃,既不向官府纳税,也不骚扰百姓。老寨主蔡庆五十多岁,与我算是望年交,常常有些来往。我若请他出头,再加上欧阳侠客的面子,料他不会拒绝。"

"唔呀,好得很呀。吾老人家陪你去一趟,见到蔡庆,把他的'五魁首'和三百喽啰全部借来,攻打璞球山就容易多了。"

"欧阳侠客,"徐胜摇了摇头,"借'五魁首'不难,借三百喽啰却不易。因为那些喽啰实际上都是农夫,根本不会打仗。蔡老寨主爱兵如子,不会让部下来白白送死。再说,现在正是铲地季节,喽啰下山,田园荒废呀。"

"这就难了,璞球山喽啰甚多,咱不能光有将没兵呀!"

"我已经想妥了。本城守备与我有一面之交。我去见他,若能借来官兵,岂不更好。"

"唔呀,有了。咱何不公事公办?"

"侠客爷,此话怎讲?"

"彭钦差丢失金印,本地官员责任重大。他们发兵剿匪,乃分内之事。不是他们帮咱,而是咱们帮他呀。"

"话虽如此,可是咱们空口无凭,钦差丢印之事,官府未必肯信啊。"

"吾与彭公分手时,得知他带着十道皇帝御札。这些御札等同圣旨。让吾徒弟武杰带着吾的书信去追彭公,请钦差发下御札,本地官府岂敢不听?"

"这就太好了。"徐胜立刻备下文房四宝,欧阳德写下亲笔信,信中说明璞球山的情况,请钦差发来御札,调官兵破山。武杰收信告辞,南下追寻彭公,暂且不提。

单说欧阳德与粉金刚徐胜,经过商议,第一步先去鳌头岭搬兵求将,然后想办法再取狻猊盾。一百六十里地,二英雄当天就赶到了。傍晚住店,次日清晨来到山寨。"五魁首"皆与徐胜有交情,又久闻怪侠大名,亲自迎出寨外。来到聚义大厅,献茶招待。徐胜有些纳闷:"众位寨主,因何不见蔡老英雄?"

"一言难尽,"红旗李玉叹道,"徐壮士与欧阳侠客都不是外人,我实话实说,还得请二位英雄帮我拿些主意。"

原来,距鳌头岭蔡家寨十五里便是三杰村。这村庄依山傍水,景色宜人。村中原有三位员外:刘杰、赵杰、宋杰,"三杰村"因而得名。两年前,宋杰病故,其堂兄宋仕奎赶来为弟吊丧。宋仕奎原籍塞北黑龙江,家财万贯,豪富无比,因而外号活财神,又叫赛沈万三。由于他久居寒冰地带,所以患有哮喘病,每逢严冬必咳嗽不止,闹得他十分痛苦。这次南行,一

怪侠欧阳德

来为堂弟吊丧,二来想找个名医治病。谁料在三杰村住了一个冬天,哮喘病竟不治自愈,宋仕奎很迷信,他不懂得气温养人,而以为这是天意。于是请来位算卦先生为他算命。凑巧,这个卜人乃是耶稣教徒,他知宋仕奎豪富,借机敲诈,大讲特讲耶稣基督,还说什么大病痊愈都是上帝保佑,打算把宋仕奎拉入教内。宋仕奎有些犹豫:"入教之后,对我会有什么好处呢?"

卜人信口开河:"三杰村乃王霸宝地,只缺英主。宋员外入教之后,在上帝保佑下,必能封王拜相、官居一品。"他说得头头是道,天花乱坠。宋仕奎本来就十分迷信,此时更加深信不疑。重赏卜人后,又办了入教手续。既然三杰是王霸宝地,他便变卖了塞北的产业,举家南迁,落户于此。由于资金雄厚,他很快吞拼了全村的土地,并将刘杰、赵杰撵往他乡,三杰村更名宋家堡,宋仕奎作威作福起来。

且说四个月之前,三杰村来了个洋人,自称是罗马神甫。他对宋仕奎说道:"你入耶稣教时,王霸基业已定。根据上帝的意图,现在应该动手了。如今,广西白天王起事,你应辅佐他,事成之后,你即为亲王。赶紧招兵买马吧,机不可失,时不再来!"

宋仕奎利令智昏,又迷信洋人。连连答应,一切照办。他招下五百庄兵,又设立集贤馆,收养一批绿林武士,加紧操练。只等令下,配合白起龙造反。

世上没有不透风的墙。宋仕奎的行动引起了官府的怀疑。三杰村隶属山东济宁府微山县管辖,县令姓周。他没有抓住真凭实据,被宋仕奎搅得日夜不安。周县令有心查封三杰村,又惧其武力,不敢贸然行事。他手下的三班都头名叫张耀宗,原是绿林中人,镖法不错,人称三手将。张都头向县令说道:"周大人,您也不必发愁。宋仕奎既然谋反,大罪弥天。您何不向府里、省里报告,请上司发下大兵讨伐?"

"唉,"县令叹道,"说他谋反,并无凭据。这类重大事情,万一报告错了,则是制造混乱,干扰国政。我这小小七品县令,如何担待得起!"

"可是,宋仕奎若真正谋反,您不向上司报告,咱的罪过就更大呀!"

"进退两难。最好的办法是摸清宋仕奎的底细。他若谋反,就请上司发兵,他若只是以武会友,咱就置之不理。可是这个底细派谁去摸呢?"

"下差不才,愿替大人分忧。"

"不行。谁不知你是微山县三班都头?不但摸不来底细,反而打草惊蛇。"

"那就另派一位面目生疏的差官……"

"更不行。别的差官武功皆属平常。万一出事,分明送死。"

"这就难了,"张耀宗沉思良久,点头笑道,"大人,下差倒是想起一位英雄。他武功很高,身份又很合适。由他去探三杰村,必无差错。这个人现居本境鳌头岭蔡家寨。姓蔡名庆,外号铁幡杆。乃是绿林中著名英雄。下差与他交情不错,若大人出张请帖,他肯定会来帮忙。"

"嗯。蔡寨主的情况,我也听说过一二。他若出头,当然最好。不过,宋仕奎手下有许多绿林人,如果认出他来,如何是好?"

"下差之见,蔡庆不必隐瞒身份。宋仕奎开设集贤馆,就让蔡庆去应贤招聘是了。"

"也好。"周县令亲笔修书,派张耀宗送往鳌头岭。蔡庆见信,一来不便反驳县主,二来也该为国效力。于是他嘱托五位副寨主几句,自己奔往三杰村而去。一晃七天,音信皆无。

书归正转。红旗李玉叙罢经过,欧阳德又惊又喜:"巧呀,一举两得了。"他把上山来意和取得狻猊盾之事讲与"五魁首"。

怪侠欧阳德

李玉应道:"侠客爷亲自相邀,这是瞧得起我们,我们理当效劳。怎奈寨主不在山上,我们不好私自行动啊!"

"五魁首"中有位花驴儿贾亮。他身材瘦小,不足五尺,却是足智多谋、机灵过人。手使两根青铜刺,每根只有二斤半重。座下骑一头山西大花驴。这头驴经过特殊训练,学会了蹿蹦跳跃、踢人咬人,一般武士都非它的对手。贾亮久闻欧阳德大名,又敬佩他的人品,因而很想与其合作。于是笑道:"这事容易。我家总寨主现居三杰村,欧阳侠客恰巧也要去三杰村取得狻猊盾。你们见面之后一商量,这事就算定啦。"

"唔呀,言之有理。宋仕奎设有集贤馆,吾老人家就去公开应聘呀。既能见到蔡寨主,又能探听狻猊盾,何乐不为?"

徐胜答道:"依在下所见,欧阳侠客名声太大,你的穿衣打扮、兵刃暗器也瞒不住人,因而不易露面。如果只为探听消息,那就由我前往吧。"

"也好。"众寨主一致赞同。欧阳德暂住鳌头岭,徐胜奔往三杰村。

十五里地,一哈腰便赶到了。三杰村经过修整,俨然是个小城堡。四面设有庄门,庄丁各佩刀枪,来回巡逻。徐胜向他们问道:"总管,请问集贤馆在什么地方?"

"噢?你是应聘的武士吧?一直往东走,有个红油漆大门便是。"

"谢过。"徐胜来到集贤馆。说明来意,被庄丁引进演武大厅。集贤馆首席考官名叫尤四虎。他见徐胜长得俊俏,不由得一撇嘴:"小白脸,就你这模样,也会练武吗?"

"会练不会练,你可以考呀!"

"嘿嘿,挺狂啊,黄大力,上!"

黄大力足有三百斤,饿虎扑食,冲向徐胜。徐胜闪身抬腿,将大胖子踢出五尺。

"好英雄！"随着话音，从偏屋走出一人。这人头戴方巾，身穿夹袍。年近五旬，面皮白中透青。他向徐胜笑道："好快的腿脚，请问应聘武士尊姓大名？"

来者正是活财神、赛沈万三宋仕奎。他方才看了徐胜的武功，知是高手，所以十分客气。徐胜不报真名，只说："在下余双人，山东人氏。听说贵庄招贤，特来应聘。您就是宋庄主吗？"

"正是。"宋仕奎见徐胜仪表堂堂，便有心提拔他。回头吩咐道："尤教师，你去将那些应聘教师都请来，让他们和余英雄相见。"

"是。"尤四虎去不多时，领来了一批武士。宋仕奎介绍道："他们是：赛叔宝余华、金刀太岁吕胜、永躲轮回孟不明、轧油灯李斯、飞腿彭二虎、一本账何苦来、铁算盘贾和、闷棍手方回、黑心狼戚顺、天转星杜成、狼狈金永太；另外还有这位老英雄，刚刚到我集贤馆的铁幡杆蔡庆……"

蔡庆已经来了七天，摸到一些底细。他正想借机出去向周县令报告，不意遇到好友徐胜。老英雄暗想：他怎么改名叫余双人啊？噢，余双人合起来仍是个"徐"字。既隐真名，必有来意，我还是假装不识吧。

再说宋仕奎介绍完毕，又向众人笑道："集贤馆越来越旺，本庄主打算请余壮士做总教师。各位若有不服者，可与余壮士比武。"一言末尽，轧油灯李斯上前交手。这李斯又矮又粗，只一个回合，便被徐胜踢得打滚。飞腿彭二虎自恃高于李斯，纵身而上。他的双腿有些功夫，没等徐胜进招，便接连飞起三脚。徐胜暗笑，趁其不备，伸右手抓住彭二虎的脚脖子，用力向外一抖，恶贼险些摔昏。闷棍手方回是彭二虎的把兄弟，他不言不语，悄悄来到徐胜身后，二话不说，闷棍砸了下来。徐胜早已听见脑后的贼风，连忙闪身，闷棍走空。英雄骂道："暗箭伤

人,算得哪路好汉?休走,着拳!"说罢,一拳击向方回的面门。这拳劲头太大,打得方回鼻口冒血,二目发青。徐胜连赢三阵,无人再敢向前。赛叔宝余华乃众人之首,他的拳脚受过高人指点、名家传授,敢称绿林道中一条豪杰。此时见徐胜勇猛,抱腕说道:"在下余华,与余双人壮士乃为同宗。比武会友,愿受指教。请进招吧。"

"请。"徐胜暗道:这人的档次高于群贼,我要小心行事。

二将打拳拉四平,斜身绕步转身形。这个双峰来贯耳,那个猿猴单膀擎。上打八卦式,下踢七星灯,铁锤砸山倒,铜臂万里弓,猛虎伸利爪,秃鹰傲苍穹。棋逢对手二良将,下山虎相遇雾中龙!

三十回合,难分上下。老英雄蔡庆唯恐徐胜吃亏,上前拦住双方:"哈哈,都是自己人,点到而已,不必再打了。"

"对,对。"宋仕奎更加高兴,"集贤馆英雄辈出,休要伤了和气。依我说,二位都是高手,又都姓余,应该是亲兄弟。本庄主宣布,赛叔宝余华为左路总教师,余双人为右路总教师。今后携手合作,前程无限。来呀,后花厅摆设酒席,痛饮三杯!"

杯盘罗列,直吃到二更方散。

徐胜向蔡庆使了个眼色,老英雄也微微点头。酒席散后,二人走出宅院,向西边的小树林而去。

"徐老弟,"蔡庆低声问道,"你干什么来了?怎么改名换姓,莫非诈降吗?"

"老寨主,你七天未归,那'鳌头五魁首'可急坏了。怎么样?有了准确的消息吗?"徐胜将自己的经过简述了一遍。蔡庆点了点头:"消息有了些,但不全面。宋仕奎谋反之事可能是真的。但他十分机密,一切守口如瓶。集贤馆的主考尤四虎跟随宋仕奎多年,是一块儿从黑龙江过来的,可谓亲信。前天晚上,我请尤四虎喝酒，那贼有点醉了，似露不露地说了几句。好像和什么外国教会有关。我正想深问，他便睡去。昨天一早，尤四虎对我千叮咛、万嘱托，唯恐我把话传出去。叫我说，想知根底，只有审问尤四虎。徐老弟，你来诈降太好了，有事咱俩可以商量。"

"蔡老英雄，集贤馆那些贼寇都是什么来历？他们知道内幕吗？"

"据我猜想，这些人多数是来混碗饭吃，宋仕奎的底细，他们未必知道。"

"有备无患，对这些贼寇也要多加提防。咱回去吧，以免引起怀疑。"

二人刚要转身往回走，忽听树上有人嘿嘿冷笑："好个内奸，诈降三杰村，胆量不小！"

"啊！"徐胜与蔡庆大惊失色！

第八回　怪侠客相邀五魁首　粉金刚诈降三杰村

第九回　尤四虎弄鬼成冤鬼
　　　　欧阳德装神戏财神

树上跳下两个人来，乃赛叔宝余华、金刀太岁吕胜。他们抱腕拱手，满面含笑："蔡老英雄、徐英雄，刚才开个玩笑，多有冒昧。"

"噢？"徐胜听二人的语气，并无恶意。于是连忙还礼："余英雄、吕英雄，不期此处相逢，您二位这是……"

"唉，"余华叹口气道，"我与吕胜乃一师之徒，正宗武当门弟子。业艺学成后，一心想报效国家。曾经投靠广西提督萨布素大帅，在他帐下任千总。萨大帅乃满洲正黄旗人，他与朝中索亲王交往甚厚。前不久，萨大帅派我二人为索亲王送寿礼。这寿礼是两对猫儿眼，十分精致。谁料途经皖鲁交界时，我二人一时不慎，将宝物丢失。有心回广西，那萨大帅脾气暴躁，他若听说寿礼丢失，定斩我二人首级。为此，我们师兄弟来到三杰村集贤馆，明中投靠宋仕奎，暗中想借他的力量寻找寿礼。可是来到集贤馆一看，哪有武林豪杰？全是些杀了人的凶犯、滚了马的强盗，令我弟兄大失所望。正想离开，恰逢徐壮士来临。我见您是位高手，所以酒席散后跟了下来，目的是请您帮忙，打听寿礼下落。出人意料，却听见您与蔡老英雄的一番谈话，才知宋仕奎图谋不轨，意欲造反！嗐，我弟兄命运不济，丢了寿礼，又误上贼船，二罪归一，岂有活命？徐壮士，看在武林分儿上，请您指明一条出路。"

"言重了，"徐胜连忙摆手说道，"余英雄、吕英雄，请放宽心，不必忧愁。您二位不但没罪，而且还有立功的机会。"

"愿闻高见。"

"如今，礼部尚书彭公奉了皇帝圣旨，正往广西平息叛乱。萨大帅身为广西提督，势必拜见钦差。他们见面时，请钦差替二位英雄求个人情，萨大帅脾气再暴，也不敢卷钦差的面子吧。"

"当然。可是钦差乃当朝重臣，怎肯与我们求情？"

"二位有所不知，钦差的黄金大印流落在璞球山。为攻山破寨、捉拿周应虎，在下才来找蔡老英雄搬兵借将。谁料半路上又出了个宋仕奎。现在看来，只有先破三杰村，后打北丘寨了。二位英雄均怀绝艺，若与我们携手合作，岂不是立功的好机会吗？"

"对呀，"金刀太岁吕胜笑道，"立功不敢指望。帮钦差夺回金印，钦差就能替咱求情了。大哥，快答应吧。"

"当然要答应，"余华振奋起来，"徐英雄，我们师兄弟听您的，请吩咐。"

"当仁不让了。先要弄清宋仕奎的底细，好向周县令交差。这事耽误不得，越快越好。据蔡老英雄说，只有尤四虎知道内幕，我们要想方设法让他说实话。"

"难了。那走狗与主人形影不离，总不能当着宋仕奎的面来审问尤四虎呀！"

"那就把他调开。"四位英雄商量了一阵，最后定下一条巧计。

次日清晨，赛叔宝余华来到集贤馆，尤四虎心中暗骂：哼，当上了左路总教师，立刻就会摆谱，跑到集贤馆显摆什么呀？

有心不理，人家地位比自己高，只得点了点头："余总教师，请多指点。"

"尤总管，您可别这么称呼我。谁不知您是从黑龙江过来的，是宋庄主的嫡系呀。"

"嫡系管个屁用！"尤四虎嘴里骂街，心中却对余华产生了好感。余华借题发挥："是呀，宋庄主是明白人，有时也办事不妥。总教师应该是尤总管的，何必让我和新来的那个人当什么一左一右呢！"

"你们本领高呀，咱不行喽。"尤四虎酸溜溜的，说话带刺。余华似乎不觉："我正想和您商量，左路总教师我不想干了，已经禀明庄主，让您来干。"

"真的吗？"尤四虎官迷心窍，"庄主答应没有？"

"嗐，全怪那位右路总教师，他说尤总管功夫不行，硬是拦回去了。不过，您千万别去问庄主，如果去问，就把我卖了。"

"哪能呢。"尤四虎心中暗恨，脸色铁青。余华一见时机已到，低声说："我有个主意，今晚请到我房间去一趟，咱们商量商量。"

"这……庄主不信任我，可又离不开我。我不敢随便走出集贤馆呀。"

"也对，"余华故作惋惜，"错过机会就晚了。这样吧，您今晚把从人都打发走，我来找您。"

"行啊，余总教师，够朋友。"

天渐黑时，余华带着两瓶高粱烧酒、四斤酱牛肉、两个大猪蹄、一只炸鸡、一只卤鸭，笑呵呵地走进集贤馆。尤四虎一见有酒有肉，十分高兴："真让您破费了。替我办事，让您花钱，明天我请您。"

"尤总管别客气呀。"

酒过三巡，尤四虎已经半醉。他急不可待地问道："余总教师，您有什么主意？"

"把右路总教师余双人轰走。"

"嗐，跟没说一样！"尤四虎暗道，别说我轰不走余双人，就连你赛叔宝余华也轰不走人家。恨归恨，论武功人家确实高明。余华看出他的心意，笑道："尤总管，硬拼当然不行，咱可以智取。"

"说说看。"

"三杰村西门之外有一片坟地。今夜二更天，请尤总管头戴高装白纸帽，身披白色斗篷，再用红纸做个假舌头，事先隐藏在古坟之后。三更天时，我以演武为由，将余双人骗到坟地，届时，尤总管装成厉鬼，向余双人扑去。俗话说'虎死如绵羊，人死如猛虎'，敢保将余双人吓得丢魂丧胆。他即使不死，也不敢在三杰村待了。只要他一走，我立刻让位，总教师就是您的了。"

"妙，妙，妙绝呀，难为您怎么想出的高招。据我猜想，宋庄主三更半夜不会找我有事，我马上就去准备。"尤四虎借着酒劲儿，回屋打扮去了。

余华一见大功告成，连忙起身去通知徐胜，再加上蔡庆、吕胜，四英雄同往庄西坟地。蔡、吕二人隐蔽起来，余华对徐胜说道："右路总教师，昨日比武，未及充分较量。今夜必须见个高低，倒要看看鹿死谁手？"

"请左路总教师进招。"

他俩假戏真唱，各舒拳脚，打了起来。

再说尤四虎，他藏身坟后，看得真切。此时往外一跳，装成厉鬼，怪吼一声。依他的打算，那个余双人不死也得昏倒。谁料对方毫不在意，只是微微冷笑，一个箭步蹿到他的跟前。刀压脖项："别喊、别动，不然就杀了你！"

"啊！左路总教师，快救命啊！"

"哈哈……"余华大笑起来。这时,蔡庆、吕胜也出来了。捆好尤四虎,带到僻静之处。恶贼方知上当受骗:"这,这,别杀我。你们要干什么?"

"你听着,"徐胜怒道,"第一,你快把宋仕奎的底细告诉我们;第二,宋家珍藏的宝物狻猊盾现在何处?若有半句谎话,休想活命!"

"我,我,我说。宋庄主是耶稣教的人,他,他与广西白起龙……"尤四虎端出底细,继续又道:"狻猊盾是宋家祖传的宝贝,由庄主亲自收藏。至于藏在什么地方,我,我确实不知道。"

"哼,"徐胜看他没敢说谎。有心留下他,又怕他报告宋仕奎,坏了大事。为此钢刀向下一推,结果了尤四虎的狗命。可叹这贼装鬼不成,反而做了刀下之鬼。

四英雄将尤四虎的尸体埋葬,扫清血迹。经过商议,由徐胜夜奔鳌头岭,报告欧阳德。徐胜去了一夜,次日清晨赶回三杰村。他将欧阳德的打算告诉了余华等人,众人听罢,大笑起来。

再说活财神、赛沈万三宋仕奎。一连两天不见尤四虎,令他心神不定。暗想:尤四虎知道的内幕太多,他两日不归,莫非被官家捉去?真是这样就糟了。我的根基尚未站稳,官府若来讨伐,性命休矣!他心慌意乱,又不敢向人声张。徐胜看在眼里,心中暗笑,他向宋仕奎有意引起话题:"庄主,看您神色,印堂有点发暗。莫非有什么心事吗?"

"没,没有。"宋仕奎故作轻松,"余教师,昨晚出去游玩时,本庄主看见两条黄狗。哈哈,畜生也很有趣,它们蹲在对面,哼哼唧唧,似乎也在说话,有意思。"老贼胡诌白咧,岔开话题。徐胜十分机灵,心中一动,想跟老贼开个玩笑:"哎呀,大事不好了!"

"啊？"宋仕奎心中本来有鬼，此时被徐胜吓了一跳，"余教师，此话怎讲？"

"庄主恕我直言。请问，牢狱的'狱'字您可会写？"

"我当什么大事！牢狱的'狱'字谁都会写，乃左边一犬，右边一犬，中间是个'言'字，如同二狗说话……啊？糟，糟了！"宋仕奎若有所悟。

"庄主看见二狗说话，恐怕会有牢狱之灾呀。"徐胜又攻一步。

"余教师，您是武术家，不料还会相面测字。请问，此灾如何解脱？"

"在下道行不高，束手无策。我有一位师父，乃八蜡山灵牙寨七宝藏真洞的华阳老祖。他能呼风唤雨，云雾中行。待我请来师父，帮庄主想些办法。"

"多谢，多谢。"宋仕奎本来十分迷信，如今又被徐胜吓唬得六神无主。

"不过，我师父最喜清静。如果人多，他未必肯来。只让左路总教师余华陪伴庄主就行了。"

"一切从命。"

当晚三更，后花园搭了几张桌子，冒充法台。徐胜净手焚香，口中念念有词："弟子余双人，特请仙师华阳老祖圣驾光临。"

"唔呀，吾神来也！"金身由天而降。

原来，这都是欧阳德做好的圈套。他利用宋仕奎的迷信心理，准备取得狻猊盾。宋仕奎哪辨真假，连忙磕头："仙长光临，保佑信士弟子逢凶化吉、遇难呈祥，弟子感恩不尽。"

"吾老人家前知五百年，后知五百载。善晓天文，深知八卦。夜观天象，见紫微星落于广西，将相星下坠山东。为此，特派吾徒余双人前来查访。吾老人家随后赶来，要帮你等共成

第九回　尤四虎弄鬼成冤鬼　欧阳德装神戏财神

大事!"

"请仙师花厅上坐。"老贼见人家说得头头是道,更加深信不疑。来到花厅,拱手问道:"今夜仙驾至此,不知吃素吃荤?"

"吾在山上吃素,下山就开荤酒。整猪整羊快快端来。"

"是。"老贼不敢怠慢,摆下酒宴。余华、徐胜陪坐两旁。欧阳德问道:"宋施主,有什么要求快快讲来。"

"这……"老贼看看二位教师,吞吞吐吐,"请问仙师,如何解脱眼前之灾?"

"唔呀,待本老祖与你算上一卦。"欧阳德一边吃酒,一边嘟嘟嚷嚷,谁也听不清他说些什么。突然,他将酒杯往桌上一蹾,大声叫道,"哎呀,大事不好,要了你的命了!"

"仙师救我!"宋仕奎惊慌失措。

"本老祖推算,两三天之内,必有官兵讨伐三杰村。官兵来势凶猛、锐不可当,宋施主轻者坐牢,重者杀头。不过,你不必害怕。本老祖既来了,当然要助你一臂之力。明晚二更天,请宋施主在后花园搭上法台,再准备些黄香、红烛、朱砂、白芨、一支新笔、两刀黄表纸;届时,本老祖登坛做法,邀请天兵天将降临人间。唔呀,官兵再勇,也敌不住天兵呀!"

"多谢仙师。天兵天将真能来吗?"宋仕奎虽说迷信,却也有点怀疑。

"唔呀,这就看你造化如何了!"欧阳德谈笑风生,神情自若。

天色将亮,怪侠唯恐群寇认出自己,所以告辞而去。宋仕奎望其背影,心中暗道:果是仙家,三伏大暑竟穿皮袄,凡人岂不热死!由于这老贼久居塞北黑龙江,当时的交通、通讯又不发达,所以他对怪侠的名声毫无所闻。徐胜与欧阳德正是利用这种机会,促其上当受骗。

闲话带过。粉金刚徐胜送走欧阳德,故作神秘地对宋仕奎说道:"庄主,华阳老祖今夜做法之事,请您千万不要声张。真言不传六耳,若被集贤馆众武士知道,他们必来观看,恐怕法术就不灵了。"

"我明白。"宋仕奎连连点头。

再说小东方怪侠欧阳德,离开三杰村,回到鳖头岭。他向红旗李玉等人吩咐道:"你们立刻去找周县令。告诉他,宋仕奎确系反叛。请周县令向府里调三百官兵,今晚二更天,围剿三杰村。"

"欧阳侠客,周县令只请咱们打探底细,听您的语气,莫非要参战吗?"

"当然,捉拿国家反叛,乃绿林豪杰分内之责。更何况宋贼手中藏有狻猊盾。不仅吾老人家要参战,你们也要参战……"怪侠向"五魁首"说出自己的计划,五人连连点头称是。李玉即刻下山,请周县令调拨官兵,暂且不提。

单说欧阳德。天色傍黑时重返三杰村。宋仕奎早已按照吩咐,做好一切准备。后花园高搭法台,足有九尺。法台上设有法案,案上摆满祭品。天至二更,欧阳德在宋仕奎及徐胜、余华的陪同下,登台做法。好位怪侠,装模作样。他披开头发,手仗宝剑,又用朱笔胡乱画了几张谁也不懂的灵符,在红烛上边烧了。然后口中念念有词:"天灵灵,地灵灵,孙悟空、猪悟能,李靖带着三太子,赤脚大仙太白星。你们全来接法旨,帮助老祖立奇功!唔呀,托塔天王李靖何在?"

"吾神来也!"北上房下来一位神仙。他面如紫玉,雄眉阔目。身穿长袍,背插宝剑。在法台下边高呼道:"华阳老祖,吾神李靖听候法旨。"

"你守在北墙,不许有人出入。"

"遵法旨。"这位"李靖"站在北墙之下。紧接着,"华阳老祖"又呼来二郎神杨戬、哪吒、木吒三位大仙,分别守住东、

南、西三面院墙。最后又呼道："八仙中的张果老快听法旨。"

"嗷，嗷——"未见人影，先听驴叫。房上跳下一头山西大花驴。这头驴不备鞍鞯、不带嚼环，所谓的"光屁股驴"。它身体轻便，落地无声，冲着法台几声长嘶。这样一来，宋仕奎对"华阳老祖"可就深信不疑了：若非张果老，谁有这样的神驴！大花驴上坐着一人，他脸朝后，背朝驴头，对着法台抱腕拱手："小仙张果老正在西天听如来佛讲法，忽然孙悟空那个猴头领着他师弟猪八戒也去了。老猪见我骑的是骒驴，便上前调戏……"

"唔呀，住口。法台之前不准讲淫词浪语。快站在中心，等吾法旨。"

其实，来者五人正是鳌头岭"五魁首"。假扮张果老者，乃花驴儿贾亮。"五魁首"遵照怪侠的吩咐，夜闯三杰村，共同歼敌。欧阳德见他们到齐，仗剑传旨："你们各自守住方位，官兵若来进犯，杀他个片甲不留。"

"启禀华阳老祖，"贾亮按照事先的安排，虚张声势，"猪八戒调戏骒驴，被我喝退。那厮恼羞成怒，拔了他师兄孙悟空的一把猴毛，化做枣核神钉，正在后边追赶。枣核神钉锋利无比，吾等小神难以躲避。他若追来，吾等只好逃跑，无力在此对抗官兵。"

"唔呀，"欧阳德故作紧张，"枣核神钉如此厉害，难道破不了吗？"

"若破枣核神钉，除非有太乙真人的狻猊盾。可是那盾牌流落人间已有千年，一时半会儿无处寻找啊。"

"噢……"宋仕奎心中一动：我那狻猊盾原来还是太乙真人的宝物。今天既然派上用场，足以证明天助我成功。于是笑道："华阳老祖，那狻猊盾恰在我府收藏。待我取来，防御猪八戒的枣核神钉。"

"快去，快去。"欧阳德暗中惊喜。

"遵法旨。"宋仕奎急步走下法台,奔向后院聚宝楼。欧阳德见他走远,低声吩咐:"待宝盾到手,立刻点燃号炮。内外夹攻,大破三杰村。"

"是。"徐胜摸出火石火绳,准备点炮。正在这时,只见宋仕奎慌慌张张跑到法台:"启禀老祖,弟子取来狻猊盾,本想面呈。岂料途中遇上了南海洛珈山观音大士。她说,猪八戒近在咫尺,由她拿着宝盾去退兵,告诉您只管按计划行事,狻猊盾保证丢不了。"

"啊!"欧阳德和徐胜等人都大吃一惊。到嘴的鸭子飞了,从哪又冒出一位观音大士?现在若追,肯定追不了。只得先顾眼前,从长计议吧,待捉拿宋仕奎之后,再寻访劫盾之人。想到此处,欧阳德再次"作法":"天灵灵,地灵灵,吾老人家搬神兵。"这是暗语,徐胜听罢,点燃号炮。

济宁府守备高世忠与微山县周县令早已经率领三百官兵埋伏在三杰村周围。他们听到号炮,立刻传令总攻。

但只见:杀气征云起,战鼓咚咚鸣。旗幡风中展,戟剑鬼神惊。人似离山虎,马似出水龙。愁云遍地长,苦雨凭空生!

官兵虽然三百,终究以正压邪。庄丁五百,却慌如丧家之犬,忙像漏网之鱼。一个个丢枪扔刀,被打得鼻青脸肿。恨爹娘少生了两条腿,今日要有四条腿,也许能逃脱活命!

不表前村,单说后花园。粉金刚徐胜与赛叔宝余华各拉钢刀逼住宋仕奎。宋仕奎先是一惊,后知上当。欧阳德让徐胜将他捆好,安放在花厅墙角,绑在明柱之上。然后各亮兵器杀向集贤馆。此时,集贤馆早已大乱。铁幡杆蔡庆与金刀太岁吕胜正与群寇交手。他们虽说勇猛,怎奈强徒人多,眼看二将渐渐不支。徐胜一马当先,冲了上去。钢刀横推竖挡,敌住群贼。鳌头岭"五魁首"与赛叔宝余华各抖雄威,共同作战。贾亮的大花驴也不甘示弱,后蹄子一甩,把轧油灯李斯踢了一溜跟头。

群寇不愿失败，继续负隅顽抗。欧阳德把大烟袋一挥："唔呀，混账王八羔子，龟孙子、龟儿子们，吾老人家来也！"说罢，左手抡烟袋，右手用点穴法，杀向群贼。铁算盘贾和头脑灵活，他一见是怪侠，立刻上房逃走。欧阳德看得真切，忙将翡翠烟袋嘴往口中一衔，用力吹去。烟袋锅里暗藏五枚钢球，飞出一枚，正打在贾和头上。可叹这贼逃跑未成，当场毙命！

贾和一死，群匪大乱。他们慌不择路，尽相脱逃。这时，济宁守备高世忠也率领官兵杀了进来。好场恶战，直杀到天亮方才罢手。

经过查点，庄丁死伤七十余人，逃走二百余人，所剩者皆愿投降。群贼之中，只有贾和丧生；一本账何苦来、轧油灯李斯、闷棍手方回三人遭擒；永躲轮回孟不明、飞腿彭二虎等十几名强徒逃脱了性命。官方大获全胜。

守备高世忠与周县令翻身下马，来到群雄跟前。笑道："多亏诸位好汉帮忙，才得平息叛乱。本官回去之后，立刻报告抚院大人和制台大人。请上司嘉奖。"

"唔呀，不用奖了。二位大人，叛首宋仕奎现在扣押在花厅，请二位押走吧。"

"好，好，有劳各位英雄。"

众人带着差官，刑具来到后花园，推开花厅大门一看，不由得惊叫起来！

第十回　微山湖群雄小聚会
　　　　璞球山众寇大逃亡

原来，匪首宋仕奎踪影皆无！

欧阳德惊道："唔呀，栽了！能在吾老人家眼皮底下劫走宋仕奎，且不留任何痕迹，真乃高手也！"

徐胜连忙解围："纷乱之中，难免出错。侠客爷不必着急。天网恢恢，那老贼迟早都会绳之以法。"

"话虽如此，吾总不安呀。"

这时，高守备与周县令也过来了。由于欧阳德等人是绿林侠义，并非官差，帮助擒贼乃是客情，所以他们不敢责备。劝道："匪首虽逃，贼巢总算攻破。各位义士功劳不小。请协助我们清点赃物，上报督抚吧。"

"清点赃物乃官府之事，吾等另有公干，暂且告退了。"怪侠说罢，与众人同归鳌头岭。

如今，已有红旗李玉、铁掌方飞、花驴儿贾亮、蓬头鬼黄顺、落马川刘珍、赛叔宝余华、金刀太岁吕胜、粉金刚徐胜、怪侠欧阳德九位英雄了；老寨主、铁幡杆蔡庆表示，可以让夫人金头蜈蚣窦氏镇守鳌头岭，自己愿随欧阳德攻打璞球山。这样一来，便凑足十人。虽说仍很薄弱，总比先前强盛了许多。怪侠欧阳德且喜且愁。喜的是壮大了势力，添人进口；愁的是

狻猊盾被"观音大士"劫去,至今下落不明。没有狻猊盾,难挡螺旋弩,这便如何是好。粉金刚徐胜也很着急,"嘻,那'观音大士'到底是谁呢?他曾让宋仕奎转告咱们,说什么狻猊盾丢不了。听这话音好像是自己人……"

"自己人?"欧阳德若有所悟。不由得自言自语:"唔呀,肯定又是她了,这是成心跟吾老人家捣乱呀!"

"您说是谁?我去找他。"

"你去不灵呀,除非吾亲自去一趟。唉,乱麻缠腿,甩不掉了。"

蔡庆疑惑地问道:"侠客爷,听您语气似乎与那'观音大士'很熟。"

"是呀,吾估计是黄花干的。"欧阳德为保持黄花的声誉,只轻描淡写地说了几句。

"哈哈,"蔡庆笑道,"我已听出弦外之音。不是我倚老卖老,你们一怪一魔二位侠客,年龄都不小了,这是好事呀!"

徐胜也笑道:"如果真是黄女侠干的,咱就放心了。"

正在这时,喽啰跑进聚义大厅:"启禀老寨主,山下的树林中飞来一支利箭,射在寨门之上。箭杆上带着一封书信,请寨主过目。"

"噢?"蔡庆拆开信封,抽出信纸。见上面写着四句话:

若寻狻猊盾,请往微山湖。
不逢海底蛟,金印永世无!

"嗯,这是什么意思?"蔡庆将书信递给欧阳德。欧阳德看了几遍,不由得叫道:"唔呀,准是钦差金印又出错了。至于详情,吾老人家也闹不清楚。请问蔡老寨主,微山湖距此多远?"

"不远,只有二十余里。"

"吾立即就去。"

"咱大家何不同往？"铁幡杆蔡庆让夫人窦氏镇守鳌头岭，十英雄起身下山。

二十里地眨眼就到。这微山湖乃是山东、江苏两省的界湖。方圆一千二百余里。湖心有座微山岛，相传在殷商末年，朝中大臣微子规劝纣王多行善事，而纣王拒谏。他宠妲己，烙比干，挖酒池，造肉林；微子知殷商气数已尽，于是隐遁小岛，以终天年。微山岛与微山湖因而得名。

闲话带过。十侠义来到湖边，但只见，烟波荡荡，湖浪悠悠，烟波荡荡似接天河，湖浪悠悠如连地脉。潮来汹涌，水浸湾环。波面上龙做鱼游，浪头中蛟如虾戏。好一派壮阔的景色！

他们正在观望，忽听芦苇荡中渔歌嘹亮：

> 不种桑麻不称田，
> 一生全靠打渔船。
> 敢向天河撒银网，
> 捞来星斗换酒钱！

歌声过后，飘飘荡荡，飘来了一艘打渔的小舟。十侠义听他的渔歌，就知这人有些来历。蔡庆高声呼道："渔家，这边来，我们请你摆渡。"

"来了。"渔家长篙一点，小船靠近岸口。他看了看众人，尤其注视了欧阳德几眼。停舟问道："诸位，你们去湖心微山岛，还是去南岸口啊？"

"我们……"十侠义难住了。他们心中没数，也不知该去哪里。粉金刚徐胜问道："船家，请问这微山湖一带可有位叫做'海底蛟'的人吗？"

"哈哈，我们这里只有湖，没有海。只有湖中鱼，没有海底

蛟。各位要找海底蛟，应该往东，再往东，一直走到东洋大海……"

"好小子，这是耍我们呀！"花驴儿贾亮心中有气。他看了看这船家，见他身高七尺，不算矮，却生得骨瘦如柴。年龄二十上下，五官还算端正。只是一双眼睛大得出奇。他上身赤裸，下身穿一条散腿灯笼裤。手握篙杆，神情扬扬得意。贾亮乘他不注意，用手一拍驴屁股。这头大花驴深通人性，明白了主人的命令。它将前腿抬、后腿蹬，驴身一纵，跳上了小船。将小船压得左右摇晃。船家万没想到驴会"轻功"，吓得他连忙闪身，几乎跌进水中。大花驴却不依不饶，后蹄子一蹬，飞向船家。船家惊魂未定，跳到船头，抡起篙杆向驴背砸去。大花驴一拧腰，躲过篙杆，前腿一抬，搭在船家的双肩之上。船家傻了，从来没跟驴打过仗，更不知驴的招法。他正在发愣，大花驴一伸驴舌头，向他脸上舔去。船家差点吓死！这时，船舱中哈哈大笑："儿呀，说你不行，你偏要逞能。怎么样？你这点武功连驴都不如，还想戏耍武林高手呢！"随着话音，船舱中走出一人。这人四十多岁，身材与那年轻船家相仿。只是一双眼睛更大。不但眼圈大，而且眼皮鼓得很高，几乎努到眶外。他向贾亮抱腕禀手："贾贤弟，你就别吓唬孩子啦，快把神驴唤回去吧。"

"哈哈，原来是高大哥。"贾亮一声呼哨，大花驴跳回岸上。

十侠义有的认识，有的不认识。贾亮连忙介绍："这位老英雄乃水上豪杰，姓高名恒，外号'鱼眼'。与我有十年交情，不期此处相逢，真乃幸会。"

"久仰，久仰。"众人一一见过。鱼眼高恒向欧阳德笑道："这位就是怪侠吧？久闻大名。只是水旱分两路，从未见过。请上船吧，在下特来迎接。"

"唔呀，高老英雄，听您语气，莫非知道吾们要来吗？"

"当然知道。要不怎么会特来迎接呢。"

"吾糊涂了。是谁让您来接的呀？"

"哈哈，现在我可不能说。到了微山岛，自有人向您交代。"

众人登上小船，高恒调拨船头，向湖心划去。

贾亮笑道："高大哥，听说您一直活跃在三江地带，几时到的微山湖呀？"

"说来话长。半年之前，我父子在浙江杭州湾捕鱼。出人意料，那日竟然捕到一条绿鲨。估计它是从东洋大海误入杭州湾的。这条绿鲨不算太大，只有五百多斤。鱼肉不值钱，鱼皮却很珍贵。咱们练武人的刀鞘、剑鞘都是白鲨鱼皮制成，为了外表美观，染成绿色。真正的绿鲨鱼皮鞘极为罕见。为此，我将鱼皮扒了下来，熟透之后，敬献给武林高手黄三太。唉，人家黄三太一跺脚，三江乱颤，是个大人物，却从来不小瞧咱们，处处给予照顾。送人家一张鱼皮，够寒酸的了。谁料人家非给五百两银子不可。我若不收，他就不要那张鱼皮。无奈，我推托有病，背不动五百两银子，答应让我儿子改日来取。黄三太信以为真，才放我回家。为了不受这笔钱，我领着儿子连夜北上，来到这山东微山湖重闯家业，一晃半年，混得还算不错。"

"唔呀，"怪侠笑道，"你与黄三太都是仁人君子。你们老一辈只顾讲交情，却苦了令郎。他既没得到银子，又得随父奔波呀。"欧阳德有意将话题引向青年渔夫，谁料那青年并不搭话。鱼眼高恒也不做介绍，使众人纳闷不已。

渔舟劈风斩浪向南行驶。中午时分，靠近微山岛。众人弃舟登岸，来到高恒的住所。这是五间向阳宅院，修在南山坡上。院中栽着几棵钻天杨、金丝柳，显得清静、幽雅。高恒家中没有奴仆，他父子亲自动手烧水沏茶。茶罢，高恒笑道："难得诸位光临，山村水巷没什么招待。幸喜昨晚捞得一条金翅鲤鱼，足有三十几斤。鲜鱼美酒，也算一件快事……"

欧阳德心急如焚:"唔呀,高老英雄,吃鱼的事不着忙。吾来请教,这微山湖一带可有位海底蛟吗?"

"既来之,则安之。有什么事也得先吃饭呀。"

"不见海底蛟,吾什么也吃不下去呀。高老英雄,听你语气,好像胸有成竹。别难为吾了,快实话实说吧。"

徐胜劝道:"高老英雄,欧阳侠客最重'信义'二字。他曾答应为钦差彭公寻找黄金大印,而至今尚无着落,他岂能不急?您既知道底细,就快点告诉我们吧。省得黄金大印出现差错。"

"嘻,已经出现差错了,急也没用!"

"此话怎讲?"欧阳德大吃一惊。

"这……"鱼眼高恒抖了抖手,说道,"我这人不会撒谎。人家怕你着急上火,让我先瞒你一时。可是见你们追问,我给说漏了。得啦,把本人请出来,你们见见面吧。"说罢,又向里屋喊道:"几位快出来吧,我应付不了啦。"

十侠义抬头观看,见里屋走出一女三男四个人来。为首者正是魔侠女黄花!

黄花面带冷笑,狠狠地瞪了欧阳德一眼:"侠客爷,没想到在此处又见面吧?"

"唔呀,早就想到了。除了魔侠女,谁会装扮观世音?"

"哼!"黄花见他不冷不热,这回真正有点伤心了。她眼圈微微一红,又怕人察觉,连忙低下头去。徐胜上前解围:"黄女侠,您对怪侠屡次协助,怪侠曾经感激不已。他所以被称为'怪侠',就是有个怪脾气,您千万别往心里去。如今,您把我们调到微山湖,定有高见。请黄女侠明言指教。"

"嘿嘿,"黄花摇头叹道,"欧阳侠客乃绿林头条豪杰,有他出头,我本不该多此一举。可是为了国家,为了黎民百姓,我又不能袖手旁观。你们都请坐,听我从头说起。"

书中交代:黄花在山神庙一怒而去,本想回家,再不出头露面。她一边沉思，一边赶路。再加上山连山、山套山，不知不觉来到后寨。心想，怎么绕到这来了？昨天晚上从此上山，为了帮助小蝎子武杰，曾将绒绳拴在树上。由于当时匆忙，绒绳并未解下。一条绒绳不值几个钱，却使用习惯了，再买新的未必顺手。既然路经此地，还是解下来吧。想到此处，她向拴绳的大树走去。居高临下，忽然发现山环中走出几个人来。此时天已微明，黄花隐身细看，见前边是十来个喽啰，后边两个好像偏副寨主，中间绑着三名武士。一个副寨主边走边骂："哼，好大的胆子，竟敢来探璞球山，看样是活够了！"

"二哥，"另一个副寨主说，"干脆，给他们一刀算啦，扔到山涧喂老鹰吧。"

"不行，还是交给周寨主，说不定赏咱点钱呢。"他们骂骂咧咧，越走越近。黄花明白：这三名武士一定是绿林豪杰，不幸遭擒。既然碰上了，不能不管。好一位魔侠女，抽刀在手，云里翻身，跳下山崖，拦住去路。喽啰一惊，还没等问话，黄花将刀一推，先斩了三五名。两个副寨主魂飞天外，"你，你是谁？好快的招法！"

"姑奶奶是你的要命鬼！"黄花飞身纵向二贼。二贼自知不是对手，扭头想跑。黄花反臂一刀，结果了一贼性命。剩下的那贼跪倒求饶："姑奶奶放我一条生路，大恩大德永世不忘！"

"你是什么人？清晨早起又干什么去？"

"我，我是个头目，奉命巡山。"

"别听他胡说，"被绑的武士喊道，"他是副寨主，不是巡山，而是，而是……"武士急得满脸通红，却找不到适当的词句。

黄花见喽啰已经跑尽，忙用钢刀挑断三人的绑绳。回头对那贼问道："你还想活命吗？要想活命，快说实话。"

"我，我说实话。"

原来，欧阳德、黄花、武杰大闹璞球山，扰得周应虎心绪不宁。匪首恨道："哼，欧阳德等人是为黄金印而来，既未得到手，肯定还会上山。我让你们空操劳、白费力，永远得不到金印！"

"对！"群寇助威，"寨主爷，彭朋狗官丢失金印，不用咱们动手，皇帝老儿也得杀他。朝廷内乱，对咱有利。不知寨主爷有何良策？"

"我璞球山后有一眼寒泉穴，穴深无底，寒凉刺骨。我若将金印扔进寒泉，他们万世也休想得到。来呀，将金印呈上。"

"是。"亲随取来金印，交付周应虎。老贼将金印用红绸子包好，扭头吩咐："花脸雕贾虎、吊死鬼刘芳，你二人带领十名喽啰速去寒泉，扔印之后，回寨领赏。"

"遵令。"二贼是璞球山的班底，跟随周应虎已有十年，对山寨的地形了如指掌。他们接过金印，带领十名喽啰奔往后寨寒泉。

事出偶然，河南陈州镖局的三位镖头，铁臂熊褚彪、赛霸王杜清、勇金刚杜明因在前山丢失镖车，几次攻打，皆被乱箭射退。万般无奈，他们也绕到后寨，准备夜探璞球山，寻找镖车的下落。冤家路窄，三义士恰在暗中发现了贾虎、刘芳等人。若依杜清、杜明，本想上前交锋。褚彪摆了摆手，低声说道："不行，他们一共十二人，我们不能同时抓获。若有逃跑者，必给周应虎报信，这样一来，反而不美。山上有了准备，夺镖银更难了。"

"怎么办？"

"暗中跟随，把他们当做向导，进寨之后，见机行事。"

三义士拿定主意，跟踪下来。他们自以为说话的声音很低，无人察觉。岂不知贾虎、刘芳久居山林，耳朵练得特别灵敏。二贼相互望了一眼，自知武功有限，不敢硬拼。于是递了个眼色，向西边走去。西边是荒草坡，挖了不少暗坑，准备陷落山中的猛兽。贾虎、刘芳地形熟悉，他们绕过陷阱，三义士却落到坑中。坑中吊着大号的棕绳网，三义士越是挣扎，网兜越紧。二贼在上边大笑起来。

"哈哈，无能之辈，自讨苦头。"刘芳吩咐："把他们摇上来，我看看是谁？"

"是。"喽啰转到树后，这里暗藏摇把，摇上吊网，将三义士捆好。

"噢。原来是丢镖车的三位镖头呀？"贾虎冷笑几声，扬风参毛。刘芳摆了摆手："贾二哥，天快亮啦，咱们扔印要紧，别再耽误时间，快走吧。"

"走！"贾虎抽出钢刀，押着三人一同来到寒泉。当他们把金印扔进水中时，三义士吓得一闭眼睛，心中骂道，这伙强盗胆大包天，此行此举，分明是造反呀！怎奈身遭五花大绑，无能为力。

二贼扔罢金印，押着三义士从后寨回山。不料碰上魔侠女黄花，黄花刀斩刘芳，救下三义士。贾虎吓得浑身发抖，不敢隐瞒，只得讲述了真情。杜清、杜明深恨此贼，一刀下去，结果了他的狗命。褚彪说道："喽啰们已经逃跑，必为周贼报信。此处不可久留，赶紧下山吧。"说罢，四人离开后寨，走出三十余里，寻店房暂住。褚彪已经知道了黄花的姓名，抱腕禀手："多谢女侠救命之恩，不知今后做何打算？"

"我……"黄花心想：我本想回家，再也不管欧阳德之事。可是钦差金印落入寒泉，这关系到国家安危，我又不能不管。究竟怎么办呢？一时又拿不定主意。只得说道："当然得攻打璞球山。既要为褚镖头夺回镖银，又要捞取金印。可是寒泉水深无底，难呀！"

"黄女侠，我们从河南北上时，曾路经微山湖。意外碰上一位朋友，这人是水路豪杰，叫做鱼眼高恒。高恒的水性极好，年轻时曾在水底待过三天三夜。他有个儿子，名叫高通海。据

说这孩子武功一般,水性却超过其父数倍。为此,外号人称海底蛟。若捞黄金印,除了高家父子,再无别人。"

"噢?他们肯出头吗?"

"咱去请请看,只要申明大义,高氏父子必肯帮忙。"

"好,咱们马上动身。"四人来到微山岛。

高恒不负所望,愿为国效力:"黄女侠,咱们明去,还是暗去?"

"寒泉就在后寨,怕是瞒不住周应虎。"

"实话实说,论水性,我父子还算可以,论武功,属于平常。若双方动起手来,您四位敢保取胜吗?"

"哎呀,多亏老英雄想得周到。"黄花秀眉双展,连连点头。

高恒又道:"距此二十里,有座鳌头岭。老寨主蔡庆兵多将广。他夫人窦氏号称金头蜈蚣。他们若肯帮忙,万无一失。可惜我只闻其名,并无交情啊。"

褚彪说道:"蔡庆与我相识多年,我若去请他,这点面子他不能不给。"

黄花点了点头:"我也去,拜见一下金头蜈蚣窦氏,女人们说话比较方便。"

褚彪、黄花来到鳌头岭,窦氏夫人将他们迎入寨内。问明来意,窦氏笑道:"巧啦,怪侠欧阳德也曾上山搬兵,如今,他们都在宋仕奎家中,待他们回来,再共同商议。"

"多谢夫人。"黄花起身说道,"我们也去看看吧。"说罢,带领褚彪夜入三杰村。来到后花园,恰逢欧阳德"做法"。黄花哭笑不得,心想:他在这装神弄鬼,一会儿还得有场血战。身背猊狻盾,总不太方便。我给他拿走吧,省的得而复失。这样,黄花假扮观音大士,将宝盾携往微山湖。次日又派褚彪送信,引来诸人。

书归正传。凭空又添了黄花、高氏父子、褚彪、杜清、杜明六名战将,欧阳德自然高兴。可是闻知金印落在寒泉,又令他有几分担心。事不宜迟，众人次日起身，返回徐胜家中。

这时，小蝎子武杰已在江苏金陵府找到了钦差，并向彭公请来了御札。彭公嘱托他们，得到金印之后，立即赶往金陵聚会。

皇帝御札不愧是圣物，果然权势无边。当地官员按照御札的吩咐，立刻调齐一千人马，由都司将军彭云龙率领，协助众侠义攻山破寨。

但见：四下里炮火乱响，八方面快马如梭。军官踊跃齐上阵，侠义奋战立奇功。欧阳德一马当先，烟袋横扫，敌军丧命；魔侠女紧跟在后，钢刀过处，血肉横飞。更有武杰、徐胜、余华、蔡庆、褚彪、吕胜、杜清、杜明，鳌头岭"五魁首"，人人奋勇，山西大花驴不甘落后，踢跳咆哮，看样也想立功。璞球山草寇虽多，终是乌合之众，岂能挡住群雄与官兵的讨伐。周应虎一见大事不妙，狠狠心，咬咬牙，将头一低，手按崩簧，螺旋弩如同连珠炮，直向怪侠欧阳德射去。魔侠女黄花早有准备，她箭步上前，推开怪侠，忙将狻猊盾迎架上去。果然是一物降一物，螺旋弩在狻猊盾上转了几转，仍是钻不进去，最后落了下来。周应虎大惊失色："哎呀，狻猊盾！"说罢，拨马欲逃。怪侠岂能放他？将翡翠烟袋嘴往口中一衔，用力吹去。烟袋锅中的钢球随即飞出，不偏不斜正落在恶贼头上。只见万朵桃花开，周应虎坠马身亡。他这一死，群龙无首，草寇们无心恋战，纷纷逃去。官军大获全胜。

经过查点：璞球山喽啰死亡一百七十余人，投降六百名。偏副寨主多数被擒。可惜那些江洋大盗、下五门门人却皆逃生。

都司彭云龙率众上山，清查赃物，不必细表。欧阳德等侠义英雄休息了一夜，次日清晨，褚彪引路，来到寒泉穴。高氏父子站到泉边，看罢多时，不由得惊呆起来！

第十一回　彭钦差遇难金陵府
　　　　怪侠客巧探西皇庄

寒泉穴在璞球山西北，四周峭壁直立，寸草不生。唯有阴风冽冽，冷气凄凄。不但走兽绝迹，就连飞禽也十分罕见。泉水自山北流出，呈墨绿颜色，经过一段漕沟，归入寒泉穴中。这穴眼方圆不足一丈，表面看来平如明镜，外行人以为是潭死水。高氏父子久经沧海，他们从微潺的旋涡中，早已料到水深无底，越往下去抽力越大。

群雄站在岸边，人人冻得发抖。唯有欧阳德浑然不觉。他为了让大家轻松下来，笑道："唔呀，吾老人家寒暑不侵呀。谁要是怕冷，吾将皮袄卖给他，一万两银子就行……"

"看你！"黄花瞪他一眼。

"吾是为了让大家高兴才说句笑话，你老人家瞪吾老人家干啥？"一句话引得诸人大笑起来。

鱼眼高恒说道："据我观察，这寒泉水深无底，可能呈漏斗形，中心是泉眼，通往地心。若钦差有福，金印落在边上，还可捞到。不然的话，金印顺泉眼落进地心，别说是我父子，东海龙王至此也束手无策！"

"唔呀，"欧阳德紧张起来，"高老英雄，今日全看贵父子了。"

"为国效力，理所当然。"高恒说罢，准备更换水衣水袄。海底蛟高通海一摆手："爹，若在二十年前，我不拦您。如今您已年迈，该孩儿下水。"说罢，将水衣水袄穿在身上。舒了舒筋骨，跳入水中。高恒连忙搂了一堆柴草，拢上篝火。又在火中吊起一把铜酒壶，将酒烧得滚烫。同时取出十几个通红的干辣椒，在火边煨好。准备就绪，紧盯着水面。过了足有半个时辰，但见水花翻滚，高通海冒了上来。他脸色又青又紫，浑身颤抖。勉强登岸。手中托着一个红绸子包，往岸上一扔，扑通栽倒。鱼眼高恒眼含热泪，忙用热酒为儿子擦遍全身，又灌了他几口。欧阳德将老羊皮袄盖在高通海身上。高通海啃了两个干辣椒，渐渐缓过气来。说道："老天助我，金印被水草拦在坡上。"

"唔呀，好小子，你是头功！"怪侠验罢金印，又让徐胜等人背着高通海返回北丘寨。

大功告成，都司彭云龙代表官府摆宴庆贺。休息了两天，高通海身体复原。怪侠欧阳德邀请诸英雄同去金陵府会见钦差。大家皆表赞成。唯独魔侠女黄花满腹心事，默默无语。鱼眼高恒与铁幡杆蔡庆依仗年迈，对欧阳德埋怨道："侠客爷，你素日千灵百怪，此时怎么糊涂了？黄女侠的事应该尽快安排呀！"

"唔呀，"欧阳德摇了摇头，长叹一声，"唉，黄女侠夜探璞球山，救吾性命。山神庙擒拿马道玄，三杰村保护狻猊盾，微山湖请出海底蛟。论功劳，她列前茅，吾一定禀报彭钦差。至于吾老人家，一生孤独惯了……"

"嗐！"黄花低眉俯首，"诸位英雄，后会有期。"说罢，转身而去。

黄花虽说年过三十，终究算个老姑娘。她在黄花庄、山神庙、北丘寨三次提婚，均被怪侠谢绝，魔侠女岂能不恼。到后来，为破九花娘桑玉薇的七星迷魂帕，欧阳德三请魔侠女，才算了结这段姻缘。

第十一回　彭钦差遇难金陵府　怪侠客巧探西皇庄

次日清晨，褚彪等人押镖车北上，蔡庆同"五魁首"回归鳌头岭。余下的众人辞别彭云龙，携钦差金印奔往江苏金陵府。路经微山湖时，高氏父子把船只安排停当，愿随怪侠为国效力。

这天来到金陵，找到金亭驿馆，说明来意。门差一愣："噢，是，请各位稍候，我去报告李七爷。"

"唔呀，不对呀，他应该报告钦差，怎么报告李七爷呢？"

这时，七侯迎了出来。他面容憔悴，二目通红："欧阳侠客，您可来了。快往里请吧。"

"唔呀，李贤弟，出了什么事吗？"

"到里边细说吧。"七侯将诸人引进客厅。

"唔呀，李贤弟，钦差大人在哪里？吾得把金印交还他呀。"

"唉，怪我无能，"李七侯痛苦万状，"我们来到金陵府的第二天，令高徒武杰便带着您的亲笔信来请皇帝御札。彭钦差得知金印有了下落，自是十分高兴。他决定在金陵府休息几天，以便恭候各位来临。就在前天一早，金陵知府傅国恩亲自来到驿馆，他邀请钦差去赴午宴。当时，我觉得身体有些不爽，便留在驿馆值班，让吹破天左逢春陪同彭公前往。当天晚上彭公未归，我以为他夜宿知府衙，并无多疑。谁料昨天去知府衙迎接时，傅知府却说钦差已于饭后返回，我这才察觉大事不好。傅知府也慌了，忙派差官四处寻找。谁料至今尚无下落！"

"唔呀，大活人怎么会丢呀？何况是奉旨钦差。据吾估计，肯定又是下五门与耶稣教他们干的。"

"不管是谁干的，得尽抉把彭公找回来。彭公若有不测，我也没脸活在世上。"李七侯悲愤交加，泪流满面。

众侠义安慰道："七爷，您别上火。既有吹破天左逢春保驾，料想钦差不会有险。左逢春武艺虽然不高，但头脑灵活。若有差错，他会来报信的。"

"唔呀，奇怪呀！"欧阳德若有所思，"李贤弟，彭公赴的是午宴还是晚宴？"

"午宴。傅知府一早便来邀请，天过辰时，他们一同离开的驿馆。"李七侯疑惑不解，"侠客爷，这里边有什么说道吗？"

"吾再问你，据傅知府说，钦差几时离开的知府衙？"

"他说吃完午饭就回来了。估计是未时，不会超过申时。"

"怪就怪在这里！"

原来，康熙年间的计时方法与现代有些不同。那时将每天分为十二个时辰：子、丑、寅、卯、辰、巳、午、未、申、酉、戌、亥。每个时辰等于现代的两个小时。半夜十一点到凌晨一点为子时，以此类推，未时是午后一点到三点，申时是三点至五点。

欧阳德见众人不解，于是说道："现在临近夏至，白天最长。即使到了申时，仍旧阳光充足。钦差离开知府衙，路上若有歹徒劫持，左逢春肯定会舍命护驾。街头必有一场血战。金陵府乃是大都市，地面繁华，青天白日在街头血战，必然轰动全城。而现在平平静静，没有半点风声，这不奇怪吗？"

"对呀，"众侠义点头称是，"分析得很有道理。左逢春是奉索亲王谕旨保护钦差的，若途中有人劫持，他必拼死反击。"

"我懂啦！"李七侯咬牙切齿、手扶剑把说道，"根据侠客爷的分析，钦差根本就没离开知府衙。肯定是那狗官傅国恩在里边搞鬼！"

"唔呀，这只是第一个猜想，吾老人家还有第二个猜想呢。"

"侠客爷明谈。"

"彭钦差赴罢午宴，走上街头。恰巧在街上碰到一个熟人，这人又是钦差十分信任的朋友。他花言巧语，将钦差骗走。只有这样才兵不血刃，达到劫持彭公的目的。"

"也很有道理。"众侠义对欧阳德的见解十分敬佩。七言八语，归纳成两条：第一，金陵知府傅国恩扣押了钦差，使钦差

第十一回　彭钦差遇难金陵府　怪侠客巧探西皇庄

125

蒙难于知府衙；第二，钦差在街上被人骗走，行骗者绝非平常之辈。根据这两条猜想，众人兵分两路，一路由赛叔宝余华率领，夜探知府衙；另一路由粉金刚徐胜率领，分别走大街、串小巷，寻找线索。第一路目标明确，第二路却是大海捞针。至于怪侠欧阳德与白马将李七侯则坐镇金亭驿馆，等候消息。诸事完毕，分头行动。

且说欧阳德的弟子，小蝎子武杰被分配在第二路，他向徐胜问道："大叔，咱是合伙走，还是单独行动？"

"听从自便。"

"既然如此，吾小人家先行一步了。"武杰手拎铁棍，告辞而去。由于行无定所，他只好东游西逛。什么茶楼酒肆，商家铺户，凡能出入的地方，都走上一遭。结果，从中午转到傍晚，从傍晚转到天黑，仍旧是一无所获。小武杰有点心灰意懒，这样瞎转下去，何时是头啊？有心回驿馆，又想争强好胜，不回去吧，又实在太累了。他找了一处墙根，坐了下来。这时，天已二更。突然，从小路口闪进一条黑影，这黑影身体轻便，抖身纵上墙头。武杰一见，立刻兴奋起来。他躲在暗处，待黑影进院之后，他也跟随下来。只见前边的黑影溜房檐，蹿墙根直奔后院，到了一座木楼下边，左右观望片刻，然后纵身上楼。趴在楼窗外，往里偷听。武杰明白：这人不是大盗便是淫贼。既然找不到钦差下落，吾小人家就管点闲事吧。当然，不能在院里动手，以免惊吓着主人。想到此，他伸手取出一块飞蝗石，冲着黑影的面门抖手扔去。那黑影耳音不错，听到贼风，连忙低头。飞蝗石未中面门，而打中其帽。黑影做贼心虚，转身逃走。武杰岂肯放他，手拎铁棍紧紧追赶。黑影的脚程属于中等，跑出西城门不远，便被武杰渐渐追上："唔呀，哪里跑呀，吾小人家要你的狗命啊！"

"啊？"黑影先是一惊，紧接着又摇了摇头：不对，话音童声童味，不会是他。这一愣神的工夫，武杰已经追赶上来。二话不说，抡棍就砸。那人慌忙招架相还。可是他这口刀岂是武杰对手，没过三招两式，便被武杰一脚踢倒。小爷箭步上前，踩住那人前胸。厉声问道："唔呀，混账王八羔子，你是谁？"

"小，小侠。您不认识我，我可认识您小人家。在下名叫鲁廷，外号蝎虎子，当初曾在周应虎寨前当差。如今改邪归正，重新做人。"

"哈哈，你这龟孙胡说八道，想哄骗吾小人家吗？什么叫改邪归正？你夜入民宅，非奸即盗，这也叫改邪归正吗？"

"这……我对您说实话，您可别杀我。如今，在下已经投靠了裕王府。王爷对待绿林人很是高看。他昨天对我说，城北徐府有件祖传之宝，称做羊脂球。本想重金购买，怎奈徐家不卖。他让我替他想想办法。王爷的吩咐，不敢不听。为此，我才来徐家……"

"唔呀，夺人之美，算什么王爷？"武杰心想：这贼已是王府差人，是杀是放呢？他这一犹豫，精神便松懈下来。鲁廷乘此机会，往武杰腿上击一猛掌。打得小爷疼痛难忍，连忙把腿一缩。鲁廷翻身而起，落荒逃去。武杰大怒："王八羔子，吾不能让你走了！"说罢，步步紧追。由于腿疼，追的速度减慢。鲁廷一直跑到郊外，眼前闪出一片松林。武杰心急，他进了松林，吾就捉不住他了。于是强忍疼痛，加快步伐。刚到林边，突然从树林中飞出一支钢镖，这钢镖带着风声，直奔武杰咽喉。小爷毫无防备，连忙闪身，稍慢半步，钢镖打入左肩头。不觉疼痛，只觉麻木："唔呀，毒药镖，吾小人家性命休矣！"话音未落，林中走出一人。这人二十多岁，仪表不俗，只是脸色白中透青，缺少红润。他向鲁廷一笑，"哈哈，鲁大哥，怎么被一个孩子追成这样？"

"贤弟休要取笑。这孩子武功非凡，快快结果他的性命。"

第十一回　彭钦差遇难金陵府　怪侠客巧探西皇庄

"嘿嘿,不用杀他。毒气归心,三天之内必死无疑!"

"还是杀了好!"鲁廷举刀过来,就要下手。恰在此时,树尖上飞下一条身影,好轻功,如小燕展翅,直取恶贼。鲁廷连忙躲闪,借月光细看,原来是个十六七岁的美貌少女!他淫心大动,嬉皮笑脸:"哈哈,送上门的肥羊,该我尝鲜……"

"大哥,快跑!"旁边射镖的那贼一见少女,大惊失色。拉起鲁廷,仓皇逃窜。由于武杰受伤,少女无心追赶。她低头问道:"觉得怎么样?"

"唔呀,左臂麻木了,吾小人家要归位呀!"

"你死不了。能走动吗?"

"唔呀,腿还可以。"武杰勉强站起,摇摇晃晃。少女只得过来搀扶。古人封建,武杰本想谢绝,少女一瞪眼:"快走!"

二人行行往往,来到城中的一家店房。此时天色微明,少女叫开店门,走进北屋:"爹,您快来看看:这人中毒药镖了。"

"噢?他是谁呀?"里屋走出一位老者。脸上看,老者的皱纹不多,年龄也就五十多岁。往头上看,却是满头华发,白如三冬雪。他看了武杰几眼,回头对女儿问道:"这是怎么回事?你从哪里救来的此人?"

"爹,昨夜二更天,我在后院练了一趟七星刀,本想回屋睡觉。突然闻到一股异香,好似五鼓返魂散。这种熏香是咱家独传,女儿特别敏感。为此用上解药,顺香气寻找。"

"看见谁了?"老者神色惊异。

"爹,正是您要寻找的那个败类!他用您传授的熏香,正在熏一个住店的女子。当他见到女儿,立刻逃跑。女儿用雁行术跑在他前面,纵到树梢,等候擒他。谁料他用毒药镖打伤这人。女儿心想救人要紧,没去追他。爹,您看这人伤势如何?"

"嗯,"老者用剪刀绞去武杰肩头的衣服,看了看伤口。笑道,"刚刚中毒,伤势很轻。"

"爹，是用五福化毒散，还是用八宝解毒膏？"

"用五福化毒散就行了。你再让店房煮碗鲫鱼汤来。"

"是。"少女出去。老者给武杰上了解药，又喂他半碗鱼汤，武杰渐渐精神起来。

"小壮士，你姓甚名谁？为何半夜追赶贼寇？"

"唔呀，他入宅作案，吾才追他。"武杰不知老者身份，所以对钦差丢失之事，未敢直言。老者也不深问，只说："你家长是谁？住在哪里？请小壮士讲明，我好送你回去。"

"吾师父叫欧阳德，住在驿馆。"

"噢？怪侠小东方吗？久闻大名，从未见过，正好拜访他。女儿，你跟为父一同去见见高手。"

父女二人雇了一辆马车，将武杰送到金亭驿馆。由于武杰一夜未归，众侠义正着急呢。欧阳德见徒弟带伤回来，十分惊讶。问明经过后，更加奇怪："唔呀，哪里来的王八羔子？竟敢打伤吾的徒弟？"

"师父，救命恩人还在门房呢，你老人家快请人家进来呀。"

"吾忙糊涂了。"欧阳德亲自将父女请进客厅。鱼眼高恒一愣："哎呀，我当是谁？原来是胜贤弟。数年不见，别来无恙？"

老者姓胜名奎，人送外号银头皓首。他父亲便是南七北六十三省总镖头、神镖将胜英胜子川。胜老侠客早已作古，其弟子黄三太名扬天下。前不久，黄三太主持"三江擂"时，曾给师兄发去请柬，望他到杭州助阵。胜奎有一儿一女，儿子胜官保、女儿胜玉环，兄妹从小随祖父学艺，武功皆属上乘。胜奎为让儿女开开眼界，父子三人同下杭州。"三江擂"后，官保留在黄三太身边闯荡江湖，胜奎带着女儿胜玉环准备回家。临行之前，黄三太问道："师兄，有个叫尹亮的绿林人，您可认识？"

胜奎怒道："哼，别提他了。尹亮乃直隶沧州尹家寨人氏。他父亲尹禄，外号镇山豹。原是玄狐门子弟，后来金盆洗手。

虽仍占山为王,却是自种自吃。那年尹禄病危,我去看他,他对我说,别的事情均无后虑,只是儿子尹亮让他闭不上眼。那年尹亮十六岁,竟学会了吃喝嫖赌。尹禄一生有两种宝,一是五鼓返魂散,二是毒药镖。由于儿子学坏,他竟不敢下传。我一时恻隐,劝道:孩子年少,找个严师管教会改邪归正的。谁料尹禄竟然病榻托孤,不仅让儿子拜我为师,而且将毒镖、解药、返魂香全部交我手中。受人之托,忠人之事。尹禄死后,我将尹亮带到京西宣化府,授艺三载,并将毒镖、熏香交还给他。由于对他不放心,留下解药,以防不测。谁料那畜生人面兽心,武艺学成,竟对他师妹玉环强行无礼。幸亏玉环高他数倍,将那畜生赶走。一晃二年有余,音信皆无。师弟,你今天为何提起他来?"

"唉,果然是您弟子!师兄啊,这个尹亮外号人称采花蜂,专门奸人妻女,曾在杭州屡屡作案。有一次被我碰上,我本想除他。他却称我师叔,言说是您的徒弟,并保证改邪归正,永不再犯。看在师兄的分儿上,他又表示悔改,我便将他饶恕。'三江擂'上,赛毛遂杨香武告诉我,采花蜂尹亮仍在江苏金陵一带不断作案。并有一位什么郡王保护他,使他有恃无恐。师兄,尹亮既是您的门徒,就算上三门弟子。上三门弟子采花盗柳,好说不好听啊!"

"嘿,气死我也!"银头皓首胜奎浑身发抖,立刻辞别黄三太,带领女儿胜玉环来到金陵。他本想清除尹亮,以正门规。谁料胜玉环巧救武杰,又与怪侠欧阳德相会。

胜奎叙罢经过,欧阳德沉思起来。

原来,昨夜晚间,赛叔宝余华奉命暗探知府衙,回来报告:"衙中并无异常现象,只是半夜二更时,知府傅国恩到账房去了一趟。他再三嘱咐管账师爷:郡王千岁赏赐的那三千两白银且莫入账。还说:明日去王府只表示口头谢恩,不要留下收条。"

当时，欧阳德对这条消息并未在意。以为是官宦之间狗扯羊皮，与己无关。如今，徒儿武杰与老英雄胜奎都提到郡王府，尹亮与鲁廷俱是郡王的差人。身为王爷，豢养淫贼，这位郡王究竟是谁？他与钦差失踪有没有干系？真让人百思不解。粉金刚徐胜见他沉思，说道："欧阳侠客，论武功、论身份、论威望，您是我们大伙的主心骨。彭公丢失，事在燃眉。您有何打算，只管吩咐，我们一定尽力而为。"

"唔呀，奇怪呀。大清国的亲王、郡王人数很少，他们不在北京，怎么来到金陵呢？"

赛叔宝余华答道："我在广西提督府混过几年，提督大人萨布素乃是正黄旗，对朝廷内幕知道很多。据他说，大清国入关之前，曾加封过八家铁帽子王，这八家王爷世袭爵位，辈辈皆为亲王。除了他们，另有老罕王的嫡系子孙也被封为王爵。这些王爷没有战功，不戴铁帽子，每辈降一级，最后降为白丁。人们习惯地称之为'散王'。顺治皇爷登基之后，孝庄皇太后唯恐这些散王作乱，便将他们遣往各地，只享清福，不掌实权。据我猜想，金陵的这位郡王可能就是这类人物。"

"原来如此。"欧阳德点了点头，"郡王虽无实权，身价却很显贵。他既然能豢养采花蜂尹亮和鲁廷，就能豢养更多的强徒。我想从他下手，寻找钦差的去向。"

众侠义对欧阳德的主张都很赞成。于是分头调查郡王的情况。这位郡王在金陵府名声极大，很快便调查清楚了。

原来，老罕王努尔哈赤有位幼弟名叫布查金，十九岁时战死沙场。布查金遗有一子，刚刚半岁，取名哈朗。努尔哈赤为抚恤幼弟，加封哈朗为裕亲王。这位裕亲王为人忠厚，与世无争，再加上没啥本事，所以在顺治年间便恳请退位。顺治皇帝恩准，按照承袭法，加封哈朗的长子亚布力为裕郡王，并将他父子派往金陵。如今，退位亲王哈朗已经八十多岁，尚且强壮。

其子裕郡王亚布力年近五旬，主持王府一切事务。裕王府不在城里，而在金陵西郊。由于他们是皇族，俗称王府为"西皇庄"，据说是好大一片宅院。

怪侠欧阳德了解这些情况之后，决定探听西皇庄的底细。但是王府非同小可，必须慎重行事。派别人去放心不下，只能亲自前往。怎么去呢？怪侠自有怪招：他命彭公的亲随彭兴取出钦差的官服，自己脱下老羊皮袄，假扮成奉旨钦差。又令徐胜、余华、吕胜、高通海扮成轿夫，胜奎、高恒扮成老仆。轿内藏好大烟袋，以参拜王爷为由，奔往西皇庄。小蝎子武杰也闹着要去，怎奈镖伤未愈，只得留下，由胜玉环负责照料。白马将李七侯驿馆值班。

前呼后拥，跟真的一般。武杰望着众人走远，有点眼热。白马将李七侯劝道："小壮士，往后立功的机会很多，不在这一时。怪侠让我留在驿馆值班，我也得服从，何况你是他的徒弟。"

"嗐，全怪尹亮那混账王八羔子！"

二人正在说话，门差进来报告："李七爷，驿馆之外有人求见。"

第十二回　嘻嘻嘻小爷耍知府
　　　　　哈哈哈大侠戏郡王

来者不是别人，正是金陵府四品黄堂傅国恩。

李七侯暗道：他来干什么？根据欧阳侠客的分析，这个人有很多可疑之处。有心不见，人家是朝廷命官，不好拒绝。有心见他，又怕自己一时失控，说出不该说的话来。武杰冷眼旁观，看出了李七侯的心事："七叔，昨晚三更，余华大叔他们夜探知府衙，虽未抓住把柄，却也得知他和裕郡王有些勾搭。依小侄所见，他来驿馆可能别有用意。干脆，你老人家躲起来，由吾小人家对付他。"

"你对付他？也行。我看你小子满肚子心眼儿，跟你师父一样，机警过人。只是你年龄太小，怕那傅国恩瞧不起你……"

"唔呀，恰恰相反，正因为吾小人家年龄小，傅国恩才会放松警惕呢。"

"好吧，这回看你的啦。"李七侯躲进里间屋，门差将知府请进了客厅。傅国恩以为客厅会有不少人，出乎意料，只见武杰一个。不由得心中有些纳闷：欧阳德、李七侯他们干什么去了？怎么派个孩子接待我？这孩子是欧阳德的徒弟，前些天曾来金陵请过皇帝御札，估计是钦差的亲信，我别得罪他。于是满面堆笑，抱腕禀手："小英雄，下官有礼了。"

"不敢当。您是朝廷四品大员,吾小人家是平民百姓,吾给您见礼才对呀。"

"哈哈,"傅国恩被武杰捧得挺美,"小英雄,我这四品官在钦差面前微不足道。未朝天子先拜相,小英雄不必客气了。"

"老大人请坐。"

"小英雄,这金陵府乃历代名城,栖霞寺、燕子矶、莫愁湖、三藏塔皆是胜地,若有闲暇,下官派几名公差领你游玩几日,望多多赏脸。"

"唔呀,钦差大人失踪,吾小人家哪有心思游逛啊?"

"啊?钦差还没回来吗?李七侯将军曾去知府衙询问过,我还以为钦差早就回归驿馆,今日特来请安……"

"唔呀,钦差要是回来就好了。他这一失踪,吾们全乱套了。有人怕担责任,吓跑了,有人着急上火,吓病了。只剩下吾师父和吾,吾师父上街打探消息,吾留在驿馆等候消息,可是一直没有消息,老大人送来什么消息?"

"我哪来的消息?"傅国恩连连摇头,"我连钦差失踪都不知道!唉,本府发生这样重大的事件,下官有失职之罪。请问小英雄,诸侠义有何打算?"

"唔呀,吾们也没有打算哪。"武杰心想:他这样急着发问,是为了钦差,还是为了摸底?吾对此人不得不防:"老大人,按照常理,钦差失踪应该上奏皇帝,可是吾们这些人都是彭公私人聘用的保镖,与朝廷毫无关系。为此吾们也无权上奏。再过几天,如果仍旧不见钦差,吾们就想散伙了。"

"哎呀,你们千万不能走呀。若找不到钦差,下官就得祸灭九族!我请你们多留几日。"傅国恩语言恳切,脸上却不甚焦急,时不时地还露出一点喜色。武杰虽说年少,却天资过人。心中暗想:这知府把我当成小孩,表面上应付我,神情上却毫不掩饰。吾再试探几句,看他到底是人是鬼:"老大人呀,吾小人家天生的心慈面软。你既然挽留吾们，吾们只好照办，暂时不走了。等找到钦差之后，再向你告辞。"

"这……"傅知府神色一变，"小英雄，你的心意我领了，可是你们不拿国家俸禄，为了下官吃苦受累，让下官如何安宁？你们该走还是走吧。金陵府看守备、千总、把总和地方军队，他们平日无事可做，现在理当为国家效劳。这样吧，明日下官备酒，为诸位侠义饯行。"

武杰心中暗笑，这老家伙肯定不是好货，他迫不及待地撵我们快走，一定别有用心。小爷今天反正没事，我耍耍你吧，也许能有点意外收获："嘻嘻嘻，老大人忠心报国，够可怜的。找不到钦差，你这老命就完啦。干脆，你也跟吾们一块走吧，吾小人家教给你几招武艺，走到天涯海角也饿不死。"

"不行，不行！"傅国恩连连摆手，"我乃朝廷命官，岂能干违法之事？"

"嘻！"武杰故作显摆，"老大人还怕违法呀？违一回也是违，违两回也是违，你就违起来看吧……"

"啊！"傅国恩有些惊慌，"小英雄，你这话什么意思？下官从来不违国法。"

"算了吧，你要不违国法，吾师父老人家怎么会指责你？"

"噢？"傅国恩由惊慌转做紧张，"欧阳侠客指责我了？我，我，我错在哪里？"

"钦差失踪与你有关！"

"哎呀！"傅国恩脸色煞白，话音发抖，"这，这是从何谈起？我，我只不过是……不，不，噢，欧阳侠客说些什么？"

"嘻嘻，吾师父不让吾往外说。"

"小英雄，"傅国恩把武杰当成小孩，他将手中折扇举起，说道，"你看我这两块扇坠好吗？一块祖母绿、一块猫儿眼，你要喜欢，可以都送给你。"

"吾瞧瞧，"武杰接过两块宝石，心想：老狐狸的尾巴露了，吾小人家再耍耍他，"唔呀，看在这两块石头分儿上，吾告诉你吧，吾师父说，知府要不请钦差赴宴，钦差也丢不了。全怪官场规矩太多，也怪知府太讲究礼节了。"

"就这些？"

"对呀，没有别的。"

"哼！"傅国恩气得五官挪位，两块宝石又不好讨回。

武杰见状，心中暗笑，又唬他几句："老大人，说句实话吧，钦差的下落吾们已经掌握了，不出两天，准把钦差请回来。到那时候，你就等着受罚吧！"

"罚我？"傅国恩刚刚把心放下，一听这话，心又提起来了，"罚我什么？"

"罚你摆几桌酒席，吾们这些人在你知府衙住上几天，非把你吃穷不可！"

"嘻！"傅国恩哭笑不得，"诸侠义若瞧得起我，下官将来亲自邀请。"

书中交代：傅国恩乃两榜进士出身，他是当朝工部尚书梁清标的门婿。数年之前，梁清标加入耶稣教时，曾再三劝他一道入教。可是他胆小怕事，虽然当时入教不犯法，他也婉言谢绝了。为不得罪有权有势的老丈人，他曾再三表示：虽非教徒，凡教会之事，愿尽力而为。梁清标看他是个扶不起来的书生，也就再不找他，傅国恩过得还算安稳。

且说三天之前，钦差彭公突然光临金陵府，傅国恩有些纳闷，却不甚紧张。因为在当时，朝廷大员秘密出巡的事例很多，不足为怪。再加上自己奉公守法，只要小心侍候，也就行了。至于钦差出巡的目的，他也不敢多问。谁料在当天下午，他突然接到一分请柬。西皇庄裕郡王亚布力请他去王府赴宴。傅国恩左右为难：裕郡王是金陵一霸，无人敢惹。平常素日，自己这个小小四品官对人家敬而远之,并无往来。他突然请我赴宴,定有要事。如果不去,郡王乃是皇族,当今圣上得称他叔叔,怪罪下来担当不起。万般无奈,他才来到西皇庄。可是裕郡王并未将他放在眼里,只派总管出头接待。这总管名叫花得雨,会几招武术,虽说不高,自己也取了个外号叫"阳春三月"。主人多大奴才多大,这皇庄总管狐假虎威:"贵知府,你摸摸你还有脑袋吗?"

"啊?此话怎讲?"傅国恩莫名其妙。

"哈哈,奉旨钦差来到金陵,你知他出巡目的吗?"

"听说要去广西,只是路经金陵府。"

"对!彭朋去广西捉拿白天王。那白天王在耶稣教洋神甫支持下,举旗造反了。这样一来,凡是耶稣教徒,全得开刀问斩。王爷让我转告你,贵岳翁梁尚书不但在教,而且为教会出过许多力。他的罪名很大,一旦发觉,必然户灭九族!贵府是他女婿,在九族之例。所以我让你摸摸还有脑袋吗?"

"啊?"傅国恩大惊失色。

"还有呢,你曾对你老丈人说过,凡是耶稣教的事,尽力而为。就冲这句话,皇上不剐你才怪呢!"

"总管大人,这些内情您怎么会知道?"

"这你就别管啦。只说有没有这事吧?"

"请王爷救我。"

"王爷让你来,当然为了救你。出路只有一条,看你胆量如何?"

"总管指点。"

"杀死彭钦差,投靠耶稣教!"

"啊?这可是死罪呀!"

"你以为不杀钦差就能活吗?"花得雨冷笑几声,"如今,广西白天王在青剑岭招兵买马、聚草屯粮。一待羽翼丰满,立刻

发兵北上。到那时候，嘿嘿，你就不是四品知府啦，起码也能弄个尚书、侍郎……"

"总管大人，既然白天王势力强大，又何必让我谋杀钦差？"傅国恩瞻前顾后，犹豫不决。花得雨摇了摇头说："第一，白天王正在准备阶段，现在兵马还不完善，西洋火器也没运到，此时与朝廷交锋为期过早。如果杀死彭朋，皇上再派二路钦差，最少也得耽误半年，这半年之中，白天王早就万事就绪了。第二，白天王手下都是武林高手，他们不惧官兵，却对绿林人有些打怵。绿林人都是散仙，对皇王圣旨可听可不听，但对彭朋都十分敬重。杀了彭朋，他们就未必再肯当头。只要绿林人不参与，青剑岭便可纵横天下！"

"总管大人懂得真多。"

"别给我戴高帽子，这都是王爷吩咐的。你痛快说干不干吧？"

"我……我读书人出身，连鸡都没杀过，何况是钦差大臣？"

"哼，王爷估计的果然不错。傅知府，既然你不敢亲手杀人，那就间接帮个忙吧。明天中午，你请钦差去知府衙赴宴，傍晚时让他回归驿馆，别的事就不用你了。"

"这，这还可以。"傅国恩心想：这回可沾岳父的光了。看来，梁清标的底细，裕郡王已全部掌握，那么裕郡王是什么身份？他乃皇室，怎么会帮助白天王争夺大清天下？自己虽说百思不解，却也不敢多问。花得雨见他答应了，很是高兴："贵府，王爷吩咐过，事成之后赏你白银三千两。哈哈，领到赏银别忘了请我喝酒！"

"总管取笑了。"傅国恩告辞回府。遵照花得雨的指示，请彭公府衙赴宴。彭公不知有诈，又不愿让地方官员难为情，所以带领吹破天左逢春前往。酒宴过后，坐轿离去。至于后事，傅国恩则一概不知了。当天晚上，郡王府果然送来三千两赏银。

傅国恩提心吊胆,不敢花用,命令账房师爷封存起来。为了探听底细,他今天又来到金亭驿馆,不料被小蝎子武杰戏弄了一番。

话归前言。傅国恩不敢久留,辞别了武杰,回归知府衙。

武杰送走知府,回头对李七侯说道:"七叔,您在里屋都听见了吧,据小侄所见,这知府肯定有鬼。"

"是呀,他盼望咱们快走,就冲这点看来,钦差失踪准保与他有关。"

"不过,钦差未必在知府衙。"

"何以见得?"

"吾曾唬他说,将来罚他几桌酒席,吾们这些人去知府衙住上几天。七叔您想,钦差若在知府衙,那狗官肯定惊慌。可是他无动于衷,毫不在意。由此可见钦差不在那里,而另在别处。"

"言之有理。可是,傅国恩也许故作镇定,瞒天过海……"

"嘻嘻,我看那狗官是草包一个,喜怒哀乐都表现在脸上,他懂得什么叫瞒天过海?"

"你小子心眼儿真多。"李七侯笑了起来。

"七叔,根据吾师父老人家的分析,钦差不在知府衙,必在西皇庄。他们去了多半天,也不知情况怎么样了。可恨吾这镖伤,只得守在驿馆。唔呀,急死吾小人家了!"

那么,怪侠欧阳德一伙现在如何呢?

花开两朵,各表一枝。

欧阳德假扮钦差,带领群雄奔往西皇庄,十五里地,眨眼就到了。王爷府第果真与众不同。

但只见:青堂瓦舍,对缝磨砖。院墙高有二丈,墙头镶着黄绿琉璃瓦。红油漆大门,钉满了碗口大小的金钉。左右各有一只石狮,爪按绣球,口衔明珠。门前七级台阶,都是汉白玉

制成，上镂游龙舞凤。大门顶上挂着一盏气死风的红纱宫灯，灯中点着胳膊粗的明烛。顺着角门往里看，迎面有一道影壁花墙，墙上画着一棵古松，松树上边蹲着个金丝猴。这小猴手握竹竿，正捅树尖的马蜂窝。松树下边是一头大象，前腿打跪，好似磕头拜礼。画中有蜂、有猴、有下拜的大象，暗喻"封侯拜相"。欧阳德觉得好笑：唔呀，身为郡王，还想着封侯拜相，真是人心无举呀！他们正在此张望，门差走了过来。若是普通人，门差早就骂上了。但欧阳德头戴亮红顶子，插双眼大花翎，身穿官袍，上绣仙鹤。这种服饰都是正一品的标志。为此，门差比较客气："请问大人，莫非是拜见王爷的吗？"

"正是，"徐胜上前答话，"总管，请禀报王爷千岁，就说……"话音未尽，从里边走出一人。这人身穿六品官服，王官打扮。门差连忙施礼："总管大人，他们要拜见王爷。"

"噢。"这六品总管正是阳春三月花得雨。他看看欧阳德，知是一品大员，不敢慢待："您是什么职务？官讳怎么称呼啊？"

"唔呀，吾老人家姓彭名朋，乃当朝礼部尚书、奉旨钦差呀！"

"啊？什么，什么？"花得雨以为耳朵出了毛病，惊讶问道："你是彭钦差？奇怪，你真是彭钦差吗？"

"唔呀，如果吾老人家是假钦差，莫非还有真钦差吗？"欧阳德已经觉察出几分破绽。

"不，不是这个意思，"花得雨连忙稳住自己，"请钦差稍候，我去报告王爷。"说罢，跑进院里。欧阳德不由得暗笑：这回算来着了，就冲总管这个神色，内中肯定有鬼。

未过多久，只听院中有人说道："钦差在哪里？本王迎接来迟，望钦差莫怪。"随着话音，走出几人。为旨者年近五旬，煞白的一张脸，不带血色。身穿便装，一条大辫子垂在脑后。他把欧阳德看了半晌，禀手问道："你就是彭钦差吗？"

140

"唔呀，正是。下官参拜王爷千岁。"

"请府中一述。"裕郡王亚布力心中纳闷：这钦差很眼熟，好像在哪里见过，却一时又想不起来。宾主走进客厅，仆从献上茶来。欧阳德笑道："唔呀，下官奉皇上圣旨，南巡两广。路经金陵府，特向王爷请安。"

"不敢当。本王在帝外多年，很久未进京都，对朝廷大臣多有不识。彭钦差，你是几时进京述职的？"

"吾在西南当了三年知县，半年前调入北京，官拜礼部尚书。"

"新鲜。小小县令一跃而为尚书，旷古未闻。请问钦差是何出身？"

按当时科举制，县里考秀才、省里考举人、中央考进士。进士再经殿试，也就是皇帝御考之后，产生三鼎甲：状元、榜眼、探花。这三位要入翰林院效力，几年之后，任命大官。凡是读书人，均以入翰林院为荣。只要是翰林出身，价值高人万倍。康熙皇帝重视培养人才，他常常把有前途的翰林放出去当小官，锻炼几年，破格重用。不过，从七品提到一品的极为罕见，所以裕郡王才觉得出奇。他满以为眼前这位钦差定是翰林出身。谁料对方答道："唔呀，吾出身微贱，只是个秀才呀！"

"秀才？嘿嘿，取笑了！"

"是呀，秀才出身的人，按说一辈子也熬不到尚书。唯吾例外，吾有特殊本事。"

"噢？不知钦差有何奇能？"

"吾会相面，一相一个准。给皇上相过几次，全应验了，所以吾当上大官。"

"哼，"亚布力有点生气，"贵钦差，我可是堂堂郡王，也是你随便戏耍的吗？"

"吾不敢呀，王爷若是不信，吾给你老人家相上一回，保

第十二回　嘻嘻嘻小爷耍知府　哈哈哈大侠戏郡王

证准。"

"这……你说说看。"

"王爷呀,吾说了你可别恼。吾看你印堂发暗,眼圈发黑,不是招祸,就有是非。最近,王爷要有灾难!"

"胡说八道,你是什么人?"

"吾是钦差呀,官服为证,莫非王爷有所怀疑?"

"不,不是。我只觉得你有点怪……"

"吾不怪呀,王爷才怪呢。"

"我怪?我怪在哪里?"

"人生二目,如同天有二光。左日右月,左阳右阴。而王爷恰恰相反,阴阳颠倒,所以总办错事……"

"大胆,你敢辱骂本王?"

"吾说的都是实话。据我观察,王爷最近就办过错事,这件错事极为重大,致使王爷贻误终身……"

"啊?你……"亚布力变颜失色。

"哈哈哈。"欧阳德大笑起来。就冲裕郡王的神态,十有八九彭公就在王府。吾何不乘胜追击,再刺他一枪:"王爷,莫非吾说错了吗?"

"这,本王从来不做错事!"

"唔呀,王爷把话说得太绝了。请问,您给金陵知府傅国恩送去白银三千两,这是怎么回事?"

"啊?"裕郡王一惊,"哪有这种事?本王什么身份,何必给知府行贿?"

"不是行贿,是大有文章啊!"

"你究竟是谁?"

"哈哈哈,王爷再三盘问,疑虑不小。吾是彭朋,是钦差呀!"

"未必吧?"裕郡王一招手,叫过总管花得雨。又在他耳边吩咐了几句。花得雨领命而去。

此时的客厅剑拔弩张，双方相互观望，谁也不多说话。粉金刚徐胜等人已经料到，今日少不了有场恶战。他看了看欧阳德，怪侠面带微笑，岿然不动。徐胜明白：郡王不是普通人，没有真凭实据，谁也不敢贸然行动。其实，裕郡王心里也犯嘀咕：这钦差是谁？若是假扮，官袍带履却都是真的，更何况金陵知府傅国恩受银三千两的事他怎么知道？一定是傅国恩向钦差报告了。哎呀，他若是真钦差，我昨日骗来的那人又是谁？事关重大，一步棋走错，满盘俱是空。真叫本王深浅莫测。还有，我见眼前这钦差十分面熟，似曾相识，又想不起在哪里见过。莫非某年进京时见过他吗？如果这样，他更是真的了！

正在这时，总管花得雨从外面走进。他小声说道："禀王爷，我把他带来了，现在客厅门外。"

"好，快让他进来，也许他能辨出结果。"

"是。"花得雨从门外领进一人。这人年届五旬，神色疲惫不堪。他走进客厅，第一眼先看到了粉金刚徐胜，紧接着又看见了怪侠欧阳德。不由得惊声叫道："哎呀，你们把我害得好苦，今日自投罗网，我跟你们拼了！"说罢，抽出宝剑冲了上去！

第十三回　马道青天涯寻杀手
宋仕奎就地骗钦差

来的这人乃是活财神宋仕奎。

书中交代：怪侠欧阳德为取狻猊盾，曾假扮华阳老祖，大闹三杰村。当时，他将宋仕奎绑在后花厅，准备交给官府。谁料破村之后，却不见老贼踪影。那么，宋仕奎被谁放走的呢？原来，欧阳德、徐胜等人去前宅不久，便有一个老道闯进花厅。这老道身高六尺，膀阔三停。天生的红头发、红胡子，两道红眼眉足有多半寸。大额头、大下巴、一双死羊眼，面貌极其凶恶。宋仕奎吓了一身冷汗，以为又碰上神鬼。这道人用宝剑挑开老贼绑绳，背起他来往外逃走。也不知走了多远，来到一座古庙，进庙之后，老道恶声恶气地问道："看你这身穿戴，从头到脚奢侈华贵，莫非是三杰村的首领吗？"

"这……道爷待我有救命之恩。不敢隐瞒，在下正是三杰村村主宋仕奎。由于得罪了地方官府，不幸被捉。承蒙道爷搭救……"

"我不听这些废话。你既是村主，我来问你，你手下可有个叫武杰的，他现在何处？"

"武杰？"宋仕奎沉思良久，"道爷，三杰村并无此人呀。"

"什么？你敢骗我？"

"不，不。在下的生死在道爷手中，岂敢对您说谎。"

"嗯。"老道点了点头，"也对。你是不敢骗我。奇怪呀，莫非我哥哥弄错了吗？"

原来，这老道名叫马道青，人送外号赤发灵官，乃恶法师马道玄的同胞兄弟。论武功，马道青比其兄长强万倍。手中一口霹雳宝剑，纵横天下。他不但武功好，品德也算说得过去。主持飞云观，以庙产为生计，很少坑害百姓。前不久，马道青在北丘山下的大沟里演练气功，突然发现眼前有具尸体。他走近一看，正是胞兄马道玄，不由得大惊失色。连忙用手摸了摸胞兄的前心，一息尚存。前文书交代过：小蝎子武杰急于替舅父报仇，打了马道玄一猛棍，并将他踢下山涧。涧下空气清新，犹如今日的"输氧"，使马道玄缓过一口气来。赤发灵官马道青不敢耽搁，举双掌向胞兄发射内功，累得他浑身冷汗、面色煞白，马道玄总算睁开二目："贤弟，是你？快替愚兄报仇！"

"凶手是谁？他在哪里？"

"凶手是，是武杰。他，他现在三杰村……"恶道说罢，吐出了最后一口闷气。

"哥哥，谁叫武杰，他什么门户出身？为什么要害你？三杰村在什么地方？你说，你说呀，你再说一句！"任凭马道青呼天叫地，马道玄再未苏醒。马道青含泪掩埋了哥哥的尸体，回归飞云观。这道人的品行虽说不坏，他也深知哥哥的为人，但毕竟是手足之情，不由得心中发狠：不杀武杰，誓不为人！

可是武杰究竟何许人物？门户、年龄、身份、外号他都一无所知。若想访到仇人，只有去三杰村了。三杰村在哪里？据他估计：这种地名是大路货，全国不止千万。只能从近处查起。于是他首先访到宋仕奎的巢穴。入村一看，见有许多官兵包围，他不理这些，直奔后宅。恰巧看见宋仕奎被绑。根据服饰，他觉出老贼身份很高，这才将他背到飞云观。由于武杰年龄幼小，

第十三回　马道青天涯寻杀手　宋仕奎就地骗钦差

刚刚步入绿林,所以在江湖路上并无名气,宋仕奎也不知武杰是谁。他见马道青面沉似水,唯恐人家生气。连忙谄媚:"道爷,俗话说两山碰不到一块儿,俩人总会碰上。您若想找武杰,我甘愿陪您一块儿找。绿林中我的熟人挺多,咱慢慢打听,准跑不了他。"

"也罢,哪怕走遍天涯海角,我也要替兄报仇。咱们准备一下,明日动身。"

"听从道爷吩咐。"

次日清晨,二人起程南下。马道青功夫很高,脚下如飞。而宋仕奎乃活财神出身,素日养尊处优,吃喝享受,哪里经得起这般辛苦。可是他又不敢多说,只得拼命相随。谁料到了金陵府,他再也走不动了。马道青有气,带这么个累赘,何年何月能找到武杰?一怒之下,他扔下宋仕奎,自己走了。这样一来,可苦了这位活财神。他身无分文,住店吃饭都发生了困难。连累带愁,病倒在破庙,眼看着奄奄一息。也是天无绝人之路,这日中午,绿林飞贼永躲轮回孟不明、飞腿彭二虎意外发现了他。这二贼皆在三杰村集贤馆混过数日,算是宋仕奎的"贤士"。他们还算有点良心,不忘旧主之恩,将宋仕奎抬到店房。老贼心中感激:"多谢二位英雄。患难见真情,往后我就跟随你们吧。"宋仕奎想找"饭东"。

"宋庄主,"孟不明摇头笑道,"您是大财主出身,享受惯了,我们可养不起您。不过,您别着急。金陵城郊有座西皇庄,乃当朝裕郡王的封地。我们哥儿俩为了混饭,现在西皇庄当护院教师。王爷待我们不错,经常摆宴招待。那天喝酒时,我们哥儿俩提起您来,王爷对您很感兴趣。并说:若能见到活财神,愿意交个朋友。您说巧不巧,老天爷真把您送来啦。没别的,您在店房将养几天,我们去报告王爷。"

"谢谢二位,望多加美言。"

过了两天，裕郡王果然派花得雨将宋仕奎接到西皇庄。

这还不算巧，更有一件巧事：

由于宋仕奎出身高贵，裕郡王另眼看待。摆酒迎风这天，竟请出八旬高龄的老亲王哈朗作陪。老王已经退职了，平日很少出头露面。近日来，他见儿子神神怪怪，聚集了一批不三不四的人物，为此很不放心。于是借酒会之机，打算观察动静。酒过三巡，老王问道："宋先生，请问你原先居住何处？"

"老王爷，在下原居山东三杰村。因为得罪了官府，被害得家破人亡，流落四方。"

"你是山东人？错了，错了。老朽年迈眼花，险些闹出误会。"

"父王，"裕郡王问道："怎么回事，莫非您认识宋先生吗？"

"说来话长。"老王叹道，"你爷爷十九岁战死疆场，我跟随老罕王成人长大。罕王驾崩，四殿下皇太极继位。那时还没进北京，国都设在关东盛京府。一天，皇太极接到边报，言说黑龙江绥化一带有匪徒叛乱，请朝廷速发天兵讨伐。于是，皇太极加封我为镇远将军，率军出征。当时我才二十五岁，不知天高地厚，也不懂用兵之法。一战下来，损兵三百余人，粮草马匹被掠走无数。我当时十分害怕，如此惨败，皇上肯定要加罪。正在走投无路时，呼兰县首户宋治文来到兵营。这宋治文富甲江北，人称外号也叫活财神。他对我说，为铲除匪患，甘愿捐赠白银三万两、粮草五万担、战马二百匹，并派五百庄丁协助作战。真是柳暗花明又一村，对宋治文的壮举人人称赞。我吸取了首战的教训，二度剿匪，大获全胜。并准备将宋治文的功绩写成折本，上奏朝廷。谁料宋治文婉言谢绝，他只图家乡安静，不图功名利禄。回到盛京后，我屡次给他写信，他却只字不答。一晃五十余年，再未见他。今日见到这位宋先生，身材、相貌与宋治文十分相似，外号也叫活财神。我由他而想

起宋治文,满以为他们会有些血缘关系。可惜眼前这位宋先生是山东人,而宋治文是黑龙江人,相隔数千里,看来我弄错了。"

"哎呀,"宋仕奎失声叫道,"您就是当年那位小王爷吗?请问,鸿禧夫人还在不在?她那双九龙玉璧仍藏身边吗?"

"你,你是谁?"

原来,宋治文曾将舞伎鸿禧献给了当年的小王爷,并陪送一双九龙玉璧。这事鲜为人知,此时却被宋仕奎说破:"老王爷,宋治文乃是先父,我从黑龙江南迁山东不过数载。今日与老王爷重逢,岂非天意?"

"好,好!"老王大悦,"我久欲报恩,苦无机会。既然相逢恩公后代,理当答谢。"他扭头对儿子吩咐:"对宋先生要厚待,王府中还有好差事吗?"

"父王放心,"清朝皇室最重孝道,别看老王退居"二线",裕郡王亚布力仍不敢惹他,笑道,"除了三品长史由皇上任命而外,余者职务任凭宋先生挑选。"

"不,不。王爷只要赏碗饭吃就行了。"宋仕奎连忙谦让。

"这样吧,宋先生暂时屈尊慕宾馆馆长,算是王府贵客,不是差人。"

"多谢王爷。"

宋仕奎入主慕宾馆之后,经永躲轮回孟不明、飞腿彭二虎四处张扬,便有很多"慕宾"相继来投。这些"慕宾"中,除了三杰村的余党,便是璞球山的漏网贼寇。另有采花蜂尹亮等"散仙"也来聚集,一时,西皇庄成了群贼的安乐窝、避风港。他们借着郡王的势力,胡作非为,干尽坏事!

再说裕郡王亚布力,这个人野心勃勃,对于皇位垂涎三尺。他时常暗想:我的先祖也是老罕王努尔哈赤的嫡系皇子,只因错过机遇,使皇权丧失,如今只落了个郡王空头衔。若再过几辈,就变成平民百姓了,有苦向谁诉?

根据清代承袭法，亲王为最高爵位，只有皇子与蒙族权贵才能得到。这些亲王中，战功累累、政绩显赫者，可恩封"世袭罔替"，又叫铁帽子，辈辈为亲王。余下的则要逐渐削爵。如亲王的长子只承袭郡王，下传贝勒、贝子、国公、将军，直至恩骑尉，共十一代，从第十二代起便是平民了。这种规定，也是削弱皇族内部斗争的具体措施。既有此法规，一些闲散皇族难免怨气冲天，老实的，忍气吞声；强硬的，跃跃欲试。到后来，康熙驾崩时，诸皇子争夺帝位、血溅京都，就是这个道理。

闲话带过。裕郡王既有野心，便预谋豢养死士。一旦有机会，他也想做几天皇帝。此时，他见宋仕奎招来这么些绿林高手，心中窃喜。于是对宋老贼更加重视，百般照顾。

这天，宋仕奎来见郡王："千岁，有位外国洋人来到慕宾馆，他要求见您，宣称有机密大事。"

"洋人？他叫什么名字？"

"他自称马德赖神甫，汉语说得流利。"

"马德赖？好耳熟呀。"裕郡王思考片刻，终于想起来了，前不久，朝廷有圣旨告知天下，明令禁止耶稣教，并驱逐马德赖立即离华。莫非是这个人来了吗？如果真是他，我倒应该亲自接见："宋先生，传他到内书房会晤。"

"是。"宋仕奎将那洋人领到书房，自己很知好歹，退了出去。

来者正是那个洋奸！

原来，裕郡王称帝之心早被宋仕奎察觉。宋老贼在三杰村时已归属白起龙，他见有机可乘，便派飞腿彭二虎前往广西青剑岭报信。马德赖闻讯大喜，能有大清郡王加入反叛行列，这可太妙了。他的作用别人是起不到的。由于郡王身份高贵，他这才决定亲来西皇庄。

"参见王爷千岁，本神甫贸然打扰了。"

"先生请坐。不知先生找本王何事?"

"王爷,我们西洋科学发达,根据星斗推测,王爷乃天降大任……"这洋奸中外合用,又胡诌起来。

"请问先生,天降大任做何解释?"

"说穿了,您应该是中国皇帝!"

"大胆!"裕王虽有谋反之心,此话出自洋人之口,他也难免一惊,"这话是随便说的吗?你若不是洋人,本王定送交官府。"

"哈哈哈。"马德赖毫不在意,"王爷,据我所知,您是先帝嫡系传人。可如今只闹个郡王,并被康熙撵出京师,您不觉冤枉吗?"

"这……"裕王确实感到冤枉。

"直言奉告:本神甫来自广西西林县青剑岭,乃西路天王白起龙帐下大军师。那白起龙只是一颗大星,有将帅之福,无帝王之命。至于紫微星,除郡王莫属。您若举旗起事,我们可以捐赠西洋火器,不出二年,包您稳坐紫禁城……"马德赖还是那套旧话,裕王听来,却感新奇:"先生,你们不会无缘无故支持我吧?请讲讲条件?"

"第一,您立刻加入耶稣教,并替教会办事。其实,朝廷工部尚书梁清标、您手下的宋仕奎都是教会中人。第二,奉旨钦差彭朋此时已到金陵府,这人是武林界精神领袖,您必须尽快将他除掉!可以利用金陵知府傅国恩,他是梁清标的门婿。第三,最重要的一条,您称帝之后,必须让全国信仰耶稣教,给教会特殊利益。若应此三条,保您九五之尊,早登皇位!"

"容我想想。"裕王亚布力沉思良久,这"皇帝"二字太有吸引力了。利令智昏,他点头称是,"先生,您说话可得算数!"

"我们洋人历来讲究信誉。"其实,他历来不讲信誉。插手中国内政后,已经"封"了白起龙、亚布力两个皇帝。将来根据需要，不知还要加封多少。他为裕王办理了入教手续，没有久留，回归广西去了。

裕王投靠洋奸，事情干得十分机密。除了宋仕奎，就连老王哈朗也瞒得严严实实。俗话说"知其子者莫如其父"，哈朗觉得儿子有些反常。几经询问，亚布力仍是只字不露。老王无奈，暗中细心观察，暂且不提。

单说宋仕奎，自裕王入教后，他的地位又提高很多，几乎成了王府的二号人物。他本来是富豪出身，一旦得势，旧病复发，立刻排场起来，每天带着几个亲随，出入茶坊酒肆、秦楼楚馆。这日，又领着孟不明、彭二虎、李吉、鲁廷几个贼寇到醉仙楼吃酒。酒至半酣，忽见楼下走上一人。这人头戴金边檐毡帽，迎门镶着一块白骨头片。身穿老羊皮袄，板朝里、毛朝外。戴一副大号眼镜。腰扎蓝布大带，下穿兜裆滚裤，手中擎一根五尺长的旱烟袋。走上酒楼，高声叫道："唔呀，快把好酒好菜端来，唔老人家要痛饮几杯！"

"怪侠！"蝎虎子鲁廷和青毛吼李吉乃璞球寨的逃寇，他们被怪侠吓得闻风丧胆、望影而逃，今日一见怪侠上楼，只觉得背后冒凉气，脑皮发炸。宋仕奎、孟不明、彭二虎是三杰村的人，只把怪侠当做"华阳老祖"，这"老祖"的厉害早已领教。为此，五贼连忙缩项藏头，小声嘀咕起来，孟不明说道："这人武艺太高，咱们快跑吧。"

"对，对。一会儿就跑不了啦。"宋仕奎随声附和，早把身价忘到九霄云外。

李吉和鲁廷一咧嘴："三位，你当现在就跑得了吗？咱们只要一站起来，人家立即会发现。他用手指一点，谁也动不了，那叫'点穴法'。别说咱五个，再比咱高一万倍，也逃不出酒楼！"

"嗜！"彭二虎急得要哭，"昨天晚上我净做噩梦，就知今天

要倒霉。闲着没事,上酒楼干什么!"

宋仕奎掏钱请客,对彭二虎这话虽然不满,也不敢发作。小声说道:"总得想想办法呀!"

"什么办法?"李吉心眼稍快,"现在只有一条,上前哀求饶命。万一人家高高手,咱也许就能过去。"

"对,李英雄言之有理。一事不劳二主,办法是你想的,你快去求情吧。"四贼得过且过,公推李吉上前。李吉无奈,硬着头皮走近怪侠。二话不说,双膝跪倒:"大侠,请您老饶命!您是我活爹亲祖宗。只要不杀我,我先给您磕头了。至于杀别人,与我无关。"一句话。差点把旁边四贼吓死。谁料怪侠满脸疑惑,不解地问道:"唔呀,你快快起来。吾凭什么杀你呀?吾与你素不相识,你认错人了吧?"

"大侠,您别拿我开心了……"

"吾真的不认识你呀。"

"太妙啦!"李吉小声叫了一句。心想:璞球寨大战时,双方兵甚多。我又不是著名人物,可能怪侠没注意我。早知如此,偷着下楼该有多好。想到这里,他抬头看了宋仕奎一眼。宋仕奎暗恨:完啦,他不认识李吉,肯定认识我。在三杰村后院待过很长时间,是他把我亲手上绑的。李吉呀李吉,你看我这一眼,简直是送我性命!事到如今,躲不过去了,我也采取主动吧:"华阳老祖,饶命!"

"唔呀,奇怪呀。吾分明是大活人,怎么成了华阳老祖?"

李吉连忙谄媚:"宋大爷,您弄错啦。他老人家乃当代武林第一高手,怪侠欧阳德!"

"唔呀,哈哈哈。"这人大笑起来,"唔老人家明白了,你们这群混账王八羔子是被欧阳德吓傻了。其实,吾并非欧阳德,吾闯荡天下七年,正是为了寻他。你们既然认识怪侠客,快告诉吾他在哪里?"

"你不是怪侠？"五贼上下打量良久，面貌太相似了。服装、兵器、口音、派头也完全一样。只是年龄略小几岁，若不细看，难辨真伪。五贼大怒，既不是怪侠，让他把我们吓成这样，太冤枉了。青毛吼李吉又来精神了："好小子，竟敢冒充怪侠，哄骗我们。看拳！"说罢，一拳砸下。那人不慌不忙，只微微一扭头，躲了过去。然后伸出右手二指，往李吉身上一点，再看李吉，动弹不得。飞腿彭二虎大惊："哎呀，他也会点穴法！"

"唔呀，一群王八羔子。吾老人家并未招惹你们，你们先给吾磕头，又跟吾动手，这怨吾吗？快说欧阳德现在哪里？"

"大，大侠，您先把李吉放开，听我们慢慢说。"宋仕奎眼珠一转，计上心头。待那人放开李吉之后，宋贼又道："大侠，不打不成交，请到雅座详谈。"

"唔呀，谅你们不敢害吾。"

六人来到雅座，也就是现代的单间小餐厅，分宾主落座。宋老贼笑道："大侠，看您武功，定是高手。敢问大侠尊姓高名？不知您找欧阳德所为何故？"

"唔呀，想套吾底细吗？告诉你们也无妨碍。"

书中暗表：这人复姓赫连双名宝吉，乃四川峨眉派嫡系传人。他的受业恩师名叫皇甫松，外号圣手昆仑剑，与欧阳德的老师丐剑哈哈叟诸葛方为一师之徒，同出峨眉派总门长红莲长老之门下。那皇甫松的武艺不低于诸葛方，他传授赫连宝吉整整十年，将寒暑不侵、点穴法、雁行术等本门绝技倾囊相赠，使徒儿成了一代奇才。赫连宝吉师满下山时，老剑客皇甫松对他说道："徒儿，你有位本门师兄叫欧阳德，乃你师伯诸葛方的顶门弟子……"

"师父，徒儿知道。您对我提过不止百次了。"

"你不要不耐烦。据为师观察，你武功不错，性情、修养却差得很远。你那师兄欧阳德我曾见过，他不仅武艺精湛，而品

德更好。你闯荡江湖时若能碰到他,还要多多向他请教。"

"师父,人海茫茫,我到哪里找他?"

"哈哈,你欧阳师兄有特色。他一年四季反穿皮袄,手擎大烟袋。说话嘉兴口音,自称'吾老人家',见坏人常骂'混账王八羔子'。至于面貌,与你还有几分相似。"

"徒儿记住了。"

"你师兄在武林名望极大,人们敬佩他,称他为'怪侠',这个'侠'字……"

"师父,您怎么总长他的威风?师兄再好,也是师伯的徒弟!"

"大胆!"老剑客极为不满,"他为咱峨眉派增光,我当然要夸他。你呀,哼,性情骄傲,缺少谋略,虽说武功上乘,却永远担不起一个'侠'字。你也练就了寒暑不侵,夏天也善穿皮袄,干脆,师父也赠你一根大烟袋,再为你取个外号,叫做'怪客'。你师兄是'侠',你是'客'。只有紧跟他,你才能沾上'侠客'二字的边缘!"

"这……徒儿知道了。"赫连宝吉表面不敢违反师命,心中却暗自不服。他下山之后,首往嘉兴府,意欲寻访师兄,比个高低。没访到欧阳德,却学会嘉兴话。于是他也反穿皮袄、手擎烟袋、说话"唔呀,唔呀",并将外号改为"盖欧阳",想以此引来怪侠。谁料怪侠正在云游天下,行无定所。赫连宝吉访了七年,竟未访到。今日见五贼认识欧阳德,机会岂能放过。

话归前言。赫连宝吉不便露出门户,只是说道:"吾既称为'盖欧阳',势必会会欧阳德。你们快说他在哪里?"

"赫连大侠,您若想会他,请随我们走一趟。"宋老贼主意已定,将赫连宝吉引到西皇庄。

再说裕王亚布力,一见赫连宝吉,心中暗笑:这人夏天穿皮袄,他不怕热吗?宋仕奎真有办法,竟能招来这种异人。他刚要说话,赫连宝吉问道:"唔呀,欧阳德在哪里呀?"

154

"欧阳德？"裕王不解。

宋仕奎连忙答道："您别急，只要听从王爷安排，准能见到怪侠。"

又是几天过去。这日午后，裕王对赫连宝吉说道："大侠，请您跟随宋先生出去一趟，定能将欧阳德引来。"

"干什么去？"赫连宝吉虽有疑问，却不顾多想。他跟随宋仕奎来到金陵知府衙外。等了片刻，衙中出来一群人，为首者上了大轿。宋仕奎道："大侠，我上去搭话。您见大轿启动时，不必多问，扭头回奔西皇庄就行了。不出三天，欧阳德准来找您。"

"真的吗？"赫连宝吉点头应承。

宋仕奎来到轿前："请问，这是彭钦差的大轿吧？"

"什么事？"吹破天左逢春上前护驾。

宋仕奎用手一指赫连宝吉："那位英雄请钦差去一趟，他说有要事报告。"

"噢？"左逢春一看："哎呀，是怪侠欧阳德呀。他怎么不过来？"

"左壮士，"彭公早已听清一切，在轿中吩咐，"欧阳大侠办事一贯稳重。他去追金印，可能又有意外，所以不便直接上前。来呀，跟随欧阳大侠而去。"

"是。"左逢春命令起轿，跟着赫连宝吉来到西皇庄。

这些，都是宋仕奎设下的阴谋诡计。他利用赫连宝吉与欧阳德相貌、外表酷似一人的特长，使用奸计，兵不血刃，将彭公骗入虎穴。真是神不知、鬼不觉，难怪金陵府没有半点动静。可叹赫连宝吉，只顾意气用事，充当了帮凶。一步走差，铸成大错！

裕王亚布力一朝得手，精神振奋！他遵照洋奸马德赖的命令，将彭公绑在厅前："嘿嘿，今日让你死个明白。本王即将称帝，已与白起龙携手合作。来呀，速将狗官开膛摘心！"

第十三回 马道青天涯寻杀手 宋仕奎就地骗钦差

155

"是。"刀斧手刚要上前,突然从院外闯来老王爷哈朗。前文书说过,老王哈朗见儿子最近反常,所以时时注意他的行动。今日见儿子要杀人,不由得怒冲牛斗:"你要造反吗?国家钦差大臣,你竟敢任意杀害,孽子、孽子!早知你这样,我不该让位!"

"这……父王息怒。"亚布力终究不敢惹他亲爹。只得吩咐:"先将彭朋押入迷人馆,待我慢慢处置。"

"不行!"老王一瞪眼,"你赶快请罪,释放奉旨钦差!"

"父王,我不杀他就行了,绝对不能释放,若放了他,我就没命了!"

"嘿嘿,孽子。你想瞒着我暗中下手吗?反啦,反啦。我年过八旬,管不了你。保护钦差大人是我的责任。走,我陪钦差同去迷人馆,你要敢碰他,我在你面前一头撞死!"

"唉!"反王在亲爹面前束手无策。

老王解开彭公和左逢春的绑绳:"钦差,跟我走吧,只要有我,就有钦差。将来见到皇上,还望钦差美言。只杀孽子一人,千万别刨我家祖坟。"说罢,声泪俱下,领二人奔往后院走去。

亚布力无奈,只得认听其便。他本想另寻机会杀害彭公。谁料那位钦差入了迷人馆,却又有一位钦差找上门来。为辨别真假,他才叫花得雨传来宋仕奎。

大段倒插笔交代完毕,书归正传。

宋仕奎一见欧阳德,先是害怕,后仗王府势力,大喊大叫起来。反王亚布力这才明白:我觉得眼前钦差面熟呢,原来他与赫连宝吉生得一模一样。有了,既然赫连宝吉为他而来,我何不让他们鹬蚌相争!据我手下的武士们传说,那赫连宝吉的功夫已达炉火纯青,登峰造极。他若能杀死欧阳德,也算解我心头之恨!想到这里,反王吩咐:"花总管,快请赫连大侠!"

第十四回　西皇庄怪侠斗怪客
　　　　　东帝岛善人逢野人

"是。"花得雨领命而去。

欧阳德暗道：赫连大侠是谁？既敢称"大侠"二字，绝非平常之辈。看来今天定有场恶战。王府人多势众，大意不得。这客厅天地狭窄，一旦房门被他们堵住，吾们就无法施展了。想到此处，他将手一挥："诸位侠义，随吾到院中会敌。"

王府院落很大，中间是个空场。平常，裕郡王常常在此观看群贼演武。欧阳德胆大心细：自己穿着彭公的官服，十分不妥。一来，官服很贵重，钦差还得穿它办公，万一打仗时损坏，彭公再穿，有失官体。二来，不知赫连大侠是哪路人物，动手比武时，穿衣服很不方便。为此，欧阳德对徐胜吩咐："唔呀，快从轿中取来吾的衣服和烟袋。"

"是。"徐胜照办。

欧阳怪侠脱去官服，换上老羊皮袄、扎紧蓝布大带。他刚刚穿戴完毕，花得雨便将赫连宝吉领到演武场。徐胜、余华等人一见：这回热闹了，左右两位怪侠，服装、兵器、模样完全相同。除了从年龄上有些差距，很难辨出谁真谁假。

此时，赫连宝吉已经认出欧阳德，不由得心中大悦：访他七年，今日总算相会，我倒要看看他何许人物？想到此处，上

前一抓欧阳德的手腕,满脸堆笑,貌似亲热:"唔呀,吾叫赫连宝吉,外号盖欧阳。吾老人家今日总算见到你老人家!"说笑之中,右掌一较劲,这功夫称做"折松断柏",暗喻松树、柏树也会被掐断,何况人的手腕,岂不化做齑粉?谁料欧阳德毫不在意。他将五指一翻,这功夫称做"乱山环抱",也将对方的腕子"抱"在掌中。哈哈笑道:"唔呀,好一位盖欧阳,真想盖住吾老人家,恐怕不那么容易!"

表面看来,无声无色。其实,二人的功力全在掌中。他们各自觉得:对方的手腕如同一块烧红的生铁,既坚硬无比,又火热滚烫!过了半盏茶的时间,赫连宝吉面色微红,额头冒出细汗。暗中叹道:怪侠名不虚传,果然胜吾一筹。欧阳德心里也合计:吾闯荡江湖十余年,能挺过吾七分力者从未见过。眼前这人却挺过吾九分力,真豪杰也!二人相视一笑,各自松手。赫连宝吉抱腕当胸:"不知大侠光临,恕未款待。来人,快与大侠献茶。"

"多此一举。"反王亚布力暗皱眉头:我让你来杀他,你怎么跟他客气上了?于是说道:"赫连大侠,院中缺少桌椅,茶水免了吧。"

"想要桌椅,极其容易。"赫连宝吉一转身,奔花圃走去。花圃中有张石桌,少说也够七百斤,他双膀一晃,将石桌举到院心,轻轻放下。亚布力傻啦:好大的劲头!千万别得罪他:"花总管,快,快快献茶来!"

"唔呀,且慢,"怪侠笑道,"赫连大侠,咱们是先君子、后小人。你现在跟吾客气,过一会儿势必交手。可是你把石桌摆在院心,当不当、正不正,把地盘全占了。吾看,先把面桌挪边上去吧。"说话间,怪侠抬起右脚往桌上一踢,神啦,这七百斤重的石桌滚了几滚,稳稳当当立在旁边,简直比摆的还要端正。赫连宝吉大惊:此人力量大吾十倍!

这时,花得雨托来茶盘,盘中有两只大号瓷杯。赫连宝吉端过一只放在桌上。他伸出双掌将瓷杯一推,貌似奉茶,其实,早将内功运到掌上:"欧阳大侠,请!"

这招法十分厉害,不必接触人体,只用空气压力,便能将对手五脏击碎!

怪侠大怒:吾与你何仇何恨,你竟然下此毒手?不敢耽搁,他一面运气封闭躯体,一面将瓷杯往回推动:"吾不喝茶,留着你喝吧!"当然,他的双掌也用上内功。此时,怪侠才觉出:赫连宝吉的功力只发向瓷杯,而未发向自己的内脏。不由得暗道:这人不仅武艺高强,心地也不坏。若能将他收下,胜过粉金刚数人。

他俩在这较量内功,别人都愣了,只见瓷杯在石桌上"跳舞",一会儿往左,一会儿往右。谁也不碰它,它却自己乱转。反王亚布力哪见过这种场面,惊声叫道:"闹鬼,瓷杯怎么长腿了?"一语未落,瓷杯自行爆炸!

"好位怪侠!"赫连宝吉跳到场心,"内功外力,令人佩服。请操兵器吧。"

"唔呀,看来得比画比画了。"

二位高手各操大烟袋,走行门、过步眼,交织在一处。好武功,只见两件皮袄如同两朵白云飞舞,两根烟袋杆好似两条闪电交错。轻似猿猴,快如狸猫,只闻风声,不见人影!这真叫:

一根烟袋,两根烟袋。紧一下、慢一下、虚一下、实一下。你快我也快,你轻我也轻。老虎斗麒麟、金蛟咬苍龙,也不过如此!旁边的观阵者,再也难分真假欧阳德!

突然,一人倒地:"唔呀,绝命三招!"

"唔呀,知道了就好!"另一人箭步上前。

千钧一发,倒地者后脑勺着地,后脚跟着地,身躯却向上挺着,如同弯弓状态。这招法称做"铁板桥",他见对方烟袋落下,口中惊呼:"唔呀,你这招叫做'飞流直下三千尺'。"说罢,挺

身飞跃,落到对方身后,又用烟袋嘴往对方后背一捅:"吾这招叫做'疑是银河落九天!'"好快,全部动作只在眨眼之间!

再看前边这人,张嘴瞪眼,动弹不得。不用我说,看官自知,失败者当然是赫连宝吉。

赫连宝吉虽被点穴,心中叹服:吾访他七年,毁于一旦。论点穴,吾只会点前胸,他却会点后背。只此一招,吾还得练上三年!

反王大惊:"谁去擒敌?"

宋仕奎忙道:"千岁,别问啦,谁也不敢上。快放箭吧!"

"来,来呀,乱箭齐发!"

弓箭手早被宋仕奎安排到两旁。乱箭似飞蝗,一同射出。欧阳德不敢恋战,背起赫连宝吉,回归金亭驿馆。

再说白马将李七侯与小蝎子武杰送走金陵知府傅国恩之后,对欧阳德等人十分挂念。他们几次到驿馆门外等候,忽见众人归来,连忙迎入。走进客厅,怪侠为赫连宝吉解通穴道。赫连宝吉羞愧难当:"欧阳大侠,吾甘拜下风了。是杀是剐,任凭大侠!"

"唔呀,赫连大侠误会了。吾将你背出来,并非害你,而是要救你。那裕王谋反,不会有好结果。将来朝廷怪罪,你跟他玉石俱焚……"

"什么?"赫连宝吉一惊,"裕王谋反,这是真的?"

"吾既称侠客,岂能骗你。"

"嘻,吾闯了大祸。"赫连宝吉将自己引骗钦差之事一一交代。白马将李七侯大怒:"哼,你干的这叫什么事?既有损国家,又有损怪侠名誉!"

"唔呀,过去的事不要提了。赫连大侠一时意气用事,铸成大错。今后咱们携手合作,共同为国效力。不知赫连大侠意下如何?"

"您别再称吾大侠,吾根本不够侠。临下山时,恩师赐号'怪客',吾不知天高地厚,自命盖欧阳。从现在起,恢复'怪客'之号，再不敢称'盖欧阳'了。一切行动，愿听从大侠吩咐。并按门规，当为大侠同门师弟。"

"知错就改，也算英雄，"欧阳德收下赫连宝吉，十分欢喜，"唔呀，钦差帐下又多了一员大将。诸位侠义，咱们赶快商量一下，如何搭救彭公呢？"

李七侯虽说对赫连宝吉不满，可人家已经投诚了，又是欧阳德的师弟，自己也就不便再加责备。只是问道："怪客，你曾在王府当差，可知彭公现状如何？"

"唔呀，"赫连宝吉内心痛悔，"实话实说，直到现在吾才知道被吾拐骗之人乃是钦差。从前，宋仕奎那王八羔子一直瞒着吾老人家。至于钦差下落，吾真的半点不知呀。"

"你不必为难，"欧阳德见他态度诚恳，连忙安慰，"赫连师弟，你虽不知钦差下落，对王府情况总比吾们熟悉。请问，那反王的心腹之人净是哪些？"

"据吾所知，一是慕宾馆馆主宋仕奎，二是王府总管花得雨。"

"唔呀，慕宾馆群贼云集，若抓宋仕奎，必定费事。干脆，拿花得雨开刀吧。"

小蝎子武杰立即上前："师父，大闹王府，徒儿没赶上，其实，我的镖伤已经好了。收拾花得雨，就交给吾小人家吧。"

"王府戒备森严，你一人去，吾老人家不放心啊！"

"吾愿将功赎罪，随这小英雄同往。"赫连宝吉主动请战。欧阳德点头称是："徒儿，你师叔陪你去，就万无一失了。你们到王府之后，千方百计将花得雨弄到驿馆来。记住：要留活口，不准伤其性命。"

"知道了。"武杰看了看怪客，并未把他放在眼里。二人提前吃饭，准备晚间动身。

李七侯又将知府傅国恩曾来驿馆之事向怪侠做了报告。怪侠叹道："看来，傅国恩靠不住了，起码也是反王的走卒。将来

攻打西皇庄时,光靠你吾数人不行,还得依靠当地官府。既然傅国恩助纣为虐,只好与两江督抚取得联系。可是,咱们并无功名,唯恐两江督抚信不过呀!"

"大侠,咱有钦差的金印、御札。将来调兵时,可以动用。"

"钦差不在,私用金印、御札行吗?"

"事在燃眉,只得如此。"

当时,两江总督辖江苏、江西、安徽三省,驻地江宁府。江宁在金陵以南,不足百里,一品总督乃是旗人,名叫富察布金。此公忠正廉明,官誉不坏。他接到钦差公文后,协力合作,攻打裕王府,这是后话,暂且不提。

再说小蝎子武杰与怪客赫连宝吉,当晚辞别诸侠义,直奔西皇庄。武杰心想:师父太仔细了,捉一个小小王府总管,还派两人同往。这位赫连师叔未必有大本事,带着他去真是个累赘。其实,武杰没看见"二怪"交锋,他若看见,也就服了。正往前走,突然从坟地里蹿出一只野猫。这野猫一见人来,飞快逃去。武杰为了摆脱赫连宝吉,笑道:"师叔,您先慢慢走着,吾小人家前去捉它。"说罢,追了下去。野猫见人追它,跑得更快,眨眼不见踪影。不但野猫没影了,身后的赫连宝吉也没影了。武杰暗笑,自言自语:"这么慢的脚程,还敢给吾当师叔?嘻嘻,吾给他当师叔都嫌丢人!甩下他更好,捉拿总管花得雨的功劳是吾一个人的。"他正在摇摇摆摆,眼前闪出一片酸枣林。林外蹲着一人,对武杰笑道:"唔呀,快吃酸枣呀,大个的给你留着呢。"

"师,师叔,您几时越过去的?"小爷有点发傻。

"吾替你追猫呀。年轻人贪玩,可是不能带着野猫去闯王府。吾把它吊在树上。见你没上来,又摘点酸枣,吾吃过了,你吃吧。"

武杰往地下一看,见扔着一堆枣核,证明人家早就到了。

心想：得啦，我还是老老实实当徒侄吧。

经过这段插曲，小爷心悦诚服，甘愿服从怪客指挥。

爷儿俩来到西皇庄，赫连宝吉轻车熟路直往后宅。他本想抓个更夫，打听一下花得雨的房间。谁料到后宅一看，方知此事不易。由于群雄大闹西皇庄，吓得反王心惊肉跳。他唯恐夜间出事，所以在后宅布置了许多岗哨。武杰为难："师叔，怎么下手呀？"

"再等一等。"话音刚落，只见从小角门走出一人。这人走路如同风摆柳，根据身形，估计是个女子。怪客吩咐："武杰，跟上她。"

"是。"二人暗中相随。

这女子东张西望，来到一座小院。她见左右没人，低声叫道："死鬼，我来了。"

"快进屋。"一人将女子迎入屋中。

"唔呀，这声音好耳熟呀，莫非这么巧吗？武杰，你给吾待着，待吾观看。"怪客用前脚尖钩住房檐，金钩倒挂，捅破窗户纸，往里望去。果然，屋中那男人正是总管花得雨。

书中交代：花得雨年轻，地位也高，模样又不错，所以被裕王的心爱侍妾花好相中。这花好芳龄二十，俊美无双，外号"花不棱登"。由于二人都姓花，先前称哥道姐，后来通奸有染。今日傍晚时，花得雨偷着叫情妇来幽会。二人相见，花不棱登笑道："死鬼，你胆子比老倭瓜还大吗？今晚王爷心烦，一直没睡。院里又增了挺多岗哨。你偏偏叫我来，万一被人发现，谁也活不了。"

"嗐，都是欧阳德他们闹的。假扮钦差，扰乱王府，还把赫连大侠劫走了……"

"我说王爷这么紧张呢。死鬼，既然这样，你干吗非得今晚找我？"

"别提啦。我明天一早就得走，说不定几时才能回来呢！"

"上哪呀？"花好贱声贱气。

第十四回　西皇庄怪侠斗怪客　东帝岛善人逢野人

"我告诉你,你可别外传。咱后院画春园中有座迷人馆,馆里囚着一个重要人物。王爷担心欧阳德他们破馆救人,所以派我去杀死摆馆的那个老头儿……"花得雨话音越来越低,渐渐听不清了。又过一会儿,屋中熄灭了灯光。

赫连宝吉大惊。若将摆馆之人杀死,搭救钦差则无希望。幸亏今夜赶来,否则后悔不及。他低声与武杰商量几句,武杰点头暗笑。然后把嗓子一掐,细声细气:"大姐跑哪去了?王爷让我找她,我可上哪找呀!"话音不高,屋中的狗男女差点吓死!花好连大气也不敢喘,急忙穿上衣服,趴在窗户上听听动静。见外边无声,才开门跑去。花得雨紧张万分,他高抬脚、轻落步,来到院中张望。好怪客,如大雁展翅,飞向恶贼。没等恶贼说话,伸手一点,封闭其穴道,又往自己身后一背:"武杰,大事已毕,快撤!"

这一切行动,完成在眨眼之间!

武杰佩服:"唔呀,师叔老人家,咱们这门都是武林高手呀!"

回到金亭驿馆,天色已露微明。

诸侠义连忙起床。除了白马将李七侯,别人都见过花得雨,七侯笑道:"武杰,马到成功,你真有两手。"

"唔呀,这可是师叔的功劳呀。他老人家身法好快,除了吾师父,他属第二,吾小人家只能属第三……"

"王八羔子,净胡吹什么!"欧阳德喝住徒儿,又为花得雨解通穴道。

花得雨早吓蒙啦,如今只求活命:"大,大侠,您积恩积德,千万别杀我。"

"只要你说实话,吾就饶你不死。"

"说,说!凡是我知道的,您随便问。"

"钦差彭公现在哪里?"

"我们王爷本想杀害彭钦差,可是老王死活不让杀。如今,老王陪着彭钦差囚禁在画春园迷人馆……"

"唔呀,迷人馆又是怎么回事?"

"迷人馆是一片房子的名称。馆中尽是机关埋伏,外行人进去出不来,弄不好就得搭上性命。不瞒大侠,小人在王府当差十年,从来没进去过,详情我也说不清楚。"

"噢?"欧阳德紧张起来。对于机关埋伏之说,他只有耳闻,却一窍不通。如今彭公被囚迷人馆,搭救起来,必费周折。急忙问道:"花得雨,对于那些机关埋伏,西皇庄中,竟有谁能懂得?"

"除了我们王爷,别人谁也不懂。"

"那么,迷人馆又是谁给摆设?"

"这……大概是王爷自己摆的吧。"

"唔呀,混账王八羔子!"怪客赫连宝吉旁边搭话,"你这龟孙活够了,吾老人家给你一烟袋吧。"

"赫连大侠饶命,小人不敢撒谎。"

"还不撒谎?反王派你今天去杀害摆馆的那个老头儿,昨夜你与情妇幽会时,亲口对她说的。吾老人家全都听见了。快说,摆馆老头儿是谁?"

"小人该死,我说,我全说!"花得雨万般无奈,从头到尾讲了起来。

西皇庄向北六十里,有座山峦。这山上的石头很特殊,只呈黑白二色,交叉布满。人们传说,古代棋圣弈秋先生曾在此下过围棋,黑白石头便是他撒下的棋子。为此,山峦取名"弈秋嶂"。弈秋嶂上有座棋王庙,庙主名叫纪有德,道号"神手善人"。这善人已有八十多岁,平常很少露面。

据说在五十年前,神手善人纪有德乃是一位渔夫,盛夏,他与一群同伙闯入东洋大海捕捞鲜鱼时,不幸碰上了台风。这台风铺天盖地,把海浪卷起数丈高。小小渔舟怎禁吹打,同伴们皆落海中,葬身鱼腹。唯独纪有德没死,他拼命抱着一块船

板,顺水漂流。也不知漂了几天几夜,终于爬上一座无名小岛。这时,他已筋疲力尽,昏了过去。再醒来时,发觉自身躺在棕木床上,床旁边站着一个怪物,太可怕了,身似人形,长长的黄头发足有五尺,一双绿眼睛闪着幽光,腰扎黄羊皮围裙,光着一双大脚。脸上似笑非笑,神色古怪。

"野人?"纪有德大惊失色。

那"野人"不通汉语,却似乎明白纪有德的心情。他叽里呱啦叫了一阵,并无恶意。过了一会儿,又取来鲜鱼汤、大麦饼与纪有德充饥。从此,纪有德便在小岛住了下来。

过了些天,纪有德身体复原,对"野人"也不觉得可怕了。他们先用手势比画,又用语言交谈,渐渐明白了对方的意思。"野人"告诉纪有德说:"我是西洋机械科学家,名叫巴罗尼。由于海难,流落到孤岛已经整整七年。我为孤岛取名'东帝岛',相信东方大帝能来救我。果然遇上一个东方人,咱们算是最好的朋友了。"

纪有德对这位西洋科学家万分感激,二人相依为命,共建东帝岛。

为了生存,巴罗尼根据野兽的行动规律,在岛上挖了许多陷阱。又运用机械原理,把硬木削成齿轮、转轮。只要轮子启动,便有很大收获。除此之外,又在住房附近安了许多竹箭,总崩簧挂在床头,用手一拽,就能将猛兽射死,既安全,又有猎物。

最初,纪有德只为巴罗尼充当助手,后来,他对机械科学也产生了浓厚的兴趣。二人切磋琢磨,对岛上的机关又做了很大的改进,猎物越捕越多,生活也渐渐富裕起来。

陆地机关研究了三年,他们又开始研究水源机关。小岛周围环海,二人利用水的压力,制成启转水轮,以此捕捉鱼类。有时,竟把数百斤的大鱼轻巧杀死!他们的技能,已经达到神化境界。

依二人打算,准备老死在东帝岛。谁料天无绝人之路,纪有德登岛十年之际，竟有一艘西洋大船路经于此。船长惊叹二人的毅力，把他们分别送回祖国。

纪有德回到故乡，早已妻离子散。他放弃了渔夫生涯，出家当了老道。后来定居弈秋嶂，当了棋王庙庙主。

一晃又是四十年，在此期间，他潜心钻研，把西洋机械科学与道家理论有机结合在一起，按三才、五行、九宫、八卦，自成一派，远近闻名。

且说十年之前，花得雨还是个小贼。他不敢拦路抢劫，只干点偷鸡摸狗的勾当。一天，他夜入棋王庙，想浑水摸鱼，捞上一把。谁料刚进配殿，殿门自动关闭，任他使出牛劲也难打开。突然，从顶棚落下一个大网，把此贼罩住。他越是挣扎，大网越紧。最后被小道人捉往后庭。纪有德慈悲为本，给他二两银子，放他逃命。花得雨却赖着不走，非要留在庙中出家。纪有德明白，这种人难以跳出三界外，只好吩咐："你暂留下，先做些杂务吧。"

"是。"花得雨心想：你只要留下我，我就能偷艺。学会摆设机关埋伏，一辈子就会富贵无穷。为此，他假装老实，干活勤恳。可是纪有德早已看穿他的本质，对他一字不露，使花得雨干着急，却也束手无策。

这天，他进城买炭，见城墙上贴着一张告示。内容为：裕郡王亚布力欲兴土木，征集高手设摆楼台殿阁，若能独出心裁，必有重赏。花得雨喜从天降：干脆，我把纪老道卖给王爷吧！他不顾买炭，奔往西皇庄。见到裕王后，真真假假大吹一通，把纪有德说成天神。裕王大喜，立刻派人请来纪有德。说道："仙长，我王府中有许多宝物，都是皇上御赐的。为了保护这些东西，请你替本王摆设一套房屋，内装机关埋伏。事成之后，本王赏银三千两。"

"这……"纪有德犹豫不决，"王爷，根据您的身份，我相

信王府藏有重宝。不过,若让贫道摆设机关埋伏,您得应我三个条件。"

"仙长请讲。"

"第一,我设计图纸时,不准任何人过问,包括王爷在内。第二,事成之后,王爷要严守机密,对任何人不准提我,贫道只摆此一次,不再摆二次。第三,最重要的一条,房屋建成,只能藏宝,不能藏人!"

"行,本王全部应承。"

"王爷若违背盟约,休怪贫道无情。我将全部机关埋伏一律报废!"纪有德告辞回庙,半年之后,才交出图纸。

裕郡王按照图纸,分别兴建起来。雪花白银用了四万两,才算正式竣工。他为这套建筑群取名"迷人馆"。又在馆址四周圈上院落,取名"画春园"。全部工程用了三年时间,可谓博大浩瀚。

由于花得雨荐贤有功,本人又善于溜须拍马,为此被裕王封为六品总管。

起初,裕王尚能遵守誓言,只在迷人馆珍藏财宝。后来谋反,他将彭公囚禁馆中。不由得想起与纪有德的盟约:若是藏人,让机关埋伏报废。为此,反王心生杀机。派花得雨刺杀纪有德。谁料花得雨与情妇幽会时,吐露了真情,才被怪客赫连宝吉捉来审问。

话归前言。花得雨浑身发抖,讲罢经过。最后说道:"欧阳大侠,纪有德摆馆,只有小人知道。我愿将功赎罪,领您诸位去弈秋嶂棋王庙请出神手善人,不过,您得饶我性命……"

"唔呀,只好如此。"怪侠应承。

花得雨一见有了转机,如同赖狗长毛,立刻提高身价:"光将功赎罪可不行,多少得给点赏钱……"他话音未落,旁边有人冷笑:"嘿嘿,根本用不着你这浑蛋,只要我去一趟,纪有德马上就来!"

第十五回　父与子两上弈秋嶂
　　　　　师和徒首探画春园

　　搭话者乃是水路老英雄，鱼眼高恒。
　　怪侠盼咐："把花得雨这王八羔子暂且押下去。"
　　高恒说道："提起纪有德，算我半个师父呢。早在五十多年前，我还不满十岁。由于天性爱水，所以常在海边游泳。一天，我玩得高兴，忘了大海涨潮，眼看就被浪涛卷走。恰在这时，一位中年渔夫跳进海中，把我救了出来。这位救命恩公，便是纪有德。"
　　"唔呀，你与他老交情了。"欧阳德高兴起来。
　　"是呀，纪有德把我领到他的家中，还对我说，要想练习水性，不能只凭天资，更要靠人指导。从那日起，他便天天教我游泳。虽说没行过大礼，他也算我半个师父。学了将近二年，我的水性进展很快，纪先生逢人便夸'这孩子将来准是个好渔夫'，并为我取了个'鱼眼'的外号。那年夏天，他又出海捕鱼，从此一去未归，家人都以为他遇海难身亡。师母也改嫁了，我离开纪家，到处流浪。纪先生是我救命恩人，又是我启蒙恩师，我永怀难忘。唉，没想到他老人家还活着，又有那段特殊经历。欧阳大侠，根据我们这些情谊，小老儿去请他帮忙，料他不会拒绝。"

"妙！搭救钦差，迫在眉睫。请高老英雄尽快辛苦一趟。"

"好，我马上动身。"

"让通海跟您一道去吧，若逢意外，父子也能有个照顾。"

"还是大侠想得周到。"鱼眼高恒带着儿子高通海当即起身。

金陵府距弈秋嶂只有六十余里，父子二人当天中午便赶到了。

弈秋嶂南北十九峰，山势险要。山下有座小镇，名叫棋王庄。庄心有条石板路，路两旁布满商家铺户。由于时近中午，高氏父子走进一家小饭馆。他们叫上酒菜，又向堂倌问道："你们这里挺偏僻，游人也不多，怎么买卖成群啊？"

"客爷，您说错啦。我们这里虽然偏僻，游人可不少。因为背靠弈秋山，山上有棋王庙，每年都有许多棋迷来此朝圣。现在是淡季，到了旺季，还得开设许多临时买卖呢。"

"原来如此，"鱼眼高恒顺口搭音，"棋王庙离这儿还有多远？"

"不远啦。弈秋嶂共有十九峰，棋王庙就在第一峰上。二位，你们也是朝圣的吗？"

"不是。我们想拜望一下棋王庙庙主、神手善人纪有德。"

"二位，据我估计，你们得白跑一趟。纪先生德高年长，轻易不露面。小人来此地三年多了，从没见过纪先生呢。"

"哈哈，"高通海年轻，对掌倌打趣道，"你光顾了挣钱，不去棋王庙，当然见不到他。"

"您又说错了，"堂倌爱说爱唠，"纪先生是我们这一带的圣人，谁不想见？为了见到他，我请刘先生白吃白喝，结果怎么样？还是不行！"

"刘先生是谁？"高恒追问。

"刘先生名叫刘德太，外号铁胳膊。他家住棋王庄紧西头，是纪老先生的徒弟。只有他能见到纪先生。据刘先生说，若有机会,为我指引一次。可惜……"堂倌正讲得来劲,从饭馆门外走进一人。这人二十多岁,武生打扮。论模样还算端正,只是脸色煞白,不带血色。他看了高氏父子几眼,便在对面坐下:"堂倌,棋王庙庙主纪有德,你可曾见过吗?"

"嘻嘻,今天是什么日子,都问纪庙主。"堂倌又啰啰唆唆讲了起来。那人似听非听,叫上酒菜,自斟自饮。

高恒暗想:这人是谁?他为什么也访纪有德?看来还要多加防备。

正在此时,饭馆门前来了两匹桃红马,马上端坐两位姑娘,看样是一主一仆。丫鬟叫道:"小二哥,我和小姐赛马,小姐又累又渴,快端杯茶来。"

"哎哟,刘小姐,又去打猎呀。"堂倌满脸堆笑,连忙献茶。那小姐喝毕,道谢而去。

"好野性!"青年武士二目发直,面带淫笑,"堂倌,你们这儿的姑娘真大方呀!"

"客爷,"堂倌说道:"我们棋王庙一百多户人家,尽是猎户。这位小姐弓马娴熟,前年随他爹进山,曾射死过一头金钱豹!"

"够味儿!她爹是谁?住在哪里?"

"她爹也是你们武林中人……"

海底蛟高通海低声说道:"爹,这小子准是蝴蝶门的采花贼,我看他没安好心。"

"办大事要紧,少管闲事。"高恒付了饭费,带领儿子奔向棋王庙。

棋王庙不大,只有五间正殿,四间厢房。高恒对小道士说道:"仙长,我们远路而来,想见见贵庙庙主,请你通报。"

"二位施主,稍候。"小道士去不多时,领来一位道长。这道长五十多岁,神采飘逸:"无量天尊,二位施主传本道有何吩咐?"

"这……"高恒摇头笑道,"仙长,我们要见贵庙庙主……"

"对呀,贫道便是。"

"噢,我们大意了。不是现任庙主,而是老庙主、神手善人纪先生。"

"唉!"老道叹了口气,"纪先生乃我恩师,他老人家早在五年之前仙逝了。二位施主来得太迟,再难见到!"

"啊!"高恒惊叫,"他,他,他怎么会死呀!"这话的本意是:钦差被困,靠他搭救,他应该活着,而不能死。盼其不死,只是个愿望。谁料那庙主微微一颤:"二位施主,今日上午,也有位武林人物来拜访先师。他还看过先师的坟墓。你们二位去不去呀?"

"当然要去,我应该坟前祭奠。"

"请随我来。"庙主领着高氏父子来到后山。山环中有一孤坟,坟上长满黄白草。坟前立一石碑,上刻"先师纪公讳有德之墓"九个大字。高恒怀念纪公的恩德,不由得老泪纵横,坟前跪拜。

高通海向庙主问道:"仙长,今天上午来拜访纪先生的,是个什么人物?"

"那人二十多岁,相貌挺端正。只是脸色煞白,缺少红润。看样是个武生,佩着钢刀,穿着短打……"

"知道了。"高通海断定:准是饭馆所见之人。他等父亲祭奠完毕,辞别了庙主,双双下山。

"唉,"高恒叹道,"我与纪公离别五十年,刚刚有了消息,他却死了。"

"爹,据我估计,内中可能有诈!"

"此话怎讲?"

"您光顾了难过,没注意庙主的神情。当您说到'他怎么会死时',庙主身上一颤,连忙领咱去拜坟墓,很有些'此地无银三百两'的味道。"

"是吗？"高恒半信半疑。

"还有，据庙主说，纪先生已死了五年，可是山下饭馆的堂倌却说：他来棋王庄三年，为了拜见纪先生，曾请刘先生白吃白喝。那位刘先生是纪公的徒弟，来往密切，他说有机会愿为堂倌指引，却从未露过纪公之死。爹，这些事情，您不觉得奇怪？"

"嗯，是有点怪。不过，刘先生若是骗吃骗喝呢？"

"一个练武之人，又有些名望，为了几顿吃喝而骗堂倌，我想他不会这样下贱。"

"言之有理。"

"除了以上两条，还有重要的一条。据那庙主说，纪公仙逝五年，可是坟墓却很新……"

"错了，坟上长满黄白草……"

"现在正是夏末秋初，花草理当旺盛。可是坟上的野草却呈现黄白枯萎，肯定是刚刚移栽，根基不牢而造成的。"

"小子，你长出息了！"高恒见儿子有些韬略，不由得兴奋起来，"你说，下一步怎么办？爹听你的。"

"据我估计，只有两个人能说明真相。一个是棋王庙现任庙主，另一个便是那位刘老先生。爹，事不宜迟，咱爷儿俩分头行动吧。您去找那庙主，我去访访姓刘的。"

"好，你要小心行事。"高恒说罢，重返弈秋嶂。

单说海底蛟高通海，孤身一人来到刘宅。荒山空地多，刘宅面积很大。主人刘德太四十多岁，猎户出身。由于他擅拉强弓硬弩，所以得了个铁胳膊外号。他将通海迎入客厅，笑道："壮士，看您远路而来，不知找我为何？"

"刘先生，我是奉旨钦差彭公所派。恕我直言，请问神手善人纪有德现在何处？"

"纪有德？哈哈，上差弄错了。在下乃是猎户，对纪公只有耳闻，从未见过呀。"

"嗯？您不是纪公的徒弟吗？"高通海把堂倌所说重述一遍。刘德太听罢，大笑不止："无稽之谈！那日酒醉，我跟堂倌说句笑话，他却当真了。壮士，误会，误会呀！"

高通海年轻气盛，他见刘德太不阴不阳，心中有点冒火："姓刘的，我为国家大事而来，并非私人求你。也罢，有你后悔的时候！"说毕，转身而去。

回到店房，越想越生气。怎么办呢？嘿，量小非君子，干脆，我今晚掏他老窝吧。只要把钢刀压在他脖子上，看他还敢不敢骗我！想好主意，换上夜行衣，二更时分又到刘宅。突然，见前面有条黑影一闪，好快的身法，眨眼之间越墙而入。通海暗道：糟了，刘德太已有防备。事到而今，龙潭虎穴也得闯，我跟他一块儿进去吧。

再说那条黑影，入宅之后，直奔后院。后院占地宽阔，是座大花园。东边堆着假山，西边是座人工水池，池中引来山泉，清波荡漾。靠着水池有座木楼，楼梯弯弯转转，足有三十几磴。黑影左右瞧了瞧，见四处无人，便拾级而上。他刚走了十磴，忽觉脚下发软，楼梯板一翻，从中伸出两副铁环，套向他的双足。黑影也算高手，慌忙提气纵身，飞跃而起。他刚在楼门外站稳，又从东西两侧墙洞中钻出两条恶犬，直扑而来。黑影大惊，手起刀落砍向狗头。谁料狗头落地，却不见血，只在腔子里弹出一堆崩簧，原来是条木狗。黑影方知此宅厉害。他转身要跑，这时，屋中走出一位姑娘，手擎柳叶刀，面带冷笑："淫贼，饭馆见到你时，就知你不是好人，哪里走！"

"啊！"黑影更加惊慌。他不敢恋战，伸手掏出钢镖，反臂射去。这镖正中姑娘肩头，姑娘觉得麻木，大叫道："哎呀，毒药镖！"

"知道就好！"黑影转身欲走。

这一切经过，全被高通海看得清清楚楚。通海暗想：若要拔刀相助，我肯定不是恶贼的对手，得了，以我之长，胜你之短，院中凑巧有水池子，咱俩一块进去吧，那里是我的天下。想到此处，他急忙从假山上搬起一块巨石，乘恶贼走到水边，突然砸去。那恶贼正处于慌乱，又毫无思想准备，一脚没站稳，落于水中。高通海大喜："哈哈，老子陪你来个凉水澡！"说罢，纵身跳入池中。

这一闹腾，早已惊动铁胳膊刘德太。他来到花园，第一眼先看见女儿受伤。慌忙问道："芳儿，这是谁打的？"

"爹，毒药镖！"姑娘脸色发青。

"不要紧，料无妨碍。"刘德太乃猎户出身，对各种毒器均有研究。他命人取灯，查看女儿伤口。看罢大惊："哎呀，这是什么毒？我从未见过。只有独门解药才能有效。射镖之人现在何处？"

"他，他好像落水了。"

"快随我捉贼。"刘德太带领家人来到水边。

这时，高通海已将淫贼拽到池心。别说淫贼不会水，即便水性再高，也非海底蛟对手。通海用手一捅淫贼软肋，淫贼张嘴灌水，没用片刻之功，肚子就圆了。通海怕他淹死，连忙将他拉上岸边。

刘德太已向女儿问明经过。上前禀手："原来是上差，多谢您搭救小女。快将这贼弄醒，我要他交出解药。"说罢，命家人提起淫贼双脚，控出腹水。又过了一会儿，淫贼苏醒过来。绑上淫贼，同到客厅。刘德太问道："畜生，你姓甚名谁！快快把解药拿来！"

书中交代：这贼正是裕郡王的心腹、采花蜂尹亮。

原来，裕郡王亚布力派花得雨刺杀纪有德，谁料花得雨却失踪了。裕王心中没底，又派尹亮为二路杀手，上山行刺。尹亮来到棋王庙，听说纪有德已死了五年，又看过坟墓，也就算

第十五回 父与子两上弈秋嶂 师和徒首探画春园

175

完成任务了。他在山下饭馆吃饭时,恰巧看见了刘德太的女儿刘云芳向堂倌讨茶。见美色,起淫心,尹亮便跟踪下来。他的行为,早被云芳觉察。姑娘在宅门口故意放风:"丫鬟,把后花园木楼打扫干净,今晚我要在花园赏月。"

"妙!"尹亮以为这美女对自己有意,暗中报信呢。岂不知,花园木楼尽是机关埋伏,楼梯布满陷坑、楼口安放木狗流马。姑娘存心要捉拿此贼。可是尹亮轻功绝妙,武艺超群,不仅躲过机关埋伏,而且还射了小姐一镖,若非高通海施展水战,恶贼早就逃走了!

尹亮被捉,自知凶多吉少。为了活命,他编造谎言:"老英雄,我从小喜爱机关埋伏,为了向您学艺,夜登木楼。误伤小姐,实感惭愧。至于解药,我身上带着几副,却被水淹湿,失去效力。待我回去求告恩师,讨药救人。"

"你师父是谁?"

"我师父名声很大!"尹亮吹道,"他乃神镖将胜英之子,银头皓首胜奎。"

"你叫尹亮,外号采花蜂?"高通海想起武杰中镖、胜奎父女搭救之事。尹亮一听说出他的外号,不由得一惊。因为这个外号太不光彩了。连忙问道:"你,你是何人?"

"嘻嘻,我是胜奎老先生的好朋友!姓尹的,你师父正在捉你,恨不得杀你人头,以正门规。你向他讨解药,不怕自投罗网吗?"

"我,我……"尹亮傻啦。

高通海向刘德太讲了尹亮的经过,刘德太大怒:"把他押下去,来日交他师父处理。"

"是。"家人押走恶贼。

刘德太挂念女儿:"高英雄,小女镖伤,只盼胜老英雄搭救。请您多多帮忙,在下感恩不尽。"

"嘿嘿，"高通海冷笑，"不行啊，胜老英雄自身难保，哪有心思多管闲事？"

"啊？此话怎讲？"

"我并非乘人之危来要挟你，因为胜老英雄是钦差的随从。如今钦差有险，危在旦夕，胜老英雄无暇他顾……"

"请您详谈。"

"除非神手善人纪有德重生！"高通海讲了彭公被困之事。

"唉，你怎么不早说。其实，我恩师没死，他摆下迷人馆，怕受牵连，诈死埋名。"

"哈哈，我早就估计到了。不然，也不会来找你。请问刘先生，令师现在何处？"

"弈秋嶂共有十九峰，其中第三峰称做独秀嶂。明天我领你去一趟，恳请恩师出山。"

"现在已经亮天了，咱们赶快动身吧。"高通海心急如火，刘德太只好答应。他先为女儿吃了点抗毒的药品，然后起程。先到棋王庙找到高恒，又登上独秀嶂。

独秀嶂有座古庙，神手善人纪有德一直在此静养。他见刘德太领来二人，不由得一愣。没等他说话，鱼眼高恒上前跪拜："老人家，您还认识我吗？我叫高恒，五十年前，您为我取了鱼眼的外号。"

"鱼眼？噢，想起来了，过来让我看看。"

"老人家，我一来看望您，二来恳请您再度下山。"高恒讲了钦差之事。

"唉，想躲也躲不过去了。半年之前，我听说裕王养了许多武士，就知他居心不良。为了不受牵连，我才诈死埋名，本想不问人间之事。可是他囚禁钦差，我又不能不管。"

"对呀，事关万民，请老人家辛苦一趟吧。"

"我年龄太高，行动不便。若把迷人馆馆图交给你，你能看

第十五回　父与子两上弈秋嶂　师和徒首探画春园

懂吗?"

"我,我怕看不懂。"

"德太徒儿,你受我亲传多年,也该为国家立功。我把馆图给你,你替师父破馆去吧。"

"谨遵师命。"刘德太领了馆图,辞别恩师与高氏父子一道下山。

天色渐晚,众人只得在棋王庄休息一夜。次日清晨,刘德太备了两乘小轿,将女儿云芳和采花蜂尹亮分别装在轿中。余下之人各骑战马,离开山村,奔往金陵府。

再说怪侠欧阳德。自从高氏父子走后,他的心情很不安静。然既卷入这场是非,就得管到底。如今,诸侠义把自己视为首领,担子可不轻松。钦差被困,非同儿戏,万一发生不测,吾老人家上对不起国家,下对不起万民。

直到天黑,高氏父子尚未归来。

怪侠坐卧不宁,弈秋嶂距金陵府六十里,若是顺利,也该有回信了。莫非纪有德不肯帮忙?唉,一位八旬老叟,令人不敢指望。此时此刻,吾必须有两手准备,才能防患于未然。

"欧阳大侠,"七侯问道,"您整天不言不语,莫非有什么心事?"

"诸位侠义,高家爷儿俩走了一天,他们若能请来纪有德,当然最好。万一请不来,只有靠吾们自己动手了。"

"唔呀,师父说得对,不能在一棵树上吊死呀。"武杰随声附和。

"若破迷人馆,先得心中有数。吾想在今晚去探探虚实⋯⋯"欧阳德话音未落,李七侯连忙摆手:"侠客爷,您是我们大伙的主心骨,不能铤而走险。若探迷人馆,应委派别人。"

"别人去吾不放心,还是吾亲自前往为好。徒儿武杰,你陪吾老人家一块去。"

"好极啦，吾小人家正想去呢！"武杰高兴起来。

当晚二更天，师徒二人出离驿馆，轻车熟路，来到西皇庄。

根据花得雨的口供，他们知道画春园在王府的北侧。果然，这里有一片宅院。院墙高大，墙头上镶着黄绿琉璃瓦，师徒二人飞身而跃，来到院中一看，太豪华了，处处雕梁画栋，龙盘翠嶂。时值初秋，园中百花斗艳，夜风袭来，香气迷人。百花丛中有一座馆舍，占地足够半亩。爷儿俩明白：这必是迷人馆。令人奇怪的是，偌大所在，竟无一人把守。

"师父，既然四处无人，咱爷儿俩进去看看吧？"

"不行！裕王不是傻子，既不派人把守，必有他的道理。咱只在外边转转，不准入内。"

"是。"武杰心中不服，却不敢抗命。

迷人馆共有八个门，八个门的颜色、造型、高矮、宽窄完全一致。除此而外，连一扇窗户也没有。馆墙高大，一律涂成黄色。欧阳德用烟袋敲了敲，墙心有空有实。他们转了两圈，有点发蒙。武杰叹道："唔呀，还没进馆呢，吾小人家就找不着北了。"

"厉害得很呀！"

"师父，咱不能白来一趟呀！"武杰年轻好胜，未经师父允许，他伸出铁棍，一点馆门。心想：我虽不敢进去，也得看看里边啥样？欧阳德未及阻拦，慌忙一推徒弟，唯恐门中发出暗箭。谁料门开之后，走出一人，这人举枪便刺，刺空，转身就往回走。

"唔呀，师父，这人走路不抬脚！"武杰无比新奇。

"别说话！"怪侠忙将烟袋嘴往口中一衔，奋力发出钢球。钢球带着风声，正打在那人头上。力量好大，"噗"的一声，将那人头颅击碎。可是那人却浑然不觉，继续走路。过了片刻，馆门自动关闭。

"木头人！"武杰惊叫起来。

"快走!"怪侠明白,木头人损坏,馆内必然察觉。若再停留,随时会有危险。因而,拉着徒弟闯出画春园。

回到驿馆,众侠义皆在恭候。问明经过,人人惊叹不止。

"唔呀,迷人馆非同小可。对于机关埋伏,咱们一窍不通。看来,只有等待高氏父子。"怪侠此行,虽然探得迷人馆,心中负担却更为沉重:"嗐,他们怎么还不回来?"

天近晌午,高通海先回来了:"侠客爷,您一定急坏啦。因为有两乘小轿,走得太慢,我爹让我回来送信。"

"唔呀,见着纪有德吗?"

"见着了。"通海述罢详情,众人高兴起来。怪侠吩咐,准备酒席,迎接刘德太。又请银头皓首胜奎把解药预备妥当,刘小姐到达后,立刻医治镖伤。一切刚刚就绪,高恒等人便到达驿馆。

老英雄胜奎取来五福化毒散,为云芳小姐涂在伤口。又令女儿玉环照料,他自己到后厅亲手处裁尹亮,以正门规。这些情节,不必一一细表。

单说前厅,怪侠欧阳德抱腕禀手:"刘先生,吾昨夜曾去画春园,探过迷人馆。馆内机关玄妙,曾有一木头人向吾投枪,险些刺中。吾没敢深入,连夜返还……"

"大侠,"刘德太笑道,"说句难听的话,您误打误着,捡了条性命。昨夜晚间,在下把馆图看了一夜,又据恩师素日传授,基本掌握了迷人馆的奥秘。您碰上的是个机器人,他刺您一枪,转身就走。您即便跟他进馆,也没什么危险。若是别的门,那就不好说了。也许碰上乱箭,也许碰上毒气,更有甚者,若碰上铜牛铁马,口喷火焰,您想躲也躲不掉呀!"

"唔呀,好险!"怪侠有些后怕。

"吃过午饭,在下把馆图挂在客厅,我可以照图讲解。各位英雄只要记在心里,破迷人馆并不算难。"

"多谢刘先生。"

午饭过后，刘德太当众宣讲："各位英雄，若破迷人馆，先得懂得四句口诀：

位按日月辰，
才列天地人。
五行分生死，
八卦定君臣！

迷人馆按三星、三才、五行、八卦，结合西洋机械科学摆成。这馆共有八门，只要进去，每个房间还有八个门，周而复始，无穷无尽。错走一门，死生难卜。八门按八卦形成，为乾、坎、艮、震、巽、离、坤、兑，又演化为休、伤、生、杜、警、死、惊、开。其中，休门、死门为绝门；开门、生门为活门；余下四门均为险门。只要按馆图出入，料无危险。除了地面，更有地下设施。迷人馆下，有赃坑、净坑、水坑、灰坑，有棕绳吊网，有转轮刀、绞轮刀，若一步踩空，则凶多吉少。"

"唔呀，这就难了。馆中处处是翻板，谁敢保证步步落在实处？"怪侠忧心忡忡。

"对，这确系难关！"刘德太摇了摇头，"侠客爷，请问，你们谁的轻功最高？"

"请刘先生直言。"

"由死门入馆，上门框有口大铡刀，东西墙洞又各发十只毒弩，屋子中间是块大翻板，下边则是绞轮刀。轻功高者，闪铡刀、躲毒弩、越翻板，连遭三险之后，便可进入里屋。里屋有口大柜，柜上落锁。柜中有数条棕缆，钩挂着各种埋伏。若将棕缆砍断，一切翻板完全报废，入馆如踏平地。只是，只是那三险难闯，若非武林奇才，必死无疑！"

众侠义听罢，目瞪口呆！

第十六回　西皇庄怪侠擒反叛
　　　　　绍兴府钦差会豪杰

"唔呀，刘先生，除了破死门，闯三险，还有没有别的途径？"

"有。不过，那就费事了。按照八卦规律往里绕行。每次只能进一个人，还得万分小心。这样一来，会耽误很多时间。西皇庄人多势众，我们若想速战速决，最好的办法还是先破死门，斩断机关总弦……"

"好了，让吾老人家试试吧！"

"师父，那可太危险了！"武杰阻拦。

"唔呀，小王八羔子，你师父要没把握，敢随便说大话吗？"怪侠故作轻松。

赫连宝吉说道："师哥，你老人家是众人之首，帅不离位，死门应该让吾去闯。"

"师弟，你的轻功虽说不错，比起吾来还欠点火候。不必争了，继续听讲。今夜二更动手，按图破馆！"

刘德太喝了口茶，又讲起来。直到傍晚时分，才算讲解完毕。

诸侠义吃罢晚饭，分头准备。

第一路是怪侠欧阳德，主要任务是闯死门、破总机，为后路扫清障碍；

第二路是粉金刚徐胜、赛叔宝余华、金刀太岁吕胜、小蝎子武杰、海底蛟高通海。这五虎上将跟随铁胳膊刘德太破馆杀贼，主要任务是打仗交锋；

第三路是鱼眼高恒、银头皓首胜奎。两位老英雄随同白马将李七侯营救钦差彭公；

第四路是怪客赫连宝吉，他对西皇庄熟悉，任务只有一条：看守反王亚布力，防止他自杀或者逃跑；

第五路是女将胜玉环，留在驿馆，一面照应云芳小姐，一面看守钦差的圣旨、金印、冠袍带履等贵重物品；

第六路是钦差的总管彭安、彭定。他们带着皇帝御札，立刻赶赴江宁请两江总督富察布金连夜派出骑兵，包围西皇庄。

诸事完毕，纷纷行动。

单说怪侠欧阳德，来到迷人馆，直奔"死门"。死门朝向西北，在八卦中处于"乾"位。他不敢贸然行动，先用烟袋锅子一捅房门，房门自开。好怪侠，与此同时，脚尖碾地，如大雁展翅、似黄雀穿林，效蜻蜓点水之技，将身躯放平，头朝前、脚朝后，向屋中飞去。刚进屋门，顶上一口大铡刀便落了下来。只听"咔嚓"一声，将门槛铡得粉碎。怪侠欧阳德利用了"时间差"，若晚半步，性命休矣！门槛下边又布有机关，机关被铡刀一碰，立即启动，东西两墙便接连射出毒弩。欧阳德不敢稍停，连忙纵身而起，将内功运到双掌，用双掌吸住天花板，把身躯悬挂起来！这种招法称做"蝇爪吸盘"，如同苍蝇趴在顶篷上而不落下来。用新名词来说，这叫"仿生学"。这功夫极为高深，除了怪侠，会练者无几！

眼前一切，只在转瞬之间！

待毒弩射尽，欧阳德才落了下来，他的额角之上早已布满冷汗。

闯过两险,还有一险。怪侠用烟袋敲敲地板,下边发出空洞之声。他用手指轻轻一触,地板活动起来。根据馆图所述,这翻板中间横着一根大转轴,别人上去,翻板立刻调转。这却难不住欧阳德,你看他凝神提气,飞身而上,翻板却纹丝不动!

欧阳德夜闯三险,跨出死门。他来到总机关室,果见墙角摆着一口大柜。忙从怀中掏出七寸匕首。这匕首虽非宝器,却也锋利无比。先砍落柜上铜锁,又揭开柜盖。柜中有许多棕缆交错,遵照馆图,欧阳德又将棕缆一一斩断。突然,馆中轰隆隆一阵巨响,响声过后,地下埋伏全部报废!

怪侠舒了一口长气:"唔呀,裕王龟孙,你的心计白费了!"说罢,按原路退出。

第二路的五虎上将在铁胳膊刘德太率领之下,早已等候在馆门。他们得知总弦斩断,立刻由"生门"闯入。迷人馆地下设施虽废,地面却有馆兵、馆将并木人、木狗。五虎上将各操兵器,逢人便砍,刘德太专门破坏机关埋伏。一路厮杀,来到馆心。馆心是座八角大厅,钦差彭公、吹破天左逢春、老王哈朗均囚禁于此。彭公一见诸侠义,不由得惊喜万状。诸人见过钦差,不顾多说,忙将三人带出馆外。这时,第三路人马已经赶到。李七侯拜见彭公,又令胜奎、高恒背起彭公和老王哈朗,自己与左逢春前边开路,离开画春园,回归驿馆。

"七侯,"彭公惊魂未定,"欧阳侠客他们到哪里去了?"

"大人,根据事先安排,诸侠义已去王府捉拿反王。"

"据我所知,反王府中人多势众,只靠他们几个人,怕是难以取胜。"

"欧阳大侠已派彭安、彭定二位总管去江宁调兵,待官兵一到,立刻进攻。"

"他想得很周到。"

天色渐亮。彭公刚刚吃罢早饭，江宁总督帐下的参将马春便率领四百铁骑赶到驿馆。马春三十多岁，英俊骁勇："参见钦差大人。"

"将军免礼，你家总督可好？"

"钦差秘密出巡，我家总督并不知讯。金陵知府傅大人也未向上报告，昨晚，总督见到御札，十分着急。他派下官连夜赶来，听从钦差吩咐，总督大人随后赶到。"

"好吧。"彭公点头传令，"你立刻率兵包围西皇庄。一切行动，听从我的差官李七侯指挥。"

"是。"马春心想：这钦差胆大包天。西皇庄乃裕王官邸，看来事态严重了。他稍有犹豫，却不敢多问。只得随同李七侯，率兵而去。

再说怪侠欧阳德，破罢迷人馆，又急忙赶向王府。来到院外，恰逢赫连宝吉。宝吉低声说道："师哥，吾已去后宅看过，反王似乎没有觉察，他仍在寻欢作乐。"

"唔呀，你在这里等候徐胜他们，吾老人家进去看看。"说罢，欧阳德奔往后宅。只见后宅戒备森严，三步一岗、五步一哨，处处有人把守。大厅之内灯火辉煌，时时传出叫喊之声。怪侠施展轻功，来到大厅房上。他俯耳倾听，但闻宋仕奎说道："王爷，咱们的身份已经暴露了，恐怕欧阳德一伙不会善罢甘休。"

"哼，据我所知，欧阳德他们只是彭朋的私人保镖，而并非官差。他们没有资格向朝廷奏本，更不能见到皇上。只要皇上不发话，谁敢碰本王一下？"

"王爷言之有理。不过，他们若是救出彭朋，后果就不堪设想了。依我之见，王爷应该早日下手，根除后患……"

"唉，宋先生所说极是。怎奈老王拼死保护彭朋，让我怎么办？总不能连老王一起杀害呀！"

"王爷注重孝道,令人敬佩。但是……"

"你等不必担心。本王将彭朋囚在迷人馆,谁也休想救他。"

"人无远虑,必有近忧。王爷,欧阳德若是请来摆馆之人呢?"

"不瞒宋先生,本王已派两路杀手……"

他们话音越来越低,接着传出一阵欢笑。

恰在这时,院外跑来几个人。边跑边喊:"快快禀报千岁,大事不好了!"

"啊?"反王来到院中,惊道,"你们不在迷人馆把守,来此做甚?"

"王,王爷,迷人馆被人破了,钦差和老王皆被劫走!"

"什么?"反王变颜失色。

宋仕奎忙道:"王爷,彭朋逃脱,如同放虎归山。依在下所见,咱们赶紧奔往广西吧,再晚一步,性命难保。"他话音刚落,门差又跑了进来:"王,王爷千岁,门外来了许多人马,已将西皇庄包围!"

"他,他们要干什么?"

"为首者宣称,奉钦差之命,捉,捉拿反叛!"

"完了,全完了!"宋仕奎惊呼,"既然受了包围,看样是走不了啦!"

"别急,快随本王奔向花园,那里有条地道,直通庄外。"

"王爷真有远见。"宋仕奎又惊又喜。

怪侠欧阳德趴在房上,心中暗笑:唔呀,王八羔子们,有吾老人家在此,什么地道也不管用了!想到此处,他先奔向花园。

单说反王亚布力拉着宋仕奎向花园跑去,刚进园门,欧阳德用大烟袋一捅,封闭了二人的穴位:"王八羔子,吾老人家等候多时了。这次吾再不离开,省得像三杰村那样,你王八羔子再被人救走。"欧阳德说说笑笑，堵住花园大门。凡是进来的，一律点穴。片刻之间，被他定住十多个人。

前院早已厮杀起来。西皇庄慕宾馆聚集着一群强盗，他们知道赫连宝吉、徐胜等人武艺高强，又见大势已去，于是夺路而逃。至于庄丁，大部分被官兵俘获。

天将近午，钦差彭公在两江总督富察布金陪同之下，来到西皇庄。经过清查，唯独不见反王。彭公下令搜寻，才知反王已被怪侠擒住。

官方大胜，西皇庄改做钦差馆。彭公又令参将马春带人捉来傅国恩，连同反王一并押下。次日审讯，反王供认不讳，只求速死。彭钦差虽掌生杀大权，却不敢处置郡王。他只好写了奏折，连同供词，派马春以八百里加急送往北京。过了数日，马春请来万岁圣谕：裕郡王亚布力谋反叛乱，就地赐死。老王哈朗教子无方，理当处罪，念其保护钦差，功过相抵，取消封号，贬为平民。金陵知府傅国恩助纣为虐，斩首示众，工部尚书梁清标私入耶稣教，出卖国家机密，当斩，念其年迈，永禁天牢。欧阳德等侠义，于国有功，一并转为钦差侍卫，待平息叛首白起龙之后，按功封赠。

彭公接旨，一一照办。

诸事完毕，离开金陵。马春率领骑兵护送，前呼后拥，奔向浙江绍兴府。

穿太湖、过湖州，来到浙江境内。再往南走便是莫干山。越过莫干山，就离绍兴不远了。欧阳德心中高兴：再过几天，便能见到飞镖黄三太，那时，自己的担子就减轻了。为此，他劝钦差加紧赶路，不到天黑，绝不住店。顾此失彼，这天黄昏时分，钻进莫干山，眼前一片荒芜，早已错过投宿的村镇，欧阳德有些后悔：钦差乃千金之躯，若是累病，谁敢担待。恰在这时，西边的山环中跑出几匹坐马。为首者四十多岁，身穿短

靠、外罩英雄氅，肋佩一口鬼头刀，背后斜挎弯弓。他一见欧阳德，高声叫道："前边可是欧阳大侠？数日未见，不料此处相逢。"

"唔呀，原来是褚老镖头，你一向可好？"

来者非是别人，乃河南陈州总镖头、铁臂熊褚彪。另外还有赛霸王杜清、勇金刚杜明及十几个趟子手。数日之前，这三人曾协助欧阳德大破璞球寨，夺取黄金印。为此，诸侠义与他们十分熟悉。相见之后，怪侠又将彭公做了介绍。三位镖头急忙下马："参拜钦差大人，草民不知钦差在此，未加回避，大人莫怪。"

"快快免礼。据欧阳侠客说，三位英雄曾大破璞球寨，为本官寻回金印，本官多谢了。"

"那都是怪侠的功劳，我等愧不敢当。"三人见钦差可亲，心中敬佩。

"三位英雄，莫非又去押镖吗？"

"不是，"褚彪禀道，"由此向东五里，有座金银山元宝岭三仙寨。寨中有三位首领，叫做金罗汉伍显、银罗汉伍芳、玉罗汉伍捷。他们乃同胞兄弟，号称'伍氏三雄'。论武艺还算不错，只是品德稍差，有时打家劫舍、拦路伤人。前些天，我本门师兄、金眼雕邱成路经三仙寨时，曾被伍氏三雄拦住去路。那邱成乃世外高手，武功绝伦，只用三招两式，便将三雄击败。三雄自愧不如，要拜邱成为师，弄得邱成左右为难。无奈，邱成提出：若想拜师，必须金盆洗手，永不再干抢劫之事。三雄立刻应承，并愿对天盟誓。为了监督他们的日后行动，邱成备下绿林柬，将他家大师哥、铁幡杆蔡庆及在下等人请往三仙寨，参加洗手仪式。不期山下遇到钦差，在下多有冒犯。"

"唔呀，"欧阳德暗喜，"褚镖头，吾们错过了村镇，正无处投宿呢。你与邱老英雄既是师兄弟，就让吾们也住在三仙寨吧。"

"钦差与大侠光临,求之不得。"褚彪急忙引路,奔往三仙寨。

天色渐晚,路途变黑。正往前行,忽见前方一片火光,杀声四起。褚彪惊道:"哎呀,眼前就是三仙寨了,莫非发生了意外?"

果被褚彪猜中,三仙寨外,正在发生一场血战!

且说恶法师马道玄的胞弟、赤发灵官马道青为了替兄报仇,准备走遍天涯海角,寻访武杰。他在金陵府扔下活财神宋仕奎,独身一人继续南下。由于行无定所,因而进程缓慢,这天中午走进莫干山。莫干山起伏连绵,层峦叠嶂,其中有座峰头称作"剑峰山"。剑峰山下立着一块告白牌,上面写道:

剑峰山莲池寨总辖大寨主示:
　　此山此寨乃焦家所管之地,凡由此处经过者,须到山前班房注册挂号,并缴纳税金一两,写领执照方可过山。如无执照过山,拿获立斩!望众周知。

前文书交代过:赤发灵官马道青的品德并不太坏,为人也较正义。他看罢告白,不由得冷笑:"嘿嘿,这纯属讹诈!平民百姓天天由此路过,每次一两银子,谁拿得起?也罢,贫道管点闲事,让你改改规矩!"说罢,抽出霹雳宝剑左右一挥,将告白牌砍得粉碎。然后又奔班房走去。班房中有十几个喽啰,头目名叫刘三,人称"快腿"。他一见马道青,吓了一跳。因为这位赤发灵官的面貌十分凶恶。刘三明知来者不善,笑脸相迎:"道爷,您有事?"

"无量天尊。贫道远路而来,盘费用尽,想跟你们借几百两银子,快快拿来!"

"你开什么玩笑?我们哪有银子?"

"哈哈,一人一两,每天路过五百人,就是五百两。你敢说没钱?"

"噢,你是找碴儿的?请道爷稍候,待小人禀报寨主。"快腿刘三奔往莲池寨。

莲池寨老寨主名叫焦振远,外号人称"活阎王"。他膝下有五个儿子:赤发鬼焦仁、闪电鬼焦义、独角鬼焦礼、地理鬼焦智、机灵鬼焦信。这五兄弟号称"焦家五鬼"。他们父子六人带领三百名喽啰占据剑峰山,素日以种地捕鱼为业,从不骚扰黎民百姓。

话说在半月之前,莲池寨突然来了一人。这人举止狂妄,不通名姓,只将一封书信交付老寨主。老寨主拆信看罢,不由得大惊。原来,这封书信乃西路天王白起龙所写,信中说道:广西举事,洋教支持,不久即将夺取天下。为了配合广西行动,请老寨主在剑峰山下劫杀钦差彭朋。事成之后,封王拜相。若不答应,来日踏平莲池寨,杀你鸡犬不留!

书信语气严厉,老寨主岂能不惊?

焦振远外号活阎王,年轻的时候火气极盛。如今上了年纪,总想多一事不如少一事。他心中暗道:久闻白起龙谋反,势力浩大。又听说外国人支持他、下五门支持他,对于这种人,既沾不得、又惹不得。怎么办呢?只有对来使笑道:"请转告白天王,钦差若路经莲池寨时,在下一定遵命劫杀。不过,他们若不经莲池寨,我就无能为力了。"

"哼,你看着办,若是出卖我们,小心你的脑袋!"来使说罢,告辞而去。

焦振远传来五个儿子,"五鬼"听罢,怒冲牛斗:"爹,您太老实了,应该把那来使剐了,看他还狂不狂!"

"你们懂得什么?白起龙的人马遍天下,咱爷儿几个可惹不起呀!"

"那怎么办？莫非真的劫杀钦差吗？"

"更不行。最好想个两全其美的办法，让钦差绕路而走，咱就可以推脱责任了。"

"爹，我有个主意。"机灵鬼焦信头脑聪明，一旁笑道，"咱在山下贴张告白，宣称此山有强盗，彭钦差一见，准得绕着走。"

"好办法。"老寨主点头："不过，告白不能写得太露，以免弄巧成拙。"

父子六人几经商议，才贴出那张"买路"的告白。虽未明谈，含意自喻。不过，平民百姓仍旧照常通行，并不真正收费。谁料，一张告白引来赤发灵官。

再说快腿刘三禀明老寨主，老寨主又是一惊："哎呀，唯恐弄巧成拙，偏偏弄巧成拙。看样得罪了绿林人，快把那位仙长请到大厅。"

马道青来到厅房，用左掌一扶桌案，只听"咔嚓"一声，桌案的四根粗腿全部断裂！焦振远变颜失色："请问仙长，不知您是哪路高手？"

"哈哈，老寨主家财万贯，应该买张结实桌子呀！贫道马道青，外号人称赤发灵官。"

"久仰。老朽未能远迎，仙长莫怪。"

"贫道云游天下，缺少盘费。请老寨主先给贫道凑足一千两。"

"我，我真的没钱……"

"凡路经贵山者，每人一两。老寨主竟说没钱？令人难以相信。"

"不瞒道爷，那告白是假的，老朽并未真正收费。"

"假的？哈哈，奇怪了。你又不是三岁玩童，图个什么呢？"

"这……"焦振远心想，白起龙之事关乎性命，绝不能说

破,我只得骗他几句,"道爷,莲池寨内有一莲池,池中盛产鲑鱼,乃本山重要收入。距此不远,有座金银山三仙寨,三仙寨的首领常常派人到本山捕鱼,惹得本地山民大为不满。为了保护鱼源,我们才贴出那张告白,目的是警告三仙寨。而对来往行人,并不阻挡,随便出入……"

"原来如此。贫道看你诚恳,料你不会说谎。既然是假告白,我就不管闲事了。请问老寨主,三仙寨的首领是谁呀?"

"他们共有三位首领,号称'伍氏三雄'。即金罗汉伍显、银罗汉伍芳、玉罗汉伍捷……"

"什么?"马道青脸色一变,"你再说,三寨主叫什么?"

"玉罗汉伍捷。"焦振远大惑不解。

"哈哈,踏破铁鞋无觅处,得来全不费工夫!贫道总算访着你了。"

原来,恶法师马道玄临终之际,曾说凶手叫武杰。武杰究竟是谁?马道青并不知晓。今日阴差阳错,误将伍捷当成武杰。其实同音不同字,才闹出这段公案。

"老寨主,请你借给我五十名喽啰,并随贫道攻打三仙寨!"

"这……我与三仙寨素日无仇……"

"他们抢夺鱼源,这不是仇吗?"

"唉,又弄巧成拙了。"老寨主哑巴吃黄连——有苦说不出。若加解释,又怕露出白起龙之事。万般无奈,只好提调喽啰。

焦家"五鬼"心中不服:"爹,三仙寨和咱很有交情,咱不能对不起朋友。干脆,灭掉老杂毛,岂不省事?"

"唉,马道青乃是著名的武林高手。咱爷六个一块,也走不过他三招。我随他去吧,听天由命。"

"让您自己去,我们不放心。还是一同前往,见机行事。"

爷六个调齐五十名喽啰,跟随马道青,来到三仙寨。

时近黄昏,三仙寨中正在摆酒。原来,金眼雕邱成的大师哥、铁幡杆蔡庆率领鳌头岭五魁首：红旗李玉、铁掌方飞、花驴儿贾亮、蓬头鬼黄顺、落马川刘珍等人已于今日中午赶到。贵客临门，伍氏三雄设宴款待。邱成笑道，"师哥，咱弟兄分手数载，不期在此重逢。等褚彪他们到达之后，咱举行仪式。伍氏三雄金盆洗手，就算咱的门人了，您可要多加照顾。"

"老二，你只管放心吧。"

众人正在频频举杯，头目来报："寨主，山下来了一伙人马……"

"噢，一定是老三褚彪，快快迎接。"

"看样不像，"头目说道，"他们口口声声叫咱伍三爷出，出去送命……"

"什么？"玉罗汉伍捷一瞪眼，"来的是谁，我又没惹他，凭什么骂我？"

"出去看看吧。"邱成率众走出三仙寨。

赤发灵官马道青高声喝道："无量天尊，你们谁叫武杰，快来尝命！"

邱成答道："敢问仙长大名，你与伍捷何仇何恨？"

"贫道马道青，人称赤发灵官。你就是武杰吗？"

"看来你与伍捷并不相识。老朽邱成，乃伍捷的师父。请仙长直言，伍捷若犯大错，不必仙长动手，老朽自有门规处治。"

"我要问问武杰，为什么杀死我胞兄马道玄？"

"你是马道玄的兄弟吗？"邱成暗想：恶法师马道玄罪恶昭昭，早就该杀。若真死在伍捷之手，也算快事。不过，根据伍捷的本领，未必能杀死马道玄，内中定有奥妙。

马道青点头："正是，贫道要替兄报仇！"

"老杂毛，满嘴胡说八道！"玉罗汉伍捷早已忍耐不住，抽刀上前，斜肩砍下。马道青稍稍一闪身，并未拉出宝剑。只用指尖点伍捷的腕子，伍捷的刀就飞了："哎呀，好厉害，好招

法!"其实,马道玄不知他是谁,若知他是伍捷,玉罗汉的命就没了!

邱成大惊:"师哥,这老道乃是高手。待我去会他。"

"多加小心。"蔡庆也紧张起来。

邱成手使一口鬼头刀,飞身而上。马道青见他身法非凡,不敢轻敌,连忙抽出霹雳宝剑举架相迎。刀剑相击,只听"刷"的一声,鬼头刀被宝剑削成两截。

"哎呀,宝家伙!"

"嘿嘿,霹雳宝剑削铁如泥!"马道青仙人指路,宝剑刺下。依仗金眼雕轻便灵活,若换成别人,早就废命。不过,老英雄躲得稍慢半步,左肩挂彩,血流不止。

蔡庆一撩手:"大家齐上,以多胜少!"

"是。"众人蜂拥而起。

按说,"打群架"并不光彩。可是不这样做,谁能抵挡赤发灵官?

"哈哈,来得好,我让你们同归于尽!"马道青艺高胆大,挥舞宝剑,力战群雄。

天渐渐黑了,双方各举火把。三仙寨虽说人多,取胜却难。时间不长,刀尖枪头落了满地,并有三人受伤。

恰恰此时,欧阳德一伙赶到山前。

"唔呀,这是怎么回事?"怪侠命令徐胜与赫连宝吉站在彭公左右保护,自己上前搭话:"唔呀,不要打了,吾老人家前来劝架呀。"

"欧阳大侠,您怎么来了?"蔡庆又惊又喜,"这恶道无故伤人,您快帮忙吧。"

"唔呀,吾老人家自有公断。道长,有事跟吾说吧。"

"你是欧阳德?"马道青从蔡庆口中,已知怪侠身份。对这类人物,他可不敢轻举妄动。只得实话实说,讲明来意。还没等怪侠搭言，小蝎子武杰大笑起来："唔呀，混账王八羔子、老杂种、老龟孙，你不知真佛在哪儿，乱烧香呀！吾小人家才叫武杰，杀死马道玄是吾干的，与别人无关。不但杀死马道玄，还要杀你，老杂毛，吃吾一棍！"说罢，铁棍砸下。

仇人见面，分外眼红。马道青闪开铁棍，举剑便刺。他怎么不削铁棍呀？因为铁棍太粗，一剑若削不断，怕被铁棍夹住。尽管马道青不用宝器，仍比武杰高出数倍。欧阳德叹道："唔呀，好招法，若走正路，必是豪杰。徒儿，你小人家快歇会儿吧，待吾老人家擒他！"说罢，举起大烟袋，向马道青扫去。

好位赤发灵官，面对怪侠，毫无惧色。二人闪展腾挪，蹿蹦跳跃，把观阵诸人的眼睛看直了。人人暗叹：武林之中，竟有这般高手！

三十回合，难见上下。怪侠惦念钦差，不敢恶战。急忙发出一枚钢球，恰中马道青左肩之上。为什么不打致命处呀？由于怪侠怜悯他的武功，有意饶他性命。

"唔呀，"武杰高叫，"师父，快给老杂毛补一烟袋！"

"让他去吧。"欧阳德并不追赶。

马道青落荒而逃。他从此怀恨在心，恩将仇报，投靠了白起龙。结果越陷越深，沦为反叛。直到阳明山武杰朝师祖时，才算结果了他的性命。此是后话，暂且不提。

天已大黑，褚彪请彭钦差及怪侠等人上山。莲池寨老寨主焦振远也率领焦家五鬼上山谢罪。伍氏三雄设宴款待，直至天亮。他们又金盆洗手，拜见恩师。由于钦差出席，为仪式增添了无限光彩。

彭公笑道："本官不懂绿林规矩，伍氏英雄既然金盆洗手，本官理当祝贺。如今，国家有难，人手缺乏。诸侠义若肯为国立功，本官代表朝廷，一律欢迎。"

"唔呀，大人说得恳切，咱们一块干吧。"怪侠出面邀请。

一位钦差,一位大侠,他们的面子谁能驳回?众人纷纷点头,表示同意。

热闹了!蔡庆、褚彪、邱成、杜清、杜明、焦振远、鳌头岭五魁首、焦家五鬼、伍氏三雄,再加上原来的十几位豪杰,一共三十多人,尽是武林高手。次日清晨,扶保彭公奔往绍兴。

有话则长,无话则短。这日来到绍兴府。早有小蝎子武杰打前站,报告了黄三太。黄三太何等英雄?他在武林之中号召力极大。接罢圣旨,望诏谢恩。又将自己的人马引见给钦差。这些人马中有:凤凰张茂隆、雨雪豹苏永禄、鱼鹰子何路通、神眼季全、八臂哪吒万君兆、三手将卢云龙、小雄信余光、扑刀李俊、泥金刚贾信、快斧子黑熊、滚马将右斌、赛毛遂杨香武,加上黄三太本人,共十三条好汉。

彭公大悦,屈指算来:黄三太手下十三人,欧阳德手下十一人,连同胜玉环、刘云芳两员女将,也是十三人。三仙寨一伙十九人,三方加在一起,共有四十五位豪杰!

"诸位,从今日起,兵合一处,将成一家,望诸君齐心协力,为国立功。本钦差传令,绍兴府歇兵三天,而后攻打青剑岭,活捉白起龙!"

第十七回　南霸天夜追三剑客
　　　　　粉金刚日会九花娘

　　彭公传罢军令，群雄分头准备。
　　浙江省会设在杭州，巡抚是位旗人，名叫特尔恭额。他闻知钦差光临，忙率属员赶到绍兴拜见。官场礼节烦琐隆重，闹得人人疲倦，不得安宁。
　　三天过后，巡抚特派出二百人马，随同诸侠保护钦差，继续南下。
　　一路畅通无阻，过江西，穿湖南，这日来到广西境内。由于彭公是两广钦差，本地官员更加诚惶诚恐。当时的省会不在南宁而在桂林。二品巡抚名叫吴天奇，他乃翰林出身，原任礼部右侍郎，算是彭公的属下，为了迎接钦差、尊重老上级，吴巡抚出城四十里，路旁恭候。双方见面，相互寒暄已毕，一同来到金亭驿馆。钦差宣读圣旨，吴巡抚跪拜，然后又向彭公行施大礼。彭公连忙阻拦："吴大人，你乃一省抚院，行此大礼，本官愧不敢当。"
　　"您是老上司，理当拜见。"二人谦让一番，分宾主落座。
　　"贵抚，反叛白起龙现状如何？"
　　"唉，一言难尽。西林县在本省西陲，紧靠云贵二省，距桂林一千二百多里。下官鞭长莫及，只得坐观动静。据我所知，

他们的势力越闹越大,已经占据了方圆三百里。这还不算,更为严重者,马德赖又以教会的名义,在附近几县建立了他们的政权,委派了他们的官吏。据说,这些官吏十分霸道,苦害黎民,当地百姓走死逃亡,下官又无力拯救。"

"自古以来邪不侵正,贵抚不必紧张。"彭公很有大将风度,临危不乱。由于他神色镇定,吴巡抚也稍感宽慰:"钦差大人,您有什么要求,下官照办。"

"根据皇上的安排,要破青剑岭,还得依靠武林群雄。他们已随我到达,你应该见上一面。"

"是。"

"来呀,请侠义英雄。"彭公传令,黄三太、欧阳德等人来到客厅。

吴巡抚抬头观看,见这群豪杰衣分五色、面分五色:红的红如血、白的白如雪、蓝的蓝如靛、黑的黑如铁,高矮不一、胖瘦不等,高大的威风、瘦小的精神。堪称是:云集七长八短汉,站满三山五岳人!不由得心中暗道:我为官三十年,从未见过这种场面。各路好汉,龙腾虎跃,定能攻无不克,战无不胜。难怪钦差沉着冷静。眼前这些英雄即将为国立功,前途不可限量,我得尊重他们,别让人家挑理。想到此处,含笑点头:"诸位侠义聚集鄙省,实在难得。本巡抚当尽地主之谊。"说罢,回头对中军吩咐:"你快去太白楼预订十桌上八珍酒席,为诸位英雄迎风洗尘。"

太白楼坐落在桂林城心,名扬全省。掌柜闻听巡抚宴请钦差,不由得紧张起来。他一面令灶上动手备菜,一面来到店堂,拱手笑道:"各位客官,实在对不起。朝廷来了钦差,吴巡抚要在鄙酒楼请客。您各位不管吃完没吃完,全得挪动一下。酒钱菜钱全免啦,看在我的面子上,快请吧!"

"行,咱马上就走。"有些人胆小怕事,有些人冲老板的面子，纷纷起身离去。唯有最西头一张桌旁坐着二男一女，纹丝未动。这三人年龄都有六十多岁了，根据穿戴，很难判断他们的身份。掌柜点头哈腰："老三位，您可能没听清楚。钦差要来吃饭，您几位先到别处看看，今天我请客，您改日再来……"

"笑话！"一老叟说道，"钦差是人，我们也是人。他掏钱，我们也掏钱。凭什么撵我们走？应该有个先来后到！"

"这……话是这么说，老三位也得替我想想，"掌柜满脸热汗，"得罪了官面，我这买卖怎么开？钦差是什么身份？万一出错，我家祖坟得刨喽！三位是我活爷爷、活奶奶，难道让我下跪吗？"

"哼，钦差应该为民造福，不该这样霸道。"老叟不依不饶。旁边那妇人笑道："唉，掌柜也挺可怜的，别跟他怄气了，咱们走吧。"

"多谢姑奶奶。"掌柜急忙借坡下驴。

清扫店堂，换上餐具。中午时分，诸人光临。

杯盘罗列，肉山酒海，时近黄昏，方才散去。

彭钦差微皱双眉，虽然没说什么，面色却有几分不悦。那些巡抚、提督、按察使、盐运使、道台、知府、知州、知县等官员们轮番向侠义敬酒，都想一醉方休。唯独黄三太和欧阳德看出了彭公的神色；二人相互望了几眼，默默无言。

当晚二更天，黄三太、欧阳德来到钦差的卧室，拱手问道："大人，还没休息呀？"

"二位大侠快快请坐，我正想找你们呢。"

"唔呀，"怪侠笑道，"大人，今天您不太高兴，有什么心事吗？"

"唉，"彭公叹了口气说，"今日那种场面，太奢侈了。广西出现叛乱，闹得民不聊生，百姓处于水火，而官府却这样铺张，身为钦差，问心有愧。酒肉虽好，我咽不下去呀。"

"是有点过火了,"黄三太连连点头,"大人,廉洁奉公,克勤克俭,黄某十分赞同。您应该劝劝吴大人,不该这样做。"

"官府好办,我怕惹得群雄不满。他们会说:堂堂钦差,何必拘此小节。"

"唔呀,一些事情,往往会坏在小节上,"怪侠深有同感,"大人,吾见酒楼上没有饭客所以问过堂倌。据堂倌说,所有的饭客都被掌柜撵走了。吾们刚进广西,便得罪了百姓,人家会骂'兵匪一家',以后有很多事情就不好办了。"

"是呀,得民心得天下,失民心失天下。我请二位大侠来,就要商量此事。"

"大人,侠义方面,由我俩去办。大家为国效力,谁也不会计较待遇。至于官府,还得请大人出头。"

"只要诸侠义谅解,官方不在话下。本钦差可以传令,不论路经何地,一律免除招待。各州城府县将招待费用上缴,暂由七侯保存。待攻下青剑岭,用这笔银钱赈济灾民。

"唉,广西西部百姓被白起龙害苦了,这笔银钱虽说是杯水车薪,也算咱们的一点心意。"

"大人想得周到,我等敬佩。"二位大侠正陪钦差说话,忽听后窗有人喊道:"哎呀,好清官!"

"啊!"黄三太吓了一跳,连忙吹灭灯光,对怪侠说道:"你保护大人,我去看看。"说罢,纵出屋外。

"唔呀,吾们栽了!人称吾二人是大侠,窗外有人,竟未听到动静。这是哪路高手?这样轻便?"欧阳德急得乱叫,却不敢离开。

单说南霸天黄三太,踏上房坡,四处观看,忽见北面三条黑影,正在消失。黄三太一哈腰,施展奇功"金蛇狂舞",追了下来。他的跑功谁敢比?江湖路中堪称一绝。多快?用现代名词来说,每小时能跑八十迈,与皇冠小轿车并驾齐驱!即使这么快,想追上黑影却比登天还难!

前边的三人不是在跑,而好像在散步。他们悠然自得,走走停停。一面指手画脚,一面说说笑笑,似乎后面无人追赶。可是黄三太紧跑慢跑,硬是追不上。跑出五十多里,大名鼎鼎的南霸天也泄气了。心想:人家这是耍我呢,我再追半年也白搭。不用问,这三位必是世外奇人。我也别追了,赶快求饶吧。于是停下脚步,高声喊道:"在下乃是黄三太,请三位高人留步!"

"哈哈,弄错了。我们以为是欧阳德呢,想跟他开个玩笑。原来是黄大侠,不该冒犯,请大侠莫怪。"

三人驻足,正是太白楼吃饭的那二男一女!

书中暗表:这三位老者乃师兄师妹,正宗正户峨眉派的三位副门长!

为首者复姓诸葛单名方,外号丐剑哈哈叟。另一人是他师弟,复姓皇甫单名松,外号圣手昆仑剑。那位老师妹复姓东门双名金婵,自称白衣道姑,人称"天下第一剑"。他们皆是四川峨眉派总门长红莲长老膝下弟子。当年,三人同期出师,又一道闯荡天下。由于他们都姓复姓,世称"复姓三剑客",名震一时。年轻的时候,两位"男剑"都爱上了"女剑","女剑"对两位"男剑"又都有很深的感情。为了不让一剑伤心,东门金婵遁入空门,取号白衣道姑,一生不嫁。两位"男剑"感激她的深情,也都终身未娶。一晃四十余年,三剑客都成了老者。

前不久,白衣道姑心爱的女徒、魔侠女黄花来到广西百色府大楞山白衣院,见到恩师,要求出家为道。白衣道姑很纳闷,追问缘由,黄花无奈,说明怪侠欧阳德拒婚之事。女剑客又好笑、又伤心。好笑的是:黄花三十多岁了,已称侠客,还是这样天真无邪,伤心的是:自己早已辜负了青春,绝不能让徒儿再步后尘。于是笑道:"出家大不必。那欧阳德乃你师伯诸葛

的门人,这事由他去说合。你暂住院中,随我学剑吧。"

"学剑?"黄花疑惑不解。

原来,东门金婵的刀术、剑术堪称双绝。她共有两名女徒,黄花居长,师妹桑玉薇,外号九花娘。当年姐妹练艺时,黄花学刀、玉薇学剑,姐妹各有所长,旗鼓相当。如今出师已近十年,恩师又令自己学剑,岂不意外?

白衣道姑叹道:"唉,玉薇学坏了。据我所知,她跟随白起龙在青剑岭当了什么女寨主。将来,你要协助欧阳德攻山破寨,若不掌握剑术,恐怕胜不了你师妹。我这当师父的并非偏心眼儿,只是支持正义,反对邪恶。好在你对剑术很有基础,一点就通,安心学艺吧。"

"师父,师妹当寨主的事是真的吗?"

"咱这大楞山距青剑岭不足三百里,消息当然准确。"

"嗐,她太糊涂了。将来我要救她。"

说来凑巧,黄花到来不久,峨眉派便在湖南阳明山召开门庆大会。总门长红莲长老年事过高,已于今春病故。各路门人经过协商,选举阳明山天台寺主持天目长老为继任总门长。同时又选出土十七位副门长。诸葛方、皇甫松、东门金婵皆被选中。

三剑客离开阳明山,女剑笑道:"哈哈,咱们都熬成副门长了。往事如烟,二位师兄不会忘记吧?"

"老了,老了!"二剑一笑了之。

"有人又想步咱们的后尘呀。"女剑说明黄花之事。诸葛方叹道:"我那徒儿就是怪,这本来是好事,他不该拒绝。"

皇甫松答道:"师哥、师妹,咱何不成全这段姻缘。我有个徒儿叫赫连宝吉,外号怪客,听说他跟怪侠在一起,我也想去看看他。"

"既然如此,二位师哥随我去广西吧。"

三剑客主意拿定，西下桂林府。他们在太白楼吃饭时，被掌柜撵走。按他们的身份，本不该生气。可是又一想：这叫什么钦差？欺压平民百姓！我们的徒弟何必保他？为此，三剑客夜入金亭驿馆，本想召回怪侠、怪客。岂料听到彭公的那翻言论，方知错怪了钦差。皇甫松一时忘我，喊了一声"好清官"！被南霸天黄三太追出五十里。

"哎呀！"黄三太问明三剑客身份，慌忙施礼，"原来是三位老前辈，从怪侠、怪客而论，我算子侄。老前辈在上，小侄有礼了。"

"不可，不可！黄大侠乃武林名人，我们不敢担待。"

"请三位老前辈到驿馆一叙。"

"不去了。你转告欧阳德与赫连宝吉，彭钦差是难得的清官，让他们尽力尽心。"

"是。"

"还有，"女剑客笑道："我徒儿黄花对怪侠诚心诚意，欧阳德不要自大。将来遇到九花娘时，还得靠黄花出马！"

"这……这事我一概不知。请问前辈，黄小姐现在何处？"

"她在大楞山白衣院学剑。"

"记住了。"黄三太明白，三剑客不会轻易露面，自己也不必再邀请了。说罢，各奔东西。

回到驿馆，群雄都已惊醒了。里三层、外三层围住钦差的卧室。欧阳德问道："唔呀，黄大侠，追上那个王……"

"别骂！"黄三太说明经过。

"唔呀，吾老人家这张臭嘴，差点闯祸。原来是吾师父老人家呀。"

"还有吾师父呢。"赫连宝吉高兴起来。

东方发白，金鸡报晓。

彭公对群雄说道："本官出京以来，丢金印、陷囹圄，真是

艰难险阻,历尽坎坷。昨夜又扰得大家不安,虽是一场虚惊,我们也该提高警惕。现今已入广西境内,越往西走,险情越重。如何才能取胜,还靠大家献计献策。"

"依我看来,头等大事是钦差的安全。"

"没有钦差,群龙无首。"

"钦差若有危险,等于全军覆没!"

诸侠义皆把钦差放在首位。

黄三太说道:"言之有理。咱们应该有个明确的分工,才能各尽其责。"

"唔呀,黄大侠说得很对。你来安排吧,吾们听从你的吩咐。"

"欧阳大侠一直跟随钦差,情况比我熟悉,人员状况也比我清楚,还是由你来安排吧。"

"好,吾就当仁不让了。吾们一共四十五个人,可以分成五路。第一路由多臂熊褚彪率领,包括杜清、杜明弟兄二人。他们是镖头出身,走南闯北很有经验。主要任务是查看地形,在青剑岭下为钦差大队安置营盘及食宿事宜。第二路由活阎王焦振远率领,包括焦家五鬼,他们的任务是传递信息,沟通各方情况。第三路由吾为主,并粉金刚徐胜、赛叔宝余华、金刀太岁吕胜、小蝎子武杰。吾们五人为钦差开路,尽量扫清途中的障碍,起到先锋作用。第四路由七侯贤弟负责,包括吾师弟赫连宝吉、赛毛遂杨香武,他们三人的任务是保护钦差,时刻不离彭公左右。最后一路由黄大侠率领,包括余下的十九位英雄。这路人马为主力军,负责处理一切事务。五路英雄在青剑岭会合,共同攻山破寨,捉拿匪首!"

"妙绝!"黄三太首先喝彩,"欧阳大侠安排得十分周到。只有一条,你的任务似乎过重。此去青剑岭,一千二百余里,途中肯定会碰上意外。先锋队只有五人,力量过于单薄,应该从第五路人马中再调去几位……"

"不必了。吾们几人轻便灵活，主要是小打小闹，出奇制胜。人多了太显眼，反而不利。如果碰上硬仗、大仗，吾们会等候主力军，绝不随便冒险。"

"谨慎行事。"黄三太与欧阳德虽然从小结盟，毕竟二十多年未曾见面。对怪侠的武功及人品都不太了解。这次重逢以来，方知拜弟武功绝伦，人品端正。今日他安排了五路人马，不仅细致周全，而且勇挑重任，令人敬佩。

诸事完毕，分头行动。

单说欧阳德等五人，辞别了彭公，顺路西行。他们每天只走一百五十里，一连七天，并未碰到意外。第八天一早，来到红水河畔。红水河河面不宽，却有许多渡船飘荡。每艘船上都挤满了人，根据穿戴分析，这些人多为农夫和渔民。他们各自背着香袋，袋中装满黄香、红烛，一个个神态虔诚，毕恭毕敬。

五侠义登上小舟，行船之时也不便扫问，直到小舟拢岸，他们随着众人一道而行。

河西是座村镇，景象繁华。镇中心有家茶馆，门外挂着招牌，上写"别墅山庄"四个大字。两边挂着茶牌子，写着雨前、毛尖、武夷、六安、碧螺春、铁观音等茶叶名称。粉金刚徐胜笑道："小小地面，怎么这样讲究？"

"唔呀，离青剑岭只有一百多里地了，咱们得细心察访，不可大意。进去喝杯茶吧，再打听一下情况。"说罢，五人走进屋中。

茶馆伙计二十多岁，身材瘦小，一双黄眼珠滴溜溜乱转："客爷，您喝什么茶？吩咐下来，小人准备。"他一边说话，一边仔细打量五人。欧阳德心中暗笑：这伙计肯定是个没有经验的小贼。他神情外露，面色疑虑，这种人瞒不过吾的眼睛，好啦，今天有戏唱了。吾老人家何不耍耍他："伙计，青剑岭离这

还有多远啊?"

"啊……这,这我可不知道。您打听青剑岭干什么?"

"白起龙那王八羔子欠吾老人家三万两银子,吾找他讨账啊!"

"白天王能欠你钱?"伙计说罢,自知失言。连忙又道:"客爷,您喝什么茶呀?"

"你们这村镇叫什么名字?好繁华呀。"

"我们这叫鸡鸣驿,"伙计眼珠一转,"嘿嘿,要说繁华,全靠九圣娘娘保佑……"

"唔呀,什么九圣娘娘?"

"您几位是远路而来吧?"伙计平静下来,"过了红水河,便是鸡鸣驿。再往西三里,有座高楼山,山上有座圣母庙。先前的庙主叫贾玄贞,半年前坐化了。贾庙主的徒弟叫桑玉薇,她乃九圣娘娘转世,济困扶危,舍药治病。每逢初一、十五,远近村庄的善男信女都来烧香讨药、求财求子。今天正是九月初一,您几位去看看热闹吧,灵验极了。"

"唔呀,有点意思,吾正想去看看。"

"您还喝茶吗?"

"来五盏碧螺春吧。"

"是。"伙计转向后屋。

欧阳德顺着伙计的身影往后屋观看,角门敞着,只挂一块大半截的白布软帘。伙计进去不久,软帘欠开一条细缝儿。不用问,准是有人偷着往外看。又过了一会儿,伙计才端上茶来,"客爷,水刚烧开,晚了点儿,您别在意。"

"唔呀,吾老人家不在意,有人在意了。"怪侠一语双关。

他们喝茶已毕,付了茶资。来到街上,徐胜问道:"侠客爷,咱去圣母庙吗?"

"当然得去。"武杰好奇心强。

"据吾猜想，这别墅山庄茶馆可能是家坐探。伙计极力宣扬圣母庙，圣母庙一定是个险地，他想把咱们引向龙潭虎穴。至于九圣娘娘准是大有来头，绝非平常之辈。"

"这么说，不去为妙。"

"还得去。高楼山乃通往青剑岭的必由之路。咱五人是先锋队，不能把险情留给钦差。"

"唔呀，师父老人家，"武杰笑道，"吾小人家有个办法。咱们五人分成两路，吾与徐大叔在前，您与余大叔、吕大叔在后。吾们若逢意外，你们可以增援。省得咱们五人一块遇险呀。"

"好办法。"徐胜表示赞成。

"你们要多加小心。也许不会出事，咱有备无患。"

"知道了。"徐胜带领武杰先走，待他们走出半里多远，欧阳德三人方才动身。

单表前路二将，来到高楼山时已经近午。但见此山不高，山口处买卖成堆，甚是喧哗。南山坡上有座大庙，走进庙门，见正北是大殿，东西各有配殿三间。大殿中央供着佛龛，挂着黄云缎子幔帐，下边是供桌，香烟缭绕。供桌前边摆设一张莲花座，两边各站着四名女道童，年龄都在十四五岁，个头一般高，胖瘦差不多，一个个眉清目秀、齿白唇红。莲花座上端坐一名女道士，看样有二十五六岁，头戴珠冠，身披蓝绸道衫，下穿湖色宫裙。鬈发如云，眉弯似黛。眼凝秋水水涟涟，唇似樱桃红一点。面如梨花，鼻似玉柱。虽说只着淡妆，却胜浓抹万分！瑶池仙子降凡间，月里嫦娥不染尘，美貌标致，世上无双！就连徐胜、武杰这种人物也想多看她几眼。

莲花座下跪着许多男女，一个个口称"神仙"，求签讨药。

武杰小声说道："徐大叔，她分明是个大活人，怎么变成神仙了？"

"咱们只管观察，不必过问。"

这时,一个六十多岁的老妪拜道:"娘娘,我儿媳身怀有孕,不知是男是女?"

"恭喜你……"九圣娘娘燕语莺声,刚要说话,偏殿中走出一名女道。她将一个托盘交与娘娘,盘中有一张字条。娘娘看罢,笑道:"老妇人,本娘娘早知你要来,所以把签条准备好了,待我念给你听:东海麒麟降西方,大富大贵美名扬,来日京都去赶考,一举得中探花郎!听明白没有?不仅是个男孩,长大之后还是位探花老爷呢!"

"真的吗?"老妪眉开眼笑,连连磕头。

"唔呀,胡说八道!哈哈哈,她真会唱戏呀!"小蝎子武杰大笑不止。

"谁在笑?"娘娘秀眉微耸,顺声音望去。她见武杰、徐胜站在旁边,摇头叹道:"唉,武杰呀武杰,你扰闹仙法,必定大祸临头!"

"唔呀,奇了,怪了!你真有点仙气呀,怎么会知道吾小人家的姓名?"

"你过来。"

"过来怎样?"武杰好奇,走近莲台。

"嘻嘻,仙法要惩罚你了!"娘娘从怀中掏出一块手帕。在武杰面前用力一抖。武杰摇三摇、晃三晃,扑通栽倒,不省人事!

"哈哈哈,罪有应得!徐胜,你也过来。"

"姑娘,我们与你无冤无仇,你因何暗箭伤人?"

"嗯?"九圣娘娘看了徐胜几眼,不由得粉面发红,俊眼含羞,"好吧,我对你另眼看待,不用暗器。"说罢,抽出宝剑,走下莲台!

第十八回　娇滴滴美女戏徐胜
　　　　　羞答答奇男救武杰

　　且说善男信女们一见九圣娘娘要动武,吓得四处乱跑,躲躲藏藏。这时,后殿出来几个人,抬起武杰往外就闯。徐胜大怒,抽刀上前阻拦。娘娘一笑:"徐胜,你别急呀。今天若能胜过我这口宝剑,我把武杰双手奉还。若胜不了我,哈哈,连你一同拿下!"

　　"这……丫头,咱把话说到明处,只准真杀实砍,不准抖你那手帕!"

　　"放心,"娘娘脸蛋又是一红,"我对你特殊照顾!"

　　"来吧!"徐胜擎刀以待。

　　"嘻嘻,你怎么等着挨宰呀?"

　　"哼,对待女流之辈,让你一招。"

　　"好呀,你还挺讲礼貌呢,看剑!"

　　"哎呀,好招法!"徐胜大惊失色。

　　行家一伸手,便知有没有。九圣娘娘的剑术太快了。只见剑尖颤抖,一而三、三而九,九锋剑尖一同刺向徐胜的面门,竟让人难辨真假!"

　　"唔呀,九宫连环剑!"欧阳德、余华、吕胜此时赶到庙中。

　　单表徐胜,论功夫,比不了黄三太、欧阳德,却也算上乘

高手。他连忙闪身,勉强躲过。顺水推舟,钢刀逢迎。九圣娘娘一笑:"行,武艺还算说得过去,你再接我一剑!"说罢,仙人指路,剑锋刺下。

欧阳德旁观者清:徐胜在她面前,绝对走不过十招。奇怪呀,这女子似乎剑下留情,她招法虽快,却不碰致命之处。怎么办?吾不能再让徐胜冒险,得换下他来:"唔呀,徐贤弟,你先歇会儿,吾老人家会会这丫头。"说罢,将大烟袋一抡,闯入重围。

"哟,人不人,鬼不鬼,夏天穿皮袄,你可太怪啦!"

"吾老人家就是怪呀,说怪话、办怪事、称怪侠……"

"啊?你是欧阳德?"九圣娘娘一愣,忙往怀中伸手。

"欧阳大侠,快跑,危险!"徐胜拉住欧阳德往外就跑,余华、吕胜不知发生了什么事,也跟着跑了出来。气得九圣娘娘直跺脚:"徐胜,你给我回来,咱俩还有事呢!"

"唔呀,怎么回事?"欧阳德跑下山坡,惊疑不止。

"嗐,别提啦。"徐胜讲罢经过。

"唔呀,吾徒儿遇险了?"

"正是,丫头那手帕厉害。我见她往怀中伸手,才拉怪侠逃出。"

"奇怪,她怎么对你不抖手帕?"

"这……我也说不清呀。"

"吾老人家明白了。粉金刚的小白脸起了作用!"

"怪侠……"

"你听吾说,那女子施展九宫连环剑,没有十年工夫,掌握不了。她却对你处处留情,不下狠手。唔呀,救吾徒儿武杰,全靠你了。"

"靠我?我也不是人家的对手呀。"

"吾老人家自有妙计。徐贤弟,第一步先得弄清那女子的身份。"

"对，怎样才能弄清呢？"

"据吾猜想，冲着你的面子，那女子暂时不会杀死武杰，咱们先找个地方住下，吾老人家再面授机宜。"

四人下山，夜宿鸡鸣驿。

原来，九圣娘娘正是青剑岭二寨主、九花娘桑玉薇。

桑玉薇出身贫寒，父母都是红水河上的渔户。老两口一共生了八个儿子，却盼不来一个女儿。老头爱说笑话，曾对人讲："哈哈。只要有个女儿，哪怕我们爷九个都淹死呢，也算值得！"这本是无稽之谈，谁料过了不久，果然生下玉薇。玉薇长到五六岁时，聪明美丽，父母爱如掌上明珠。天有不测风云，人有旦夕祸福。这年夏天，红水河泛滥，桑氏父子九人未及逃走，连同渔船全被洪峰吞没！

剩下孤儿寡母，叫天天不应，叫地地不语，母亲抱着玉薇，四处乞讨。谁料人们见到玉薇，全都远远躲避，说她是扫帚星下凡，让父亲与八位兄长全都应了誓言，丧身鱼腹！玉薇虽幼，心中也懂得了恨！她恨天、恨地、恨洪水、恨一切人，更恨自己！福不双降，祸不单行，当年深秋，母亲也撒手而去，留下玉薇奄奄一息。恰好，女剑客东门金婵从此路过，她见这七岁的女孩可怜，便将她带到大楞山白衣院。玉薇极为聪明，在白衣道姑教黄花练武时，她几乎一看就会。黄花长她九岁，看在眼里，对师父说道："这小姑娘太伶俐了，天生练武的材料，师父，您也收她当个徒弟吧，将来准比我有出息。"

"是呀，我早有此意。不过，这孩子进山半年，她从来没笑过。冷面杀手，我怕她学会武功，不走正路呀。"

"师父过虑了。她才几岁？可能是父母兄长相继身亡，她伤心过度，才从来不笑。孩子如同小树，看您如何栽培呀。"

"也对，既然你喜欢她，你就先教她吧。"

"是。"黄花学艺已经六年,有了一些基础。从这日起,她教玉薇武艺。眨眼过了二年,黄花对师父又道:"我再也不教玉薇了。"

"怎么了?"白衣道姑很感意外。

"唉,她现在已经超过我啦,我拿啥教人家呀?"

"噢?不可能吧。你把她叫来。"

玉薇已经十岁了,脸上虽然有了笑容,却十分腼腆。"院主,给您磕头了。"

"起来,快起来。哟,越长越俊啦。听你师姐说,你的武功练得不错。来,练几招让我看看。"

"我哪会武功,师姐竟替我吹。"她虽然谦让,却不敢违命。先练了一套轻功,又耍了一阵刀。

白衣道姑十分惊奇:"上山不满三年,竟出息成这样!过来,让我看看你的腰腿。"

经过查看,桑玉薇属于"雁骨"型。

武林中有几句俗语:

"男惊人,属麒麟;"

"女取胜,属丹凤;"

"男练武,属老虎;"

"女交战,属大雁;"

"男荣耀,属花豹;"

"女出奇,属黄鹂。"

桑玉薇的"雁骨"型属于第二等,虽说不如"凤骨"型,却也是几万女孩子中难选一个!喜得白衣道姑眉开眼笑。当时拍板,收为弟子。

桑玉薇从此练剑,一练八年。

此时,她已经是一个十八岁的大姑娘了。出落得亭亭玉立、娇媚动人。这年深秋,她正在山下的树林中练剑。师父传授的九宫连环剑堪称武林一绝,掌握之后,可以纵横天下。她练得正起劲,忽听身后有人叫道:"好剑术,可惜呀,可惜!"

"啊?"玉薇回头一看,见身后站着一位女尼。这尼姑有六十多岁,风韵犹存。

"姑娘,"女尼笑道:"看你的剑术,一定是白衣道姑的门人。你叫什么名字?有外号吗?"

"你是谁?为什么喊出'可惜'二字?"

"老尼法号静圆,原名白慧贞。出家在下龙山大觉院。也算是武林中人,与你师父很有交情。"

"原来是白老前辈。我叫桑玉薇,尚无绰号。"

"我很喜欢你。你的剑术练了几年?"

"八年多了。不到之处,望您指教。"

"唉,一口宝剑竟练八年,所以我觉得可惜。姑娘,咱俩比试一下,我让你三招必败!"

"噢?"玉薇年轻,火气挺旺。心想:九宫连环剑天下无敌,岂能三招必败?这老尼姑太小瞧人了。于是笑道:"白老前辈,恕我不恭!"说罢,举剑刺下。

静圆不慌不忙,从怀中掏出一块手帕。她在玉薇面前一抖,姑娘立刻觉得两眼发黑,头脑发涨。"哎哟"一声,栽倒在地。静圆取出绳索,将玉薇双手绑上。然后又掏出解药,在她鼻息上一抹。过了片刻,玉薇醒来。

"哈哈,姑娘,只走一招,你就被擒了。"

"哼,老尼,这叫什么本事?"

"胜者王侯败者贼!姑娘,你练剑八年,却不如我手帕一抖。将来你师满下山,若碰上高手强敌,手帕会比剑术有用。"

"这……老前辈,你想如何?"

"我很喜欢你。只要你答应我三个条件,我就将手帕、解药一同赠你。"

第十八回　娇滴滴美女戏徐胜　羞答答奇男救武杰

"请,请讲吧。"桑玉薇利令智昏。

"其实,我早就知道你,只是缺少见面的机会。你有八位兄长,全部死在水中。你排行居九,我为你取个外号叫'九花娘',这是第一条。"

"请您往下说。"

"我有个侄儿,名叫白起龙。由于他反对当朝皇帝,所以抗交官税、走私贩运,因而得罪了官府。他现在下黄山青剑岭占山为王,时刻身临险境。根据你的武功,若能辅佐他,他才会安然无恙,这是第二条。至于第三条,你若能成为起龙的压寨夫人,乃我白氏门中之大幸也!"

"我……我可以答应前两条,最后一条,还得容我三思。"

"也对,一位十七八岁的大姑娘,岂可轻许终身。不过,对于前两条,尤其是第二条,你必须对天盟誓。"

"盟誓?"玉薇想起父兄之死,不由得胆战心寒!可是她话已出口,又难收回。含泪誓道:"苍天在上,若违誓言,死后不与父母相会!"

"哎哟,对于一个女孩,誓言可不轻。"女尼扶起玉薇,又从怀中掏出了手帕。继续说道:"这手帕称做七星迷魂香罗帕,乃七种麻醉草煨制而成。只要在人们面前一抖,可以立竿见影!"

"前辈,香罗帕能用多久?"

"半年有效。"

"半年之后呢?"

"我再送你一瓶粉末,称做'七星迷魂散'。每隔半年,你把香罗帕装进铁匣,再把七星迷魂散撒入少许,捂盖三天后,又可续用半年。"

"前辈,操作过程中,我若被熏倒呢?"

"哈哈,你的心真细呀。我当然要给你解药。"女尼说罢,掏出三个水晶瓶。其中一瓶是红色粉末，两瓶是白色粉末。红色的是七星迷魂散，白色的是解药。女尼嘱托再三，告辞而去。

书中交代：女尼静圆也是一位武林高手。当年曾与白衣道姑东门金婵结为姐妹。有一次她对金婵笑道："你那二位师兄诸葛方、皇甫松年轻有为，武功既高，容貌又美。咱姐俩一人分一个，岂不是恰好！"

"嘻嘻，"金婵笑道，"女大不可留，我替你问问，不敢保准呀。"

当时，二位"男剑"都钟情于金婵，对白慧贞婉言谢绝。白慧贞不怪二位"男剑"，反怪金婵不尽力。从此出家为尼，一直怀恨在心。四十年来，她总想寻机报复，可是武功不敌，难得机会。今日收服桑玉薇，她有两层目的：第一，为侄儿白起龙找到了帮手；第二，桑玉薇用七星迷魂帕伤人，肯定引起众怒。她是白衣道姑的门人，必损白衣道姑的名誉。也算为自己出气了。这些内情，玉薇哪里晓得。

单说桑玉薇，得到七星迷魂香罗帕后，对于练剑就放松了。黄花很觉纳闷："师妹，你身体不适吗？怎么几天来不见你练剑？"

"嘻嘻，我另有招法，胜过练剑十倍！"

"噢？"黄花笑了起来，"既然如此，我倒想跟你学学。"

"行啊。不过，你千万不能告诉师父。"

"死丫头，跟师父还保密？好吧，我保证瞒着她老人家。"

"你看——"玉薇回手抱过波斯猫，拿出迷魂帕往猫脸上一蹭，波斯猫立刻昏了过去。黄花大惊："师妹，你从哪里弄来的手帕？"

"您不必多问。师姐，这比练剑省事多了。只要用手一抖，稳操胜券！"

"嘻！"黄花秀眉紧锁，"玉薇呀，咱们练武之人要讲究武

德,搞这种暗算,会破坏咱的名声!"

"哈哈,您别小题大做了。金镖、袖箭、飞蝗石、花装弩,嘿,暗算的多了!"

"那叫暗器,不叫暗算!要练暗器得费很多工夫,光明磊落。而暗算却属不劳而获,左道旁门,将被武林耻笑。"

"胜者王侯败者贼!"玉薇鹦鹉学舌。

"你!你把手帕给我!"

"干什么?"

"我替你毁掉!"

"嘻嘻,师姐别发火呀。这手帕得之不易,我绝不能让您毁掉。唉,我从小没娘,都靠师姐照管,您曾教我练艺三年,又把我推荐给师父。您恩重如山,我都记在心里。咱姐妹出师之后,将各自闯荡天下。也许您的亲友会碰上迷魂帕。为报答您的恩情,我把解药送您一瓶,不论您救谁,我都毫无怨言……"

"我不要!"黄花扭过头去。

"我非给不可!"玉薇将一瓶解药塞进师姐怀中。黄花暗想,看来她铁心了,这迷魂帕很可能闯祸。也罢,我且收下解药,有朝一日,替她挽回残局,省得师妹身败名裂。想到这步,再不言语。

"师姐,您可别告诉师父。"玉薇再次叮嘱。

"哼,你也知这是丑事?"

"消消火吧,小妹向师姐保证,将来闯荡天下时,以剑取胜。不到万不得已,绝不使用迷魂帕。"

"你呀!"黄花虽有"魔劲",品质却很忠厚。她果然没告诉师父,把此事压下。

又过一年,姐妹双双下山。

桑玉薇遵守誓言,来到青剑岭。白起龙早听姑母说过此事,忙将玉薇待为上宾。不仅封她为二寨主,而且处处体贴,事事照顾。话里话外，常常露出娶她之意。怎奈落花有意，流水无情，玉薇总是一笑了之。惹得白起龙心猿意马，又惧她手中剑，无可奈何。

山上诸寨主见她对白起龙无意，便争相谄媚，都想将这美女据为己有。玉薇洁身自好，表面有说有笑，却没把这群"山猫野兽"放在眼里。

眨眼又是七年，她已经二十六岁了，仍是独身。外观平静，心中对于婚事也很焦急。

近来，洋神甫马德赖鼓动造反，桑玉薇对此举并不太关心。暗想：我出师七年了，如同笼中鸟，关在青剑岭上。这样下去，何年何月才能成名？洋人让我们造反，必有一场征杀。也好，这是成名的机会。于是她主动请战，来到圣母庙假扮九圣娘娘，随机应变，骗取了人们的信任。玉薇看来，不过是一场游戏而已。

陪侍她一道下山的共有四人：青毛狮子吴太山、金眼骆驼唐治古、黄毛吼李吉、小金刚苗顺。这四人皆是璞球寨的败将。他们在鸡鸣驿以开茶馆为名，暗中保护九花娘。今日上午，苗顺等人发现了欧阳德一伙，不由得大惊。连忙赶到圣母庙，以送签条为由，把五侠义的姓名写在字条之上，报告了女寨主。为此，九花娘才辨认出武杰、徐胜。并将武杰熏倒，押下。

她怎么不捉徐胜啊？正如怪侠的猜测，徐胜外号粉金刚，既俊美无双，又有阳刚之气。九花娘一眼就相中了：这才是我要找之人！经过交手，她发现徐胜的功夫也不错，因而更加坚定了信念：今生今世，非他不嫁！

话归正传。再说怪侠一伙夜宿鸡鸣驿，徐胜问道："欧阳大侠，不知你有何良策？"

"唔呀，要救武杰，全靠你了。"欧阳德说出自己的打算。

"嘻！"徐胜羞得满脸绯红，"不愧你叫怪侠，竟能想出这种

怪主意！我不去。"

"唔呀，徐贤弟，这可是便宜差事，你并不吃亏呀。"

"哼，你拿我开玩笑吗？"

"贤弟，"欧阳德正颜说道，"武杰是吾徒儿，他自从出世以来，就跟你在一起。这孩子聪明伶俐、朴实端正，有许多可爱之处。他如今身处险境，你这当叔父的，难道说见死不救吗？"

"我……"

"你听我说。彭钦差为国家捉拿叛匪，很快就会到达此地。若是过不了高楼山，岂能捉拿白起龙？咱们五人是先锋队，为钦差扫平道路，钦差受阻，是咱们的失职。唔呀，吾派你此行，小处是为了武杰，大处是为了国家！"

"也罢，"徐胜迟疑地点了点头，"既然如此，我，我只好前往。"

"这就对了。不过，你可得真戏真唱，不能做比成样呀。一旦露出破绽，前功尽弃。"

"我，我怕唱不上来。"

"哈哈，到了一定的火候，你自然会唱。快吃晚饭吧，今夜一更天，准时动身。"

徐胜神态尴尬，余华、吕胜想笑又不敢笑。他俩连忙吩咐堂倌备饭，不必细表。

单说徐胜，回到房间打扮起来。欧阳德指手画脚，直到满意之后，才表示放行："徐贤弟，吾老人家祝你马到成功！"

徐胜离开鸡鸣驿，奔往高楼山。来到圣母庙外，见院墙只有四尺，并不算高，他纵身而跃，跳进院中。圣母庙的前院是大殿、配殿，后院又分东西两厢，东面是客厅、仓库一类，西面是寝室。这时，寝室之内还亮着灯光。徐胜跳下房来，在窗外用舌尖舔破窗纸，睁一目、眇一目往里观看。屋中灯烛辉煌，东墙山下有张木床，幔帐高挂。西边是张条案，条案旁坐着白日所见的那位娘娘。她此时的装束与白天又不一样。头上珠冠已经摘去，秀发如云，扎成一把松的大辫子。上身穿藕荷色的紧身小袄，银丝线绣成朵朵梅花。下穿湖蓝色百褶裙。脸上薄搽脂粉，如春花初绽。娘娘身边站个三十来岁的小老妈，满脸堆笑："娘娘，您劳累了一天，我给您沏杯茶吧。"

"不必了，我想早点休息。"

"是。吴寨主、唐寨主他们让我请示娘娘，白天捉的那个武杰怎么处置？是送回青剑岭，还是就地斩杀？"

"你转告他们，也不送、也不杀，留在圣母庙，我自有安排。"

"遵令。娘娘若无他事，我想告退。"

"你现在不能走，咱们窗户外边埋伏着一个强盗。你若出去，他可能暗中下手！"

"啊！"小老妈吓了一跳，"娘娘，您怎么吓唬我？"

"不是吓你，而是真情。你看看，窗户纸湿了一片，并有漏洞，证明有人偷着往屋里看呢。嘻嘻，是朋友，是杀手，请进来吧。莫非还让姑奶奶接你？"

"哈哈，你这丫头好眼力！不必迎接，某家自到。"

九花娘，细端详，只见一人走进房，素缎扎巾戴头上，红色绒球左鬓镶。穿短靠，紧身装，杀人钢刀背后藏。脸上看，闪红光，五官端正美无双。含杀气，露锋芒，俊俏之中透冰霜。正是徐胜屋中闯，人送外号粉金刚！

"哎哟，原来是你！"九花娘半惊半喜。

"丫头，"徐胜想起欧阳德的嘱托，要真戏真唱。只得装出笑脸，"怎么，莫非我不该来吗？"

"你，你是蝴蝶门弟子？"

"哈哈，这与门户有什么关系？"

"你必须说实话。不然，你可有来无回！"

"大丈夫光明磊落。你家徐老爷乃正宗武当派！"

"嘻嘻，你是谁的老爷？"九花娘闻知对方乃武当弟子，不由得笑了起来。这一笑，更加妩媚动人。徐胜满脸通红，连忙低头。九花娘更加大笑："嘿嘿，堂堂男儿，脸皮儿还挺薄呢！深更半夜，闯入姑娘闺宅，一个武当弟子，不怕为门户丢人吗？我看你没安好心……"

"你，你血口喷人！我，我……"事到临头，徐胜把怪侠的嘱托全忘了。他浑身冒热汗，手脚无处放。这些下意识动作，在九花娘眼里更觉可爱。不由得心想：青剑岭那群"山猫野兽"处处对我讨好，却都是一身下贱相。这徐胜才称得起正人君子。我再撩他一番："徐胜，白天相会时，你对姑奶奶贼眉鼠眼，看个没够。准是别有用意，居心不良。夜间，你又冒充上三门弟子，闯入我家。能骗别人却难骗我，你一定是蝴蝶门的，想来采花盗柳，寻欢作乐。可惜你找错了人，姑奶奶是好惹的吗？"

"气死我了！"徐胜暗中埋怨怪侠：你怎么出了这么个怪主意？还让我真戏真唱，我再也唱不下去了。干脆，明知山有虎，也向虎山行，尽管这丫头厉害，我也得与她拼命。想到此处，手摸刀把。谁料九花娘一笑："得啦，在姑奶奶面前动刀，你还差点。快说实话，是不是来救武杰？"

"对！来救武杰，你又怎样？"

"武杰在庙后关押，我既没杀他，又没送走，给你留着呢。不用你费事，我可以让他随你一同下山。不过，你得答应我一个条件……"

"快说！"

"干吗这么横？若有志气，好好练练你那口刀。坐下吧，我的条件很简单，想让你陪我喝上几杯，不知你能否答应？"

"我……嗐，我真戏真唱！"

"你说什么？"

"嘿嘿，一着急，说漏了，"徐胜自觉哭笑不得，"丫头，告诉你实话也无妨碍。怪侠欧阳德派我来的。据他观察，你好像对我有意，他让我来找你，救出武杰。还说，还说对你要真戏真唱。可是我又唱不上来！"

"唉，"九花娘眼圈微红，"你这种诚实之人，天下少有。"

"你怎么啦？"徐胜被九花娘的神色所动，心中不安起来。

"王妈——"

"侍候娘娘，"小老妈哆哆嗦嗦，"您有啥吩咐？"

"弄点酒菜来，我陪徐英雄喝几杯。"

"是。"

"今夜之事，不准外传。若传出去，小心你的性命。"

"不敢传，不敢传。"小老妈端来酒菜。

徐胜既然真戏真唱，便为九花娘满上一杯酒："姑娘，请饮。"

"谢谢你。"九花娘眉目含情，一饮而尽。

"你的条件，光让我陪你饮酒吗？还有什么事，请讲在当面。"

"你忙什么？我既然答应释放武杰，一言九鼎。"说罢，又饮一杯。接连下去，九花娘便痛饮起来。她的酒量不大，没过一会儿，便有了醉意："徐胜，你怎么不喝呀？"

"姑娘，你醉啦。"

"唉，人生能有几回醉？"九花娘粉面发烧，落下泪来。

"你，"徐胜手足无措，"姑娘，你有什么心事吧？"

"怎么说呢？我孤儿出身，落草为寇。身边都是些虎狼之辈。依仗手中宝剑，才保得白玉无瑕。我已经二十六岁了，却没有一位亲人。在那种地方，会有什么好下场……"

"姑娘，"徐胜对九花娘同情起来，"你高艺在身，可以走呀。"

"你不懂，我曾对天盟誓……嗐，不说了，说也没用。徐胜，我头昏得厉害，你扶我上床休息吧。"

"姑娘，男女授受不亲……"

"嘻嘻，亏你还是武林人。"九花娘起身关上房门。摇摇晃晃，行动不稳。徐胜怕她栽倒，上前搀扶。九花娘将满头秀发靠在徐胜肩上。这位粉金刚也是大活人，何况青春年少。此时此地，再难控制自己。正应了欧阳德那句话：到了一定火候，自会真戏真唱！他回身熄灭烛光，陪同九花娘上床。二人恩爱之情，不必细表。

半夜，徐胜醒了，追悔莫及！自己重任在身，竟然如此儿女情长。这丫头是反叛，她的手帕将要伤人。为给钦差扫平道路，干脆，我杀了她，救武杰下山吧。想到此处，抽出钢刀，向九花娘咽喉刺去！

第十九回　赛毛遂盗帕遭不测
　　　　　粉金刚求药动真情

"唉，我命好苦呀！"九花娘娇娇滴滴，发出了呻吟。

徐胜擎刀在手，无论如何也不忍下落。他自言自语："徐胜呀徐胜，你怎么会产生杀她的念头？这姑娘虽是敌手，毕竟与我做了一夜夫妻。她身陷苦海，难以自拔，我在雪上加霜，还算什么男儿汉、大丈夫！也罢，豁出我性命不要，也得在钦差面前替她求情。她若能知迷而返，我便三媒六证娶她为妻！"说罢，翻身而起，坐在床头，直到天明。

"徐胜，"九花娘睁开美目，"你起得好早呀。"

"快穿上衣服，我还有事问你。"

"什么事？"九花娘粉面羞红，穿衣而起，"为救武杰吗？我让他和你一道下山。"

"还有，你必须倒反青剑岭，走出死谷，弃暗投明。"

"谢谢你的劝告。不过，我有誓言在先，要终身遵守。唉，与你春风一度，我也知足了。你曾对我好言宽慰，视为知己，也算是情深意长。今生今世，我会永远记住你……"

"你说错了，我昨夜曾想杀你！"

"我知道，我全都知道！你为什么举刀不落？若杀死我，我也就解脱了。当时，我很高兴，等着死在你手。谁料你却将钢

刀又收了回去,口中还责怪自己。你呀,侠骨柔肠、琴心剑胆,只是缺少一点'毒辣'!"

"别说了,你今后做何打算?"

"把武杰交还给你,算是报答你不杀不斩的恩情。"

"往后呢?"

"协助青剑岭,截杀彭钦差。哼,凭着我掌中宝剑和迷魂帕,让你们这些差官有来无还,横尸遍野!"

"我不许你这样做!"

"我必须遵守誓言!"

"什么誓言?武林中人,不讲这些!"

"你,你没有我的经历,你不懂啊!"九花娘想起父兄之死,泪如雨下,"徐胜,你领武杰走吧,我累了。"

"我要你和我一起走。"

"来人呀,把武杰交给这位英雄。咱们快些准备,本娘娘要升殿了!"说罢,奔向前院大殿。

早有人领来武杰,武杰一见徐胜,又惊又喜:"唔呀,徐大叔,你从哪里来呀?那臭婆娘把吾小人家害苦了,吾要找她算账!"

"武杰,快跟我一道下山吧。你师父正惦记你呢。"说罢,拉起武杰重返鸡鸣驿。

欧阳德一见二人回来,满心欢喜:"徐贤弟,吾老人家祝你旗开得胜,那九圣娘娘是何路人物?她一定投降归顺了吧?"

"谈何容易。"徐胜含羞带愧,述罢经过。

"唔呀,她有什么誓言,这样严重?"

"她不肯讲。话里话外,似乎与她父母之死有关。"

"糟了。九花娘的迷魂帕无人敢挡。她若扼守高楼山,吾们将难通过。徐贤弟,你还得辛苦一趟。"

"还让我去?"

"是呀,你还得去真戏真唱,弄清迷魂帕的下落。是偷、是骗，全凭你了！"

"嘻，怪侠，您怎么总出怪主意？其实，这招我也想到了。夜晚间，我曾试探着问过数次。怎奈九花娘将迷魂帕视为珍宝，藏得十分机密。她守口如瓶、笑而不答……"

"你再想想办法呀！"

"办法只有一条：请您亲自出马，捉拿九花娘。根据您的武功，也许能奏效。"徐胜这是气话，欧阳德点了点头："也对呀，先锋，先锋，遇成先行。逢山开路，过水桥成。为了让钦差大队顺利通过，吾老人家只好去试试。"

"这……"徐胜有点后悔，"欧阳大侠，我说的是气话，您不能去冒险呀。"

"见机行事吧。"欧阳德率众，二上高楼山。

高楼山圣母庙景色如故。今天是九月初二，不是庙会，所以善男信女不如昨天多。五位侠义直入大殿，殿内空空，九圣娘娘并未升殿。徐胜说道："欧阳大侠，若找九花娘，得到后院。您说还去吗？"

"你来引路。"怪侠主意已决。

来到后院，见院中有许多男男女女，尽是奴仆丫鬟打扮。其实，都是从青剑岭下来的喽啰。他们一见五人，忙报九花娘："二寨主，昨天闹殿的那几个人又来了！"

"噢？"九花娘正与吴太山、唐治古、李吉、苗顺议事，闻听此报，柳眉倒竖、杏眼圆睁："来得好，姑奶奶露脸的机会到了！"说罢，抽出宝剑，奔往庭院。吴太山等四贼紧紧相随。他们本想助阵，可是一见欧阳德，吓得不敢动了："二寨主，穿皮袄的就是怪侠，他太厉害，全看您的了。"

"嘻嘻，不胜几员高手，何日成名？姓欧阳的，你过来吧！"

"唔呀，好大的口气！"怪侠刚要上前，赛叔宝余华挺身而出："丫头，休出狂言，某家擒你。"说罢，钢刀落下。九花娘面带冷笑，也不问姓名，举剑相还。十几个回合，余华便渐渐

第十九回　赛毛遂盗帕遭不测　粉金刚求药动真情

不支。吕胜看得清楚,他唯恐师兄吃亏,连忙拔刀相助。两位大将共战一女,虽说不够仗义,却也不致败阵。九花娘心想:力拼二将,我怕体力不敌,何况还有怪侠等三人。此时应该连战速决,以快取胜。想到此处,她借转身之机,掏出七星迷魂帕,往二将面前一抖,余华、吕胜应声而倒,幸亏徐胜、武杰早有准备,连忙上前将二人抢回。

欧阳德大怒:"唔呀,女龟孙,你会暗算、吾会暗器,比比咱俩谁高谁低?"说罢,将烟袋中的三枚钢球连续发出。好一位九花娘,急忙施展"三禽戏":白鹤亮翅、鹞子翻身,云雀钻天,竟把三弹完全躲过!真险,她也吓出一身冷汗!

"唔呀,女中魁首,连躲三弹者,天下能有几人?"

"嘻嘻,"九花娘故作镇定,"老怪,你还有什么招法,姑奶奶等着呢!"

"唔,唔呀,吾还有棵大烟袋!"欧阳德飞身跃起,兵刃横扫对手。

九花娘不敢轻敌,再次掏出迷魂帕,反手抖去。若是别人,必被熏倒,欧阳德全凭着一个"快"字,眨眼纵出一丈多远,使迷魂帕药力难及。女子冷笑:"嘿嘿,你敢过来?"

"哈哈,你收起那件破玩意儿,吾就敢过去。"

"嘿嘿,我要不收呢?"

"哈哈,吾就不过去!"

徐胜哭笑不得:这有什么意思呀?相持一百年,也难见胜负。于是叫道:"欧阳大侠,咱们暂且下山吧,还得从长计议。"

"唔呀,只得如此了。"怪侠前头开路,徐胜和武杰背起余华、吕胜,闯下高楼山。九花娘只是冷笑,并不追赶。

来到山下店房,余华、吕胜昏迷不醒。一连两天水米未进,身体渐渐虚弱下来。第三天中午,彭钦差率众赶到鸡鸣驿,扎下营盘。

欧阳德深感内疚:"大人,吾未能尽先锋之责,又伤两员大将，请大人处罚。"

"言重了。情况特殊，欧阳大侠有功无过。咱们还是商议下步行动吧。"

"据吾调查，若去青剑岭，必经高楼山，别无他路可走。但是高楼山上又有九花娘把守，吾们不惧她的武功，却惧她的迷魂帕。如果硬闯，她可能伤人，万一伤了钦差，则非同小可。为此，必须先擒九花娘，再过高楼山。"

黄三太点头赞成："欧阳大侠所说极是，绝不能让钦差再冒风险。"

"我去试试。"旁边站出一人。这人瘦小精神，一团灵气。他就是当年三盗九龙杯的赛毛遂杨香武。此人不仅轻功最好，更擅长一个"偷"字。曾在皇宫内苑偷过康熙的圣物，所以没把九花娘放在眼里。此时笑道："什么九花娘、八花娘的？我去一趟，把那条手帕拿来，万事大吉！"

"唔呀，"怪侠摇了摇头，"不那么容易呀。杨贤弟，九花娘曾经施展'三禽戏'，躲过吾三枚钢球，由此可见功夫之深。如今，钦差扎营鸡鸣驿，举动很大，那丫头必有防备。她现在全靠迷魂帕，当视为性命。你手段再高，恐怕也难盗出。"

"嘿嘿，我倒不信。她那圣母庙比皇宫内苑还森严吗？欧阳大侠，是成是败，我要去试试。"杨香武艺高胆大，当晚，奔往高楼山。黄三太唯恐杨香武有险，又派八臂哪吒万君兆和三手将卢云龙暗中保护。天到四更，三人都回来了。不过，杨香武是被人背回来的，他已昏昏沉沉，人事不省。

万君兆说道："杨壮士刚上房坡，屋中的女子就发觉了。我们还没看清是怎么回事呢，杨壮士便昏倒在地。我俩没敢动手，把他连忙抢回。幸亏那女子没有追赶，好险，好险！"

"啊！"黄三太大惊。

杨香武的轻功属于上流，行动起来，绝无声响。那女子在

屋中竟能察觉,证明她的耳音极灵。由此一斑,可窥全豹。不怪欧阳德赞她,看来九花娘非同小可,何况还有迷魂帕!

黄三太是武林群雄崇拜的偶像,人们见他面带难色,便纷纷不安起来。白马将李七侯叹道:"黄大侠与欧阳大侠是咱武林首领,您二位赶紧拿主意,我们听候吩咐。"

"唔呀,"赫连宝吉说道,"咱们行营还躺着三个人呢。他们不吃不喝,呼吸急促。吾已向他们发了一阵内功,暂时没有危险了。不过,阴七阳八,十天到家,吾可不敢保他们活命呀!"

彭公蹙眉:"二位大侠,如何是好?"

"唔呀,办法只有一条,取解药,盗罗帕,除此而外,绝无良策!"欧阳德说罢,看了徐胜几眼。彭公若有所悟:"徐壮士,你曾去圣母庙救过武杰,对九花娘比较熟悉,本钦差想听听你的高见。"

"我……"徐胜满面发红。

"徐壮士,为了国家,为了余华、吕胜、杨香武三条性命,本钦差请你再辛苦一趟,不知徐壮士意下如何?"

"钦差的委派,在下不敢不遵。可是,我去圣母庙又有何用?论武功,我非人家对手,若说偷盗迷魂帕,连赛毛遂杨香武都无能为力,我更是望洋兴叹,无可奈何……"

"唔呀,徐贤弟,在九花娘眼里,你是个特殊人物呀!"

"哼!"徐胜瞪了欧阳德一眼。

"徐壮士,欧阳大侠说的话也有道理。此时此刻,你确实可以起到特殊作用。即使你胜不过九花娘、盗不来迷魂帕,从她口中探听一点消息也是好的。"南霸天黄三太思虑片刻,又道:"比如:迷魂帕的来由;除九花娘本人之外,谁还能破迷魂帕?这些情况,我们都急需掌握。如果直接擒不住九花娘,还可以从间接上想想办法。"

"彭钦差和黄大侠如此信任我,徐某搭上性命,也在所不惜。"

"唔呀,这可是件美差,据吾老人家估计,你绝无危险呀!"

"嘿嘿，"徐胜苦笑一声，"怪侠，这都是你的怪主意！"说罢，再上圣母庙。

单说高楼山距青剑岭只有百里，九花娘阻劫彭公之事，青剑岭已经闻讯了。白起龙和马德赖商议之后，决定再派四寨主龙大奎来高楼山协同作战。这位龙寨主不满三十岁，仪表堂堂，武功出众，人称外号"小湘子"。他对九花娘垂慕已久，素日备献殷勤。怎奈对方无意，冷冷淡淡，使小湘子深有难言之苦。这次派他来协助九花娘，真是个难得的机会。于是他极尽讨好之能事，阿谀奉承，想打动美女之心："二寨主，据青毛狮子吴太山他们说，您已经连伤清营四将，哈哈，不愧是位巾帼英雄。"

"你说错了，我只伤三将……"

"我正想请教二寨主，您为什么把武杰救醒，交还给徐胜？莫非二寨主另有韬略吗？"

"这不必你管。如果没事，我想休息了。"

"是，是。"小湘子口中应承，又舍不得离去。恰在此时，仆妇禀报："娘娘，那位姓徐的先生又来了，您见不见呀？"

"噢？"九花娘立刻眉开眼笑，换上一种神情。她急忙吩咐："快让他进来。"

"这是怎么回事？"小湘子大惑不解，"二寨主，双方是仇敌，您对徐胜怎么这样客气？"

"哈哈哈，公归公，私归私，四寨主呀，你怎么敢管姑奶奶的私事？"

"私事？我明白了！"龙大奎拍案而起，抽出钢刀，闯到院中。他正与徐胜走个对面，一见粉金刚的仪表，心中更加有数。气得他两眼发红，既是政敌，又是情敌，二话不说，举刀便砍。徐胜不由得一惊，连忙躲闪："你是何人？因何下此毒手？"

这时，九花娘桑玉薇也来到门外。她心里有底，龙大奎绝非徐胜对手。因而面含微笑、轻启朱唇："徐胜，你管他是谁

呢？他既然砍你，你就快还手呀。不过，只能把他打跑，可不能伤他。若伤了他，姑奶奶也不好交代。"

"遵令！"徐胜也学会了讨好。一句话，引得九花娘笑了起来。

小湘子龙大奎武艺不低，战了二十个回合，终非徐胜敌手。他把脚一跺："二寨主，你等着吧，白天王不会饶你！"说罢，含恨而去。

"玉薇呀，"徐胜有目的而来，对九花娘也改变了称呼。九花娘先是一愣，人们称她二寨主，称她九花娘，称她娘娘、称她圣母，却从来没人称她"玉薇"。今天这二字出自情人口中，她顿觉亲切万分。羞得粉面娇红，把头低下："徐，徐郎……"

二人走入屋中，九花娘轻声问道："你怎么又来了？是钦差所派，还是自愿来看我？"

"二者兼有。"

"嗯，这是实话。你若单说自愿看我，我倒不信了。那么，二者之间，哪个为主？"

"这……我不敢骗你，乃钦差指派为主。"

"你很诚实，这也是你可贵之处。不过，你们钦差是白费心机的。我曾救醒过武杰，交还与你，已经成全了你的名望。你这次上山，将会一无所获。否则，就违背了我的誓言……"

"玉薇，又是誓言，快别提它！你待我情深如海，我应该报答。咱俩今天不谈公事，只谈私情，你看如何？"

"真的吗？"九花娘明知有假，却也高兴。

天色渐晚，摆上酒宴。一对少男少女，边饮边谈。徐胜为九花娘斟上一杯酒，问道："白天那人是谁呀？我与他并无冤仇，他怎么那样恨我？"

"这算公事，还算私情？"

"嘻嘻，你若不愿说明，我就不问。"

"那人名叫龙大奎,外号小湘子,他是我们青剑岭的四寨主,奉白天王派遣,协助我来阻截你们。既然双方是仇敌,他当然恨你。"

"不对吧，从他的神情中，我觉得另有原因。"

"哈哈，你也懂得吃醋？"

"嗯，心里觉得酸溜溜的。"徐胜把脸一抹，专说好听的。谁料九花娘长叹一声："徐郎，青剑岭上追求我的人很多，包括白起龙在内，可是我却偏偏爱上你这个敌人。我心里明白，咱俩只有暂时的缘分，绝不会成为夫妻。你不必看重我，更不该为我拈酸吃醋。将来钦差剿平青剑岭，你会当官，凭你的身份、武功、仪表，你会找到好姑娘，强我桑玉薇万倍。你要对我真的有情有义，将来我被正法之后，求你把我的尸体埋在红水河边。九泉之下，我会感激你的恩情……"

"你又醉了。"

"我没醉！"

"嘻，既然你谈起公事，我也就说上几句。玉薇呀，你明明知道官兵必胜，又何苦自寻灭亡？肯定又是那个什么'誓言'作怪。这到底是怎么回事？根据咱俩的情谊，你不该瞒我。"

"是呀，我不该瞒你。徐郎，小湘子龙大奎被你杀退，他必到青剑岭送信。据我猜想，明日清晨，白天王肯定会派人来。他们也许换我回去，也许将我囚禁，总之一句话，你我再也见不到面了。我既然求你替我收尸，乘此最后机会，把心里话全对你讲。我信得过你，十分信得过你！"

"唉，红颜知己，玉薇，你说吧。"徐胜不再装腔作势，而是动了真情。

"徐郎，我是个孤儿，六岁丧去父兄，七岁又丧生母，你知道我父兄怎么死的吗？"

"你说吧。"

"他们虽然葬身鱼腹，却是因我而死！父母喜爱女孩，我却有八位兄长。父亲说过，若得女儿，爷儿九个淹死而无怨……"

"那一定是句笑谈，何必当真？"

"可是生我之后,父兄却应誓了!人们对我白眼,骂我是扫帚星下界,说我妨死全家,我一个七岁幼女,有苦向谁倾诉?唯一愿望,我死之后能在阴曹问问父兄,是不是我妨死了他们……"

"你,你过于天真。人死如灯灭,气化清风肉化泥,哪里有什么阴曹地府?"

"少年时代形成的概念,总是不会抹掉的。我随恩师练剑时,意外逢到迷魂帕。赠帕人让我扶保白起龙,并令我盟誓。我便说,若违背誓言,死后不得与父母相见。徐郎啊,不见他们,我心中的郁闷怎样解开?为此,我绝不能违背誓言,要在青剑岭坚持到死!"

"愚昧、愚昧!"徐胜又好气、又好笑。

"你骂我?"九花娘把徐胜视为亲人,出于完全信任,才讲出心声。她见徐胜不当回事,便万分伤心难过,点点滴滴落下热泪。徐胜悔恨不已,人家是个女孩,那特殊经历,打下深刻烙印。别人看来,"誓言"纯属海外奇谈,可是对她来说,却万分紧要。她连死后葬地都想到了,可见她初衷难改。想到这里,同情之心油然而生。抬头看看九花娘,见她泪流满面,好似一朵带雨的桃花,分外可怜、可爱。粉金刚英雄气短、儿女情长。一把将她拉了过来,紧紧地抱在怀中:"玉薇,我并非骂你,而是心疼你,也是同情你的遭遇。"

九花娘粉面含羞,俊目带愧。她把桃腮杏脸贴在徐胜胸前,默默无言,一动不动。心中却觉得似有靠山。暗自想到:易求无价宝,难得有情郎,真是半点不假。叹只叹誓言在先,恨只恨相见太晚,今生今世,难成伉俪!

相依相偎,沉浸良久。

"徐郎,春宵一刻值千金……"

"安歇了吧。"徐胜熄灭烛光。

荒山古刹,静得有些可怕。偶然听见几声秋虫鸣叫,音调近乎悲哀。徐胜与九花娘都是武林高手,他们曾面对千军万马不皱眉头,如今双双躺在床上,却相对唉声叹气。

徐胜心想:我奉钦差委派,来完成国家使命。可是九花娘那悲惨的身世,我能逼她吗?不忍呀,不忍!

九花娘心想:徐郎定有他的难处,身为官差,空空而归,军法能饶他吗?我帮他一把吧,不行啊,不行!

二人心想:我俩私逃吧,找一处深山老峪,隐姓埋名,男耕女织,了此一生!唉,差矣,怎么会有这个念头!

翻来覆去,谁也难以入睡。

秋风乍起,雨打纱窗,淅淅沥沥,扰得二人心乱如麻。徐胜翻身而起,穿衣下床。

"徐郎,你去哪呀?"

"玉薇,你既把'誓言'看得么重,我不忍让你违背。可是平息叛乱、拯救百姓逃出水火,又是我们侠义之责。如今,钦差被阻,余华、吕胜、杨香武危在旦夕,我不能只顾求欢,而忘却国家大事。我立刻下山在钦差面前请罪,让他另派高手,与你分争上下。"

"哼,除了你一人,就算黄三太、欧阳德一同来临,我也不放他们回去!"

"那我就不管了。交令之后,杀剐存留,任凭钦差!"说罢,徐胜要走。

"回来!"九花娘长叹一声,"我怎忍心看你去死!"

"啊?"徐胜惊喜万状,"你肯帮忙吗?"

"是呀,我要帮你。不过,我又得遵守誓言。"

"我不明白。"

"武林之中,只有两个人能破我的迷魂帕。你们只要能找到其中的一位,我自甘拜下风。为了你,我可实言奉告。至于能不能请来她们,全靠你们的本事了。"

"你快说是谁?"

第十九回 赛毛遂盗帕遭不测 粉金刚求药动真情

233

第二十回　怪欧阳三请魔侠女
　　　　　贤黄花两劝桑玉薇

　　九花娘容颜惨淡："一位是赠我迷魂帕之人，她乃白起龙的姑母，名叫白慧贞，法号静圆。另一位是待我恩重如山的大师姐，她叫黄花，外号魔侠女。你们若请第一位，估计不太容易。因为她与白起龙乃是至亲，岂能帮助你们打她侄儿？至于黄花，她与我分手已近十年，如今下落不明，全凭你们天涯海角四处寻找。十日内若能找到，算你们的福分。过了十日，杨香武等三人的性命就难保全了！"

　　"玉薇，你能不能先借给我一点解药，待找到黄花，加倍奉还。"

　　"笑话！堂堂粉金刚是疯是傻？若能借药，我何必让你请人？快回军营去吧。"

　　徐胜见她意志坚决，只得离开圣母庙，返回鸡鸣驿。

　　诸侠义都在静候消息。徐胜讲罢经过，欧阳德首先叫道："唔呀，早知黄花这么有用，当初不该放她走呀！"

　　徐胜冷笑："侠客爷，现在才知后悔，晚啦！您派我去找九花娘，我可没敢违令。如今要请黄女侠，全看您的了，您老人家可是个特殊人物！"

　　"唔呀，你这是报复吾老人家。吾老人家对你不错呀，让你上山找个媳妇儿……"

"我对您也不错，让您下山去找媳妇儿！"

黄三太连忙摆手："二位别争了。徐壮士能摸来线索，功劳不小。下一步要靠欧阳大侠，您必须尽快动身，将黄女侠请到军营。"

"唔呀，九花娘这丫头有点意思。她既与吾们为敌、伤吾们三将，却又让吾们请她的对手。真怪，比吾老人家还怪。所请之人偏偏又是黄花。那黄花让吾得罪苦了。一定对吾怀恨在心。吾老人家去请她，好难，好难呀！"

"师父，吾小人家跟您一道去请吾师娘吧，师娘若是生气，让她老人家骂吾、打吾都行。"武杰心疼师父，甘愿代师受过。粉金刚徐胜口中埋怨欧阳德，心中对怪侠很是敬佩。他也说道："黄大侠，我与女侠也比较熟悉，陪同欧阳大侠一块去吧，若有意外，也好商量。"

"徐大叔若是同去，那可太好了。从九花娘那论，您是吾师娘的妹夫呢！"

"哼，有其师必有其徒！"徐胜满脸通红。

黄三太说道："钦差初到桂林府时，我曾夜追三剑客。据白衣道姑说，黄花正在大楞山白衣院练剑。大楞山距此不足三百里，你们若加紧赶路，当天可以到达。祝你们一帆风顺，马到成功。"

"唔呀，请钦差与黄大侠放心。"欧阳德又叫过师弟赫连宝吉，说道："你每日早晚要向杨香武等三人发内功两次，尽力延长他们的寿命。吾们多则三天，少则两日，肯定回归。"

"师哥放心去吧，替吾向师嫂问好。"

欧阳德、徐胜、武杰辞别众人，连夜起身，南下大楞山。他们不走大路，专拣小道，为的是躲避行人，以便施展陆地飞腾术。若是怪侠自己，可施"金蛇狂舞"，一夜能跑五百里。他

为了将就徐胜、武杰,只得放慢脚步。三人来到百色府时,天已微明。

武杰说道:"师父,吾小人家跑了一夜,已经饿了。咱们在百色府吃顿早点吧,省得给师娘再添麻烦。"

"依你。"三人走进一家面条铺。这是一家小饭馆,堂店狭窄。店中只卖炸酱面、打卤面、鸡汤面、阳春面。堂倌笑脸相迎:"三位客爷,您吃哪种面,请吩咐。"

"每人两碗鸡汤面,要快。"

"马上就到。"堂倌转身要走。恰在此时,店外走进一个老道:"无量天尊,堂倌,有馒头、烧饼、蒸糕之类的食物吗?"

"道爷,真对不起,小店只卖面条,不卖蒸食。您也来碗鸡汤面吧。"

"胡说,出家人吃素,这点道理你都不懂吗?"

"小人该死。道爷,您来碗阳春面吧,清汤淡水,我给您多加点胡椒面儿,又辣又热。"

"不行,门外还有人等我。既然不卖蒸食,也就算了。"老道说罢,转身而去。

由于天色微明、店堂又狭窄,所以屋中光线很暗。老道只站在门口,并未进屋,堂倌又站在他的眼前,遮住他的视线,这样一来,老道似乎没看清欧阳德等人。可是欧阳德等人在暗处,却看清了老道。武杰低语:"师父,您还认识这个老杂毛吗?"

"唔呀,他是恶法师马道玄的弟弟、赤发灵官马道青。这个混账王八羔子来干什么?"

"吾小人家去逗逗他。"

"别去了,请黄花要紧,不能因小失大。"徐胜阻拦。

"唔呀,你徐大叔言之有理。"欧阳德按住徒儿,心中却很纳闷:百色府地处边陲,马道青来干什么?这里距大楞山不远,恶道来临，是否与黄花有关？他还说门外有人等他，那个没露面的人物又是谁？看来，吾老人家得多加小心。

三人吃罢早饭，奔往大楞山。大楞山在百色府西南三十里，眨眼便到。

这里属于亚热带风光，气候湿润、景色迷人。只见芭蕉带露、椰林含烟，奇花异草，开满山坡。越往前走，道路越是崎岖，偶然有几只金丝猴冲他们摇头摆尾。喜得武杰眉开眼笑，若不是公务在身，他必然玩个痛快。正往前走，眼前出现两股双阳岔道。一股通向西北，一股通向西南。三人停下脚步，不知哪股道通向白衣院。他们正在为难，对面走来一个樵夫，这樵夫挑着两捆干柴，神色有些慌乱。徐胜上前问道："樵哥，去白衣院怎么走啊？"

"往，往这条路走，不远就是。"樵夫手指西北小道，边说边去。

"唔呀，他神色不对呀。"怪侠说道。

"是呀，"徐胜点了点头，"我也觉得纳闷。不过，我观察这樵夫，手粗皮糙，口音也是本地人，他无缘无故不会骗咱们。大侠，快走吧。"说罢，三人奔向西北小道。又走了一里多路，眼前闪出一片橡胶林。时值仲秋，胶林枝叶繁茂。金风吹来，"哗哗"乱响。突然，林中有人笑道："无量天尊，你们果然受骗，走上死路一条。家兄亡灵有知，今日大仇可报了！"随着话音，林中走出一道一尼。那道人正是赤发灵官马道青！

书中交代，马道青为替胞兄报仇，走遍天涯、寻访武杰。他在金银山三仙寨错把伍捷当成武杰，曾经大闹了一场。多亏怪侠解围，将恶道战败。当时，怪侠怜悯他的武功，有意饶他性命。谁知马道青怀恨在心，恩将仇报。他想：要除武杰，必须先胜欧阳德。怎奈欧阳德乃世外高手，凭我一人，实难如愿。现今白起龙造反，聚集下五门高手，又有洋人支持，势力很大。

第二十回　怪欧阳三请魔侠女　贤黄花两劝桑玉薇

我何不投靠于他,假他之手报我大仇。主意拿定,奔广西而来。到了西林县,马道青又觉得为难,自己素日与下五门来往甚少,若投青剑岭,苦于无人介绍。有心去主动报号,又怕白起龙小瞧自己,从而不加重用。堂堂赤发灵官,霹雳宝剑横行天下,如今求人说小话,实在觉得拉不下脸来。万般无奈,他找到一家店房,暂且住下。当天夜里,马道青紧扎衣襟,准备去青剑岭探听虚实。如有机会,再露出两手,让白起龙知道自己的厉害,以便毛遂自荐。他刚从后窗户跳出,忽见对面客房走出一人,这人脚步很紧,似乎要去小解。马道青不愿被人撞见,所以躲进墙角。那人小解之毕,又往回走,马道青借着月色一看,觉得那人眼熟,稍加思考便想了起来,他乃剑峰山莲池寨老寨主,活阎王焦振远。

原来,焦老寨主奉了怪侠欧阳德之命,带领焦家五鬼负责传递信息。用现代词句来说:这爷儿六个是"间谍",专搞侦探、情报工作。他们来到西林县已经两天了,发觉这座县城已经全部被敌占领。县里的,临时主管是青剑岭的一位副寨主,人称玉面狐,姓李名家君。这个李家君刁钻狡猾,武功不高,坏水不少。他主政以来,敲诈勒索、软硬兼施,从百姓身上刮走许多财物,然后转运到山上,为此,很受白起龙的青睐。县里原有二百名地方军,已经全部当了俘虏。如今的武装全是喽啰,他们抢男霸女、奸淫烧杀,闹得西林县怨声载道。两天来,焦家父子把这些情况探明,正想回去向钦差报告,谁料焦老寨主夜逢马道青。

话归前言。马道青暗想:据我所知,焦氏父子已经投靠了彭朋。我欲见白天王,正愁没有借口。干脆,拿他们当见面礼吧。想到此处,飞身跃出:"无量天尊,焦老寨主,你还认识贫道吗?"

"这……"焦振远一惊,"你可是赤发灵官马道爷?"

"正是贫道。焦老寨主,贫道恭喜你当了官差。此来西林县,莫非充当奸细吗?"

"我……"焦振远知他武艺高强,只好笑颜相对,"我是来此游玩的。"

"哈哈,西林早成险地,躲还躲不开呢,谁能到此游玩?"说罢,一掌击下。

"哎呀!"焦振远呼叫一声,栽倒在地。马道青将他背在身后,转身而走。这时,焦家五鬼听到老父的呼叫,全都跑了出来。他们见状大惊,为搭救父亲,一同追下。众人向西跑了十几里地,来到一片松林。马道青放下焦振远,用金砂掌在老寨主腿上一砍,老寨主的双腿立刻就废了。疼得他热汗直滚:"马道青,你好狠毒,我与你无冤无仇,你竟下此毒手……"说罢,昏死过去。

此时,焦家五鬼也追了上来:"恶道,快放我老父,否则让你性命难保!"

"嘿嘿,你们就是焦家五鬼吗?有趣,父亲叫活阎王,儿子叫五鬼,而贫道外号赤发灵官。今夜晚间,我这灵官要捉阎王、杀小鬼,你们谁不怕死,上前送命!"

"某家会你。"赤发鬼焦仁抽刀上前,搂头剁下。马道青举剑逢迎,他这霹雳剑乃无价之宝,立刻将焦仁的钢刀削成两半。然后顺水推舟,取下焦仁的首级。长兄废命,气坏了四鬼。闪电鬼焦义、独角鬼焦礼、地理鬼焦智、机灵鬼焦信一拥而上,将马道青团团围住。恶道毫无惧色,谈笑风生。宝剑左挥右挡,只七八个照面,焦义、焦礼、焦智便全部丧身剑下。机灵鬼焦信血贯瞳仁,拼死力敌。怎奈功力相差太大,他也堪堪不敌,危在旦夕。在此千钧一发紧要关头,忽然从树上跳下一个人来。这人口中念道:"阿弥陀佛,跳出三界外,不在五行中。既然出家为道,就不该杀生害命。唉,你太过分了!"说毕,掏出一物

第二十回 怪欧阳三请魔侠女 贤黄花两劝桑玉薇

在马道青面前一抖，马道青应声昏倒，不省人事。当他醒来时，已觉出双臂被绑。对面树墩上坐着一个六十上下的老尼姑，旁边是机灵鬼焦信。老尼问道："道长，你是何人？因何在此杀生害命？"

"哼，暗算伤人，我不服你！"马道青扭过脸去。

"女法师，"焦信哭道，"他叫马道青，外号赤发灵官。我们与他并无仇恨。他却伤我老父、杀我四兄长。望女法师替我报仇。"

"你又是谁？为何半夜在此厮杀？"

"我叫焦信，因为……"机灵鬼还算机灵，他想此处乃白起龙的天下，所以欲言又止。

"嘿嘿，你不说，我说！"马道青对女尼讲清一切。女尼沉思良久，上前解开恶道的绑绳。焦信大惊失色，转身逃跑。女尼拦住马道青："你已杀了他全家，让那孩子留条活命吧。"

"你，你是谁？为何放我？"

"我乃白起龙的姑母，本名白慧贞，法号静圆。唉，出家数十年，本不该再问红尘之事。怎奈白起龙是我侄儿，我又不能不管。道爷，你若上青剑岭，老尼可以推荐。"

"多谢法师。"

原来，白慧贞去看望侄儿，由此经过。见林中厮杀，便隐身于树上。她见马道青连伤四命，动了恻隐之心。本想帮助焦家，待弄清真相后，反把马道青引上青剑岭。

西路天王白起龙一见姑母，连忙请安问候。又将马道青待为上宾，热情款待。酒宴过后，他亲自审讯焦振远。老寨主双腿已废，又亲眼看见四子身亡，所以痛不欲生。他在聚义厅大骂白起龙，贼酋恼怒，刀斩老寨主。可叹焦氏父子五人，为国捐躯！

这天清晨，四寨主小湘子龙大奎跑回山寨："白天王，大事不妙，二寨主，二寨主意欲谋反！"

"什么，九花娘谋反了？"白起龙不信，"四寨主，快快详谈。"

"是。"龙大奎说明经过。

"这，这可是你亲眼所见？"

"半点不错。我与徐胜交手，败阵而逃。三更天时，又潜回圣母庙。由于降雨，二寨主又贪欢，她没发现我，我才跑回来报信。"

"可恼！"白起龙拍案而起。

"坐下，坐下，有话慢慢说。"女尼扶下侄儿。

"姑母，我要杀了她！"

"论武功，你比她高出数倍。论暗算，姑母我随身携带解药，你也不必怕她的迷魂帕。可是，你绝对不能杀她！"

"为什么？"

"据四寨主说，九花娘谋反。其实，她只爱徐胜，而并未谋反。唉，这丫头不易呀。侄儿，你并不懂得女人的心理，姑母我懂。为了爱，我恨过某人一辈子，直到晚年，还想毁坏某人的声誉。而玉薇那丫头呢，她把心、把童贞、把女人最宝贵的东西给了徐胜，却不给徐胜解药。由此可见，她绝无谋反之意。姑母我了解玉薇，她的内心是极为痛苦的。侄儿，留下她吧，她至死会为青剑岭卖力。我也知道你很爱她，听她跟了徐胜，难免恼火。可是捆绑难成夫妻。大敌当前，你要三思。"

"哼，姑母竟替她说好话！"

"我说的是实话。玉薇的武艺那么高，又有迷魂帕，她替你挡住清兵，何乐而不为？"

"可是，"白起龙也消了怒火，"姑母，她让徐胜请出两个人，当然，您老人家不会帮助他们，万一要请出黄花怎么办？"

"奇怪，据我所知，黄花乃玉薇的师姐。可是在十年之前，

我只把迷魂帕授给玉薇,并未授给黄花。她让徐胜去请黄花,又为什么?"

"嗐,明摆着呢!您老人家未授黄花,九花娘可以转授呀!"

"对,对,我有点老糊涂了。侄儿,这不要紧。我立刻去大楞山白衣院,向白衣道姑套问黄花的下落。然后在途中阻截,不让黄花走入清营。"

"您年事高迈,我派名寨主陪您同往。"

"不行,白衣院乃道门静地,闲杂人员不便入内。"

"无量天尊,"马道青笑道,"贫道上山,寸功未立。承蒙天王看重,愿随老法师一道前往。"

"也好,马道爷是出家之人,若以朝圣为由,白衣道姑不会怀疑。"老尼说罢,带领马道青同往大楞山。

二人走到百色府,马道青替老尼买饭时,已经发现了怪侠三人。由于他知道怪侠艺高,所以故装未觉。他向老尼做了报告,又在山上买通樵夫,才将三人引到胶林。

书归正传。赤发灵官马道青手指怪侠:"老法师,他就是欧阳德,今天全靠您了。"

"阿弥陀佛,久闻怪侠大名,老尼倒要会会高手。"说罢,双掌劈下,奇快无比!

行家一伸手,便知有没有。怪侠乃武林大师,他见老尼一发招,便知这人非同小可。对手虽然不用武器,欧阳德却不敢不用烟袋。他将烟袋一扫,拦腰而过。谁料眨眼之间,老尼却无踪影。只听背后笑道:"阿弥陀佛,不愧称侠,功夫不错。"

"啊!"欧阳德闻风转身,已是稍迟了半步。老尼的右掌正在劈向他的左肩头。此时再想躲闪,根本来不及了。怪侠明白:这掌表面平常,暗中却含千钧力。男子用这掌法,称做"黑虎掌",女子用这掌法,称做"白虎掌",俗话说"黑白二虎,粉身碎骨",只要击中,最轻也得半身瘫痪!好位怪侠,急中生智,立刻运用内功。老尼的白虎掌落下,他的左肩头只是稍有红肿,并未伤筋动骨。

"嘿嘿,擎我此掌者,你是第一人!"老尼冷笑起来。

徐胜、武杰眼睛发直,以怪侠之能,在老尼面前只走了一个照面,何况人家还是赤手空拳!

马道青惊喜万状:"哎呀,人外有人,天外有天。老法师,欧阳德交给您了,我去收拾那两个人。尤其要杀武杰,替兄报仇!"他手提霹雳剑,向二人刺去。徐胜、武杰知他宝剑厉害,不敢用兵器招架,只能躲躲闪闪。若论武功,二人并肩力战,也能抵挡一阵。怎奈又要防人、又要防剑,则显得不敌。徐胜稍有不慎,钢刀被宝剑削断。只剩下武杰一人,危在旦夕!

此时,忽听山头上有人叫道:"无量天尊,仙家静地,岂容在此厮杀?静圆师姐,别来无恙乎!"随着话音,那人从山头飞下。这山头足有四丈多高,那人如同一只雪白的仙鹤,轻飘飘,悠荡荡,落地无声。女尼收住招法,面含微笑:"原来是师妹,多有打扰。"

来者正是女剑客、白衣道姑东门金婵!

清晨,东门女剑在山头练武,看清了山下的一切。心想:穿皮袄者可能是我徒侄欧阳德,他武功不错,却难敌静圆,我得帮他一把。为此,女剑客飞身而落:"静圆师姐,以你的身份和年龄,似乎不该再管红尘之事了!"

"唉,是灰比土热,白起龙是我亲侄呀。"

"请师姐到院中一述。"

"不敢打扰。师妹,你那掌门弟子黄姑娘现在何处?"

"你找她?出家之人不敢说谎,黄花现在白衣院。"

"这……师妹,后会有期。"女尼向马道青一招手,二人下山。

"老法师,"马道青疑惑不解,"您怎么说走就走呀?"

"第一，我与女剑客交往四十年，不能轻易撕破脸面。第二，黄花在她师父身边，我又能如何？第三，白云道姑一门三剑客，我得罪不起呀！"

"那，那可怎么办？"

"速回青剑岭，我自有安排。"

不表女尼和马道青，再说欧阳德。他已知女剑客的身份，连忙大礼参拜："唔呀，师姑在上，小侄磕头了。"

"唔呀，老祖宗，吾小人家是你老人家的徒孙呀。名叫武杰，外号小蝎子。今天跟吾师父来请吾师娘。老祖宗，你老人家可得帮忙，不然的话，杨大叔他们就没命了。"

"起来，快起来。"女剑客扶起二人。

徐胜也施了半礼，并且说明原委。

女剑客眉峰稍皱："唉，玉薇竟然变成这样，上三门一贯磊落，最忌暗算，玉薇却偏偏违犯门规。据我所知，七星迷魂帕乃静圆独创，她何时传给玉薇，我竟毫无察觉，当师父的算是失职！不过，你们请黄花出头，她也无能为力呀。"

徐胜答道："老前辈，黄女侠能破迷魂帕，这是玉薇亲口所述。"

"噢？你怎么知道？"女剑客纳闷：这男子口称"玉薇"，语气亲切，内中定有来由。欧阳德唯恐师姑多心，连忙解释清楚。并说："唔呀，徐胜也是上三门出身，他受钦差与黄大侠所遣，并非私自行动。他和玉薇师妹都很正派，绝无苟和之意，你老人家千万莫怪呀。"

"原来如此，"女剑客看看徐胜，见他仪表非俗，便笑了起来，心中倒有成全之意，"徐胜，玉薇是我徒弟，她身世悲惨，误入歧途。如蒙国家赦免，你可不要忘她。"

"前辈放心。"徐胜感激万分。

"欧阳德，"女剑客故作怒容，"你曾羞臊我徒儿黄花三次，今日还想请她吗？"

"唔，唔呀，吾愿负荆请罪呀。"

"黄花能否饶你，我可不敢做主。"女剑心中暗笑，两个徒弟都有了依靠，当师父的自然高兴。

四人来到白衣院，女剑客令他们稍候，自己去见黄花。过了片刻，小道童来报："哪位是徐老爷，我大师姐有请。"

"唔呀，奇怪呀，她怎么请你不请吾？"

"大侠，人家生你气呢！"徐胜含笑而去。又过了片刻，徐胜回来了："武杰，你师娘叫你，小心挨打！"

"唔呀，吾小人家甘心情愿呀。"武杰跟随道童而去。欧阳德心急："徐老弟，黄花怎么讲的呀？"

"她只问了玉薇之事。我请她出头，人家未加可否。"

"唔呀，麻烦了。"

这时，武杰带笑而归："嘻嘻，吾师娘真讲理呀，不但不打不骂，还鼓励吾小人家好好练艺，为国立功。"

"唔呀，小王八羔子，你还有心思笑呢，师父吾老人家都急死了。怎么样，该轮到吾去见她？"

"这……师娘没有命令，吾也不敢假传圣旨呀。"

"你们请她两次，吾早知道白搭。第三次必须由吾去请，她老人家才有面子。徒儿，把你腰带子解下来。"

"师父想上吊吗？"

"混账！快把吾的大烟袋替吾绑在背后，吾老人家负荆请罪，拉你师娘下山！"

"唔呀，有点意思！"武杰大笑不止，帮师父捆上烟袋，又与徐胜陪同怪侠，一道奔往后殿。

再说黄花，数日来随师学剑，本领大增。为国效力，义不容辞，只想难为怪侠，替自己找回脸面。此时见怪侠身背烟袋闯入，想笑又不便笑，连忙一扭头："侠客爷，您的烟袋乃是武

器,怎么背在后边了?"

"唔呀,现找荆条来不及了,吾老人家背上烟袋拜见女侠。"

"哼,在你眼里,我哪够女侠?"

"唔呀,不是女侠,是夫人呀!"

"好没脸!"黄花粉面通红,笑了起来。武杰见机行事,连忙下跪:"师娘老人家,吾师父大错特错,您要生气,就打吾小人家吧。"

"女侠当以国家为重,杨香武三人危在旦夕,请女侠息怒,尽快下山。"徐胜劝道。

白衣道姑一摆手:"你们放心吧,黄花当然要去。"说罢,伸手从墙上摘下一口宝剑:"徒儿,为师被人称做'天下第一剑',这口闪电宝剑帮我立过大功。如今师父老了,又是出家之人,留此剑无用。我把它传授给你,它能切金断玉、削铁如泥。你佩此剑,如虎添翼,今后与怪侠在一起,闯荡天下,可英勇无敌。"

"这……师父,闪电宝剑价值连城,徒儿不敢接受。"

"快快拿去!"

"师父赠剑之恩,重如泰山。"黄花接剑,泪流不止。

事不宜迟,当天夜晚,欧阳德、黄花、徐胜、武杰辞别女剑客,急返军营。途中,徐胜说道:"二侠,我与武杰不会'金蛇狂舞',请二侠先行一步,我们随后赶到。"这话有双层用意:既能快些解救伤员,又让二侠单独说说贴心话。二侠应承,一路先行。

来到军营,钦差与众侠义亲自迎接。黄花取出解药,先为三名伤员治病。由于三人耽搁太久,直到中午才苏醒过来。尤其是余华、吕胜,已经中毒五天了,虽说苏醒,却十分虚弱,只有慢慢将养,暂且不提。

午后,徐胜、武杰也回来了,向钦差禀明经过。钦差点头:

"黄女侠，捉拿九花娘，全靠女侠奇功。"

"钦差大人，我想提个要求，恳请大人恩准。那九花娘乃我师妹，自幼情同手足。一旦落网，万望大人恕她死罪。她还年轻，关押几年，出来还能重新做人。"黄花眼圈发红，双膝跪倒。

"请起，请起。"彭公未加可否。

"大人，"徐胜也跪下了，"下差扶保大人以来，不敢称功，只算尽了一点辛苦。我甘愿不加官、不受赏，把我应得的一切转让桑玉薇，只求留她一条活命。"徐胜声音哽咽，长跪不起。

"言重了，言重了。"彭公仍未表态。

"唔呀，事关反叛，非同小可。吾想钦差也难做主。只求钦差在万岁面前多加美言，只要不斩首，哪怕永禁天牢，也算万幸。吾也替九花娘求情……"

"欧阳大侠不必多说，本官自有主张。笔帖主事何在？"

"下差侍候大人。"笔帖主事姓王，乃正六品，相当于钦差的机要秘书，负责文案工作。他连忙上前施礼："不知大人有何吩咐？"

"王主事，你在行军记录中，将高楼山受阻这件事一律删去，要不留任何痕迹。"

"是。"王主事乃彭公的心腹，办事十分周密，"大人，这几天的记录怎么写？"

"就写本官在高楼山患了急病，只得扎营休息。"

"下差照办，请大人放心。"

"唔呀，修改行军记录。九花娘可以无罪了，大人却担风险。黄花、徐胜，还不谢恩？"

"多谢大人。"黄花磕头，又向怪侠小声说道："还是你面子大！"一句话，引得众人笑了起来。

当晚二更，黄花不带兵刃、不带随从，独自一人奔向圣母

庙。直到天亮时分,她才归来。徐胜最为关切,一夜未睡:"女侠,怎么样?玉薇服输了吗?"

"她呀,不到黄河不死心。我好言相劝,说明利害,又说了钦差的恩情。她却装聋作哑,故意跟我打岔。不用问,准是那个什么'誓言'还在她心中作怪。我当时有点生气,告诉她说'如果不投降,我要擒她'。那丫头却很高兴。她说'在庙中比武,无人作证,今日中午,要在军营相会'。唉,本不想与她动手,看来非打不可了。"

怪侠有些担心:"唔呀,你俩的武艺吾都领教过,高低相仿,若论细处,她还胜你一筹。黄花,你敢保取胜吗?一旦败阵,那丫头的反心会更坚定,她必遭国法制裁,谁也救不了她!"

"我又随恩师练剑数日,玉薇的招法,我已掌握,请大家放心。"

中午,九花娘面带冷笑,果来军营。

黄花率众出征,再次劝道:"师妹,师父教你武艺,望你成才。谁料你执迷不悟,越陷越深,你对得起师父吗?"

"闯荡天下,路凭自己走!"

"要看是什么路!师妹,非得动手吗?"

"你快点亮刀吧,咱姐儿俩这次来点真的。"

"我已经不使刀了,你看看我这口宝剑。"

"哎呀,闪电剑!师父镇山之宝,怎么会落在你的手中?"

"师父赠剑,让我擒你。不过,请师妹放心。你既不用迷魂帕,我也不凭宝剑取胜。"黄花将闪电宝剑交给了欧阳德,又取来一口普通宝剑,与九花娘大战起来。

三十回合,难分上下。黄花心想:师父教我追魂三剑,此时该用了。这三剑果然厉害,竟把九花娘打翻在地。这时,忽听有人冷笑:"追魂三剑,天下无敌,我倒要请教一番!"

第二十一回　高楼山三僧会三剑
　　　　　青剑岭洋鬼遇洋神

　　来者乃是老尼静圆，后面跟着赤发灵官马道青。

　　静圆在大楞山阻截欧阳德，不料被白衣道姑冲散。她深知白衣道姑的武艺，所以并未交锋，便带领马道青下山而去。马道青心中很是不服："老法师，凭您的功力，为什么不战而退？欧阳德若是请出黄花，九花娘必败无疑。这样一来，高楼山就得失守。"

　　"唉，落入是非内，便成是非人。为了我侄儿白起龙，老尼只好重陷苦海。马道爷，高楼山乃第一道重要防线，不到万不得已，绝不能放弃。据我估计，九花娘败局已定，不能再指望她了。我还得另想主意，力挽狂澜。"

　　"愿闻老法师高见。"

　　"武林中有两位奇人，一位叫金和尚华方，一位叫银和尚华盖，不知马道爷可听说过？"

　　"久闻大名，无缘相见。听说他们是武当门的两位副门长？"

　　"对呀。他们还是我师兄，也是白起龙的师父、师伯。自古来是亲三分向，我想把他二人请来，与我共同扼守高楼山。只要我们三人在此，想那彭朋插翅难越。"

　　"无量天尊，果真如此，可比九花娘胜强万倍。不过，二位长老浪迹天涯，又去何处寻找他们？"

"天然凑巧。前不久,峨眉门在湖南阳明山召开门庆大会,曾邀请上三门参加。二位长老身为武当门副门长,也到会祝贺。庆典过后,他们又来到广西游山玩水,并在凤凰山人臂岭绘制剑谱,准备聚集天下九剑客,共同磋商剑术。凤凰山人臂岭距此不足百里,我令起龙亲自去请,二位长老不会不来。"

"天助我也!"马道青心中大悦。只要战败欧阳德,自己就能生擒武杰,替兄报仇了。他跟随女尼回到青剑岭,向白起龙说明一切。白起龙奉姑母指示,亲往人臂岭去请二位长老,暂且不提。

女尼静圆担心九花娘有变,又带领马道青来到高楼山。正逢二女对剑,她才喝住黄花,救下九花娘。

黄花学艺期间,静圆与白衣道姑早已断绝了来往,所以彼此不相识。不由得问道:"老前辈,请问大名?您能识破追魂三剑,肯定是位武林高手。不知今天有何指教?"

"哈哈,你很会说话。老尼法号静圆、本名白慧贞。我与你师父白衣道姑乃四十年老友,今日至此,专为玉薇之事……"

"唔呀,"欧阳德一旁叫道,"黄花,你别听她胡说八道。这母龟孙、老秃贼乃青剑岭的高手。你难胜她,吾老人家也难胜她,你与吾合在一起,也难胜她!"

"阿弥陀佛!"静圆万没料到,堂堂怪侠,竟然口出不逊。黄花也一皱眉,不理欧阳德,只向老尼问道:"您想把玉薇如何?"

"我很喜欢她,她既然败在你手,我就不再难为她了。今天收回当年的'誓言',放她去做自由人。此后一切行动,由她做主。"

"什么'誓言'?我是玉薇的师姐,怎么从未听说过?"

"此事与你无关。玉薇,还不快点谢我?"

"这……"桑玉薇二目发直。

徐胜明白一切,高兴地叫道:"玉薇,她已收回'誓言',你不必再烦恼了!"

"我……老人家,承蒙大恩,感激不尽。我想重返白衣院,再学剑术。我走之后,高楼山由谁把守?"

"哈哈,好孩子,一切后事,不必你再挂念。"静圆说罢,转向黄花:"从现在起,我便是高楼山的主人。你们要想过山,除非胜我掌中剑!"说罢,从腰间一伸手,抽出一口软剑。这剑名叫"蓝叶锋",剑片极薄,弹性最好,可以缠在腰间。黄花不敢轻敌,忙从怪侠手中换回闪电剑,转身刺向老尼。老尼的蓝叶锋虽好,却碰不得闪电剑。只有躲躲闪闪,力战黄花。尽管如此,黄花仍有几次处于险境。怪侠见事不妙,忙向赫连宝吉一招手:"师弟,请黄大侠保护钦差,咱俩一块上吧!"

"唔呀,正对劲呀!"怪客一晃大烟袋,飞身跃起,三侠战一尼,堪称惊心动魄!

但见:两根大烟袋夹着闪电剑,两团大皮袄护着魔侠女,三人齐心协力,拼挡蓝叶锋。这位老尼,面对峨眉三侠,毫无惧色。蓝叶锋上下翻飞,左推右砍,只杀得天昏地暗,征尘四起。直到傍晚时刻,难见高低。

黄三太保护钦差,不敢挪动半步:"大人,来日方长,不必挑灯夜战了吧?"

"鸣锣收兵。"钦差令下,三侠收住招法,双方罢战,各回驻地。

黄花押上九花娘,交钦差审讯。彭公连连摆手,"案情早定,无须复议。桑姑娘若肯留在军中,本官欢迎。若有去处,可自行方便。"

"啊?真的不杀,不抓吗?"九花娘有些不信。徐胜唯恐有变,连忙说道:"军营无戏言,赶快谢过钦差。"

根据九花娘的意愿,她想重返大楞山,再学剑术。钦差并不挽留,委派徐胜送她。黄花又道:"徐胜,你见到我师父,把老尼静圆之事告诉她老人家,并恳请她老人家下山协助。"

"记住了。"徐胜、九花娘辞别众人,奔往白衣院。

再说白衣院院主、女剑客东门金婵。她送走徒儿黄花之后,心情很不安宁。黄花能够收服桑玉薇吗?女尼静圆若是插手此事,必然出现大乱。唉,自己一世未嫁,无儿无女,却为两名徒弟操心。若有意外,又得坠入红尘。她正在思绪万千,小道童来报:"师父,两位师伯来了,院外求见。"

"噢?待我亲自迎接。"白衣道姑来到大门之外,将两位师兄迎到客房。

来者正是丐剑哈哈叟诸葛方、圣手昆仑剑皇甫松。二人笑道:"师妹,桂林府一别,看来你很轻松愉快。"

"恰恰相反,师妹并不轻松,更不愉快。"

"此话怎讲?"

"二位师兄,你们还记得白慧贞吗?"

"白慧贞?"二剑面面相觑,"记得。听说她削发为尼之后,潜心苦练剑术。如今已达炉火纯青的境界了。师妹,你因何提她?"

"哼!"女剑客半嗔半怒,"都怪你俩,白慧贞当年求亲,你俩谁也不应。她不恨你们,却似乎一直在恨我。"

"哈哈,小师妹,说话要有根据呀。"

"当然。请问二位师兄,武林之中,谁有七星迷魂帕?"

"那是左道旁门的玩意儿,乃白慧贞独创。我们拒婚,与此事也有关联。"

"可是,我二徒弟桑玉薇也有七星迷魂帕,肯定白慧贞传授,以此破坏我的声誉。"

"可恨!小人之辈,当年拒婚拒对了。"

"还有呢……"女剑把九花娘占据圣母庙,白慧贞阻劫欧阳德之事一一讲明。

"糟了!"诸葛方叹道,"你我三人,恐怕也要卷入这场是非之中。不出三天,必有一场鏖战。"

"大师兄,听你话外有音呀!"女剑客疑惑不解。

"师妹,桂林府分手之后,咱们峨眉门新任总门长天目长老便将我二人传去。长老吩咐说:上三门总门长联席会议决定:峨眉、武当、少林各出三名剑客,三三见九,九名剑客在一起磋商剑术。名谓'磋商',实际上是斗剑,胜者当列三门之首。按说,上三门不该干这种无聊之事,怎奈天目长老刚刚当选,他老人家好大喜功,想闯出点名堂来。我与皇甫师弟乃他晚辈,不便反驳。长老还说:你我三人世称'复姓三剑客',由我们出头论剑,并让我俩来通知你。"

"这……"女剑客眉峰微皱,"这不太好呀,二位师兄,那两门派谁参加?"

"后来听说,少林门门人一致反对此举,他们的总门长只得弃权。如今剩下峨眉、武当两门,武当门由金和尚华方、银和尚华盖、女尼静圆——也就是白慧贞三人出场。"

"哎呀,"女剑客惊道,"这三人名气好大,二虎相争,必有一伤。"

"是呀,我正想找武当三剑商议,取消此举。如果白慧贞扶保了反叛,这一战势在必行,非打不可了!"

皇甫松插话:"师兄、师妹,我看这事不难。白起龙是他们的弟子;欧阳德、赫连宝吉、黄花是咱们的弟子。他们的弟子是反叛,咱们的弟子是官差。武当三剑若为门户而战,咱们就弃权;若为天下而战,咱们就奉陪到底!保卫国家,人人有责嘛。"

"言之有理。"女剑客赞同。

"只能如此了。"丐剑是大师兄,拍板定局。

小道童又报:"师父,师伯,我二师姐来了,还有那位徐先生,他们要求见师父。"

"哼,"女剑对九花娘很生气,"传你二师姐跪在山门,请徐先生进来。"

"是。"道童将徐胜引进客房。经过介绍,徐胜对二位"男

剑客"行了半师之礼，又将军营情况做了说明："三位前辈，昨日午后，三侠战一尼，直到天黑未分胜负。那老尼十分厉害，她若扼守高楼山，钦差将寸步难行。"

女剑客不解："徐胜，静圆力战三侠，是靠剑术，还是靠七星迷魂帕？"

"她全靠一条软剑，并未施展暗算。据我猜想，老尼曾将解药传给了桑姑娘，她那迷魂帕也就失去了效力，再用就不灵了。"

"嘿嘿，"诸葛方冷笑，"白慧贞能力战三侠，可见武功玄妙。既然如此，何必又练迷魂帕？幸亏她把解药传给玉薇，否则，咱那三个徒儿要吃大亏呀！"

徐胜赶忙顺口搭音，替九花娘说情："三位前辈，桑姑娘已有悔改之意，并愿重返白衣院，闭门思过，再度练剑。请前辈宽恕她吧。"

"童儿，先将你二师姐领到后院，容我慢慢处置。"女剑客传命，徐胜不敢再说，只得告辞。

"且慢，"圣手昆仑剑皇甫松一摆手，"徐胜，女尼不足惧，她身后还有两个和尚，这二人比女尼又高出数倍……"

"哎呀，"徐胜大惊，"一个静圆便挡住三侠，再来两位高手，谁敢交锋？"

"不必紧张，我三人随你一道下山。无论为公为私，全都理当助阵。"

"多谢三位前辈。"徐胜惊喜万状。

四人不敢耽搁，立即动身，奔往军营。

来到鸡鸣驿，天色已黑，徐胜进去禀报。过了片刻，钦差彭公率领众侠义亲自迎出辕门，并将三剑请入钦差大帐。欧阳德、赫连宝吉、黄花分别上前，跪行大礼，各自拜罢恩师。黄三太等人也上前见过。钦差命人看茶，盛情款待。三剑问道："大人，军营之中情绪低落，莫非发生了意外之事？"

"唔呀，师父老人家，别提了。钦差愁得一天没吃饭，吾们急得都想上吊呀！"

"噢？莫非女尼又来骚扰？"

"光她一人，还可抵挡。今天又来了两个和尚。吾们三十来人一块上前，竟非对手。幸喜那两个和尚不伤人命，否则，老人家就见不到徒弟了！"

"嘿嘿，他们果然光临！"

原来，西路天王白起龙奉了姑母白慧贞之命，亲往凤凰山人臂岭搬请二僧。二僧问明来由，连连摆首："徒儿，我们乃出家之人，不问红尘之事。你造反成功也罢，将来被诛也罢，一律与我们无关。我们只奉总门长天然长老之命，与峨眉三剑论剑，别的事情一概不问。"

"师父，"白起龙心生诡计，"清营中的武林头目叫欧阳德，他正是峨眉三剑的门人。据我所知，峨眉三剑要协助他徒弟，攻打我的青剑岭。他们扬言：要与师父沙场论剑！"

"真的吗？"

"这乃欧阳德亲口所述！"白起龙无中生有，编造是非。

"既然沙场论剑，理当奉陪。"二僧不辨真假，来到高楼山。女尼静圆为了她侄儿，更是加油加醋。二僧大怒，日闯军营。以他们的武功，谁敢阻挡？清营人人烦恼，又无可奈何。

峨眉三剑听罢经过，只得叹道："三僧联袂，锐不可当。明日辰时，沙场论剑！"

次日，双方列阵，各显威风。

金和尚笑道："峨眉三剑，咱们武林之事，不该卷入政界。你们却要沙场论剑，未免小题大做了！"

"长老，你弄错了……"

"没错，没错。你身后就是官军，我错在哪里？请吧！"

"不恭了。"三剑心想：事到而今，解释不得。只好各亮宝

剑,飞身上前。

金和尚对诸葛方、银和尚对皇甫松、静圆对白衣道姑,四男二女,沙场论剑!

人们看呆了,就连黄三太、欧阳德也二目发直。这哪里是比剑,分明是仙佛斗法!只见六团白练闪动,偶有火花迸飞,却不见人影!

至中午时分,难见高低。

突然,有人喝道:"阿弥陀佛!"声若洪钟,震动山谷:"快快住手,老僧来也!"

六剑罢战,举目望去。只见眼前站一高僧,高僧年届九旬,威风凛凛。六剑共同参拜:"不知老人家大驾光临,未能远迎,多有冒犯。"

来者乃武当门总门长天然长老!

"师父",二僧一尼又施大礼,"师父难得下山,定有要事指教。"

"哈哈哈,"高僧大笑,"俗话说'老小孩儿,老小孩儿',人若老了,会变成小孩儿脾气。少林门总门长天空长老、峨眉门总门长天目长老,再加上我这天然长老,我们都是九十来岁了。一时心血来潮,竟要'三门论剑'。幸喜少林门门人反对,才让我们清醒过来。为此,三长老决定取消此举,不再论剑。我便到凤凰山人臂岭去找金和尚、银和尚,天目长老也去大楞山白衣院通知'复姓三剑客'。"

"些许小事,随便派个人就行了。何必二位总门长亲自通知?"

"你们都是什么人物?除了长老,谁敢指挥你们?我到人臂岭一问,才知二和尚来到高楼山,老僧急速追来,幸喜剑未血刃,否则会伤和气。你们——"老僧手指二僧一尼,"都跟我走吧,武当派也要召开门庆大会,很多事情需要商议。"

"谨遵师命。"二僧一尼唯唯诺诺。

"你们——"老僧手指三剑客,"赶紧回归白衣院,省得天目长老四处乱找。"

"是。"三剑客正合心意。

女尼静圆虽然惦记侄儿,却不敢违抗门规。

六剑散去!

彭公大喜:"来呀,起营拔寨,西下青剑岭。"

过了高楼山,便是田林县。田林以西,皆为白起龙的天下。为此,田林变为要塞,国家派驻重兵。军事首脑乃广西提督萨布素。萨大帅是满洲正黄旗人,勇猛善战。他率领三万大兵,驻守田林。虽说暂时安定,他却日夜提心吊胆。今日盼、明日盼,总算盼来钦差。

双方见面,萨大帅拜见彭公。彭公又将诸侠义一一介绍。当介绍到余华、吕胜时,二将诚惶诚恐:"大帅,一年之前,您派我二人进京,为索亲王奉献寿礼。下差无能,在皖鲁交界处丢失猫儿眼。因怕获罪,不敢再回广西。后被钦差收留,随队西下。今日相逢大帅,望大帅宽恕。"

"原来是你们。一年未归,我正觉得纳闷。哼,丢失寿礼,也该回禀本帅呀!"

"萨大人,"彭公笑道,"索亲王为官廉正,对寿礼并不看重。余、吕二将随我以来,屡屡立功。看在本官分儿上,饶恕他们吧。大帅若索猫儿眼,本官可以赔偿。"

"不敢当,不敢当。"萨布素职位虽高,比起钦差还低几级。此事只好罢论。

"萨大帅,西边事态如何?"

"禀钦差,近来还算平静。白起龙曾有几次小打小闹,并未大动干戈。据探马报告,他们正在加紧操练,几日之内,可能起兵。"

"奇怪,本官原先估计,此处早已大乱。为什么这样平静呢?"彭公百思不解。

花开两朵,各表一枝。田林县因何平静?还得从青剑岭说起。

两个多月以前,青剑岭来了一伙人马。其中有二百多名安南国人,还有五名西洋"教士"。最令人惊叹的是,这伙人的首领竟是一位青年女郎!女郎二十多岁,碧眼金发、皮肤白皙,姿容秀丽,性情放荡。她名叫金丝娃,父亲是个殖民主义者,又是一位著名的机械工程专家。金丝娃从小受父亲熏陶,她把殖民主义、机械工程这两件莫不相干的事情皆视为"神圣",为此,她既大肆宣扬殖民主义,又潜心钻研机械工程。"精诚所至,金石为开",她不仅在政治上颇有名望,同时还发明创造了多种机械,被一些好事之人捧为"月亮神"。这样一来,她更加张狂,扬言要闯闯世界。

马德赖来华之后,为了显示耶稣教的"诚意",曾请求他的上司调拨西洋火器。那些殖民主义者立刻同意,凑了五十支"单打一",七门老洋炮及一些子弹,打算派人送往中国。金丝娃闻讯之后,觉得这是"闯世界"的大好机会。于是主动请命,要求来华。西洋比中国"开放",只重能力,不在乎男女。因而很快批准,并任命她为"援白火器运输队"队长;所谓"援白",当然是援助白起龙。

火器装进海轮,经大西洋、绕印度洋,又穿过南海,到达安南国,经过陆运,送到西林县下黄山青剑岭。

白起龙见到火器,又见到西洋美人,不由得惊喜万分。马德赖更有吹的了,他指手画脚,嗷嗷乱叫:"我们洋人最讲信誉,不但支援你火器,而且还派来专家。密斯金就是大专家,在西洋诸国名声极大!"

"OK!"金丝娃不懂汉语,全靠马德赖翻译。其实,他们二人从未见过面,只不过是相互闻名而已。

经过马德赖这翻吹捧,在金丝娃面前,白起龙有些自惭形秽。他偷眼打量，见这洋美人高高大大，皮肤洁白如玉。身穿袒胸裙，一双乳峰高耸，抖抖颤颤，向外露着少半截。下面光着玉腿，修长俊美，富有弹性。在中国哪见过这种打扮？他不由得二目发直，丑态百出，金丝娃并不在意，面含媚笑地向马德赖说了一通洋话。马德赖翻译道："白天王，金小姐告诉你，火器运来了，赶紧派人练习操作。"

"对，对！应该立刻派兵。金小姐想得周到，真是才貌双全。不知金小姐有没有……"他想说"婆家"二字。若是没婆家，自己则有希望开开"洋荤"。又一想：这纯属异想天开，根本不可能。为此连忙改口："不知金小姐有没有外号？"

"嘻！"马德赖啼笑皆非。中国武林人物讲究外号，洋人哪懂这个？可是又不能不加翻译。谁料金丝娃听罢，大笑不止："我也有外号，叫'月亮神'！"

"妙绝，名副其实！"白起龙听罢翻译，兴高采烈。

从这日起，洋奸马德赖领着"洋神"金丝娃训练喽啰。每两名喽啰掌管一支"单打一"，每十名喽啰掌管一门"老洋炮"。这种火器很笨重，杀伤力也不很大。可是在当时，比刀枪剑戟却先进许多。

白起龙偶尔也来看看训练，他觉得很新奇，又觉得很失望："马神甫，这玩意儿叮咣乱炸，火苗挺凶，可是放一响之后，得马上装子儿。我们武林人身法极快，趁你装子儿的工夫，就冲上来了。面对面动手，火器不如烧火棍呢！"

"有道理。中国武功十分奇特，发明火器的人，肯定不会中国武功！"马德赖把白起龙这番话，转告了金丝娃。

金丝娃起初不信。她看了几位副寨主演武，才重视起来。又过了十天，她向马德赖笑道："OK，一切圆满，我让白天王稳操胜券！"

第二十二回　欧阳德火烧耶稣阵
　　　　　　高通海水淹神机营

金丝娃展开一幅图纸，示与众人。

原来，这位"月亮神"在半山坡上设计了一排木楼。她运用机械原理，在楼中安装了齿轮、皮带，从而使木楼能升能降。木楼下降时，可做火器发射点；木楼升起后，又变为掩体。真是精巧灵活、易守难攻。与此同时，她又在山沟深处设计了七辆"旋转车"，每辆车上安装一门"老洋炮"。随着车身旋转，"老洋炮"可以轰炸四方！

金丝娃解释道："木楼中隐藏'单打一'，由上往下扫射；山沟里暗设'老洋炮'，由下往上轰炸，上下夹击，清兵必败！"

白起龙仍不放心："金小姐，清营之中有许多武林奇才，他们若是近身快攻，屠杀射手呢？"

"白天王过虑了。不等他们上前，木楼便能自动升高。如同你们中国的古城墙，起到钢铁屏障的作用。"

"对呀！"白起龙若有所悟，"木楼升高后，射手们就有时间换枪子儿了。然后再放洋枪，稳稳当当！"

"正是这样，"金丝娃含笑点头，"这几天，我已察看了青剑岭地形，可将旋转车与老洋炮埋伏在南山沟下。那里是悬崖峭壁，无路可走。清兵若架软梯，山下炮火齐发，他们恰好送死！"

"高人，真是高人！"白起龙口服心服，"金小姐，难为你年纪轻轻，却这样深谋远虑。我们中国讲究'摆阵'，你摆的这叫什么阵呀？"

"哈哈哈，我哪懂摆阵？这都是耶稣的旨意。为了尊重你们中国的风俗，就管它叫'耶稣阵'吧！"

"好！金小姐神机妙算。山上的木楼就叫'耶稣阵'，山下的火炮，就叫'神机营'。有这一阵一营，何愁不夺天下？"

"白天王若是赞同，赶快派人造楼造车。"

"立即行动！"白起龙派出大批喽啰，采石伐木，在金丝娃的指导下，日夜操作起来。由于他们忙着营造工事，所以边界平静，减少许多征战。这些内情，彭公哪里知道？

再说广西提督萨布素，奉钦差命令，调齐三万人马并粮草给养，准备起身。这时，多臂熊褚彪与杜清、杜明也回来了。他们曾奉怪侠之命，勘察地势。三人经过一番周折，最后在青剑岭东南十二里找到一块地盘。这地盘名叫八达川，依山傍水，交通方便。与三人一道回营的还有机灵鬼焦信。焦信一见钦差，伏地痛哭。他将马道青剑杀父兄五人之事一一禀明。彭公听罢，十分惋惜。安慰了焦信，又令笔帖主事将五位烈士死因记上功劳簿。待还朝之后，由国家抚恤。这些细节，不必多说。

田林县扎兵三日，第四天清晨，大军下山。西边虽是青剑岭的地盘，占据者却多为乌合之众。天兵扫过，势如破竹。他们或死或逃，谁敢阻挡！七天过后，大队人马来到八达川。

八达川果然是块宝地，水源、柴源都十分充足，距离官道也不算太远。彭钦差心中满意，传令扎营。

但只见：刨土壕、堆土城，立营门安下中军帐。竖纛旗，挂吊斗，栽鹿角、摆丫叉，内分五行，外罩八卦。一切事毕，钦差点名过卯，诸侠义排列两行，威武精神，气势汹汹！

黄三太说道:"钦差,八达川大本营距青剑岭还有十二里地。在大战之前,我想去察看一下,以便掌握敌情,增进了解。"

"唔呀,好主意,吾陪你一块去吧。"

"二位大侠多加谨慎。"彭公点头赞同。

黄三太、欧阳德离开军营,奔往青剑岭。此时已近傍晚,云淡风轻,落霞满天。他们来到岭前举目观望,但见千峰排戟,万仞开屏,藤缠老树,雀占高岩。山顶修有大寨,隐约约旗帜飘摆。虽然不见人影走动,却暗含一股杀气!黄三太摇头叹道:"好个贼巢,果然森严壁垒,气势磅礴!"

"唔呀,黄大侠,你看那是何物?"欧阳德往山坡上一指,但见山坡上横着一排木楼,有圆有方,十分好看。

原来,"月亮神"金丝娃在建造木楼时,忽然心血来潮。她为了显示自己,竟模仿法、英、奥、德、葡、比、意、俄八个国家的建筑风格,盖起这排木楼。并美其名曰"西洋八景"。黄三太与欧阳德只是纵横国内,哪里见过这番景象?为此深感奇怪:"唔呀,这些木楼里也能住人吗?黄大侠,咱俩进去走走。"

"还是不去为妙。现在已近天黑,咱对地形又不熟,贸然进去,恐怕要吃亏。"

"那就不去了。"二人转了几圈,回归八达川,向钦差做了报告。

彭公疑惑起来:"二位大侠,半山坡上修木楼,又是奇形怪状,使本官想起了画春园迷人馆。唉,我在那里曾被困数日,知道它的厉害。那排木楼会不会也有机关?"

"唔呀,很难说呀。对于机关埋伏,吾与黄大侠一窍不通。请钦差传来刘德太,他是神手善人纪有德的徒弟,也许能说清楚。"

刘德太被传来到钦差寝帐。听罢叙述,摇头说道:"机关埋伏千变万化，只看外表，深浅莫测。待明日征杀时，我亲自察看，再加可否。"

次日清晨，彭钦差留下李七侯看守大本营，自己率队亲征。兵马来到山前半里，扎下队伍。刘德太请战："大人，为察看木楼，我愿讨令出马，攻打头阵。"

"好，再让黄大侠、欧阳大侠为你派几名助手，共同前往。"彭公对侠义们十分敬重，从不直接指挥。黄三太与欧阳德商议之后，决定让伍氏三雄、金罗汉伍显、银罗汉伍芳、玉罗汉伍捷各率一百名官军随同刘德太讨敌骂阵。四位英雄各操兵刃，一个马上、三个步下，带领官军来到阵前："呔，反叛听真，今有奉旨钦差彭大人率众擒敌。你们赶快投降，否则杀个鸡犬不留！"话音未落，只见那排木楼徐徐下降，顷刻响声大作，子弹从楼中飞出。可怜官军，毫无防备。他们平日只懂刀枪剑戟，哪里见过西洋火器？此时干等着挨打，死伤无数。伍氏三雄手足无措，全部中弹身亡。幸亏刘德太镫里藏身，战马受伤，总算生还。

彭公大惊："哎呀，果然有机关埋伏！"

"唔呀，这可能是洋枪。黄大侠，你掩护钦差撤离，吾上去看看。"

"不行，危险万分！"

"不要紧。现在枪声已经冷落，估计他们在装添弹药。乘此机会，吾老人家可以闯入木楼！"怪侠为国为民，不顾自身。他刚要往前飞跃，忽见木楼又渐渐升高，足有两丈。这种高度，谁也纵不上去，只能使用飞抓绒绳。可是你爬到半截，人家子弹又装好了，等于白白送死。彭公与黄三太岂能让他上前？

"欧阳大侠，快跟我一同撤退，这是本钦差的命令！"彭公只得施展"权威"。

人马刚刚移动，山沟下边的"老洋炮"又朝上射来，军营

大乱！欧阳德忙命赫连宝吉背起钦差；自己与黄三太指挥队伍，火速下山。幸喜老洋炮只射七发，官军才得逃脱。

回到八达川，清点人马。兵丁死伤三百余名。除了伍氏三雄，又有小雄信余光、泥金刚贾信、红旗李玉、铁掌方飞四人被炮火炸死。群雄又惊又恨，青剑岭敌酋尚未露面，便死了七位豪杰！

"唔呀，混账王八羔子，贼龟孙子，此仇不报，吾老人家便不是怪侠！"

"哼，我黄三太豁出性命，也要踏平青剑岭！"

彭公劝道："二位大侠，你们是武林首领，此时此刻应该冷静。七位英雄为国捐躯，实属不幸。可是，自古胜败乃兵家常事，不能只看眼前，还要往长远打算！"

"大人高见，言之有理。"二侠沉思起来。

要破青剑岭，首先得弄清洋枪、洋炮的底细。可是这件事情又十分难办。火器封住了山口，让人近身不得。既难近身，又从何处下手？二侠客面面相觑，一筹莫展！

"唔呀，"怪侠叹道，"若能抓个活口来就好了。可是连个人影都见不到，让吾老人家去抓谁呀？"

鱼眼高恒抱腕禀手："二位大侠，我倒有个主意，一旦成功，可望奏效。"

"老英雄，快快讲来。"

"今日开战时，我发现青剑岭南山坡下有一条大河。河水由上而下，浪涛汹涌。据我观测，大河的源头在山顶某处。如果顺着河道逆水而游，也许能登上青剑岭。只要能上山，事情就好办了。即便捉不来活口，也可摸摸底细。"

"唔呀，主意很好，只能如此了。不过，高老英雄年迈体弱，逆水上山，力量难支呀。"

"老朽理当拼死效劳，只怕误了国家大事。还是让通海去吧,他的水性比我还高,且年富力强。一旦发生意外,算是为国家尽忠,死得其所!"高恒为破青剑岭,准备献出爱子的生命。海底蛟高通海更是义不容辞:"钦差、二位大侠,请你们放心,不弄清真相,我誓死不归。"

彭钦差内心感动:"高壮士,此乃壮举,你要万分小心。能探明底细当然最好,如有意外,速速返回。不论成败,本官都为你记下大功!"

"多谢钦差。"

当日傍晚,高通海换上水衣水裤,背后斜插单刀,辞别众人,奔往南山大河。

书中交代:这条大河名叫驮娘江,起源于下黄山主峰狼牙岭。江水由西向东,上游急喘,下游已趋于平稳。高通海来到江边,先测了测水温,虽非冰凉刺骨,也有几分微寒。此时顾不得许多了,他活动了几下腰腿,纵身跳入水中。逆水游泳比顺水游泳要累数倍,依仗高通海年轻力壮、水性又好,所以一头扎下去,竟游出二里多远。正往前游,忽然觉得水流旋转,出现了一股浪涡。高通海连忙浮出江面,四处观望。驮娘江两岸几乎都是峭壁,山石外露,杂草不多,只有几棵古树崖间挺立。在前进方向的右侧,闪出一孔山洞,洞口能有六尺方圆。江水钻入洞中,又拐了出来,为此形成旋涡。通海游到洞口往里细看,只见洞内水流滚动,隐隐约约映着月色。他心中暗想:这是什么地方?既然映入丹色,肯定与外界相通。哼,不入虎穴、焉得虎子?我何不进去探个明白?想到此处,便向洞内游去。这孔山洞十分奇特,尽头之处是死的,洞顶上部却有个二尺方圆的出口,月光便是从这里洒入。原来,这种山洞称做"阴阳洞",天然形成,景色奇绝。江水流入洞中,只在下半截迂回,上半截岩石外露,长满青苔。高通海有些劳累,他手攀岩石,从天孔爬出,一来想休息片刻,二来也想看个究竟。来

到洞外四处观瞧,忽见离此不远的山脚之下,闪着一片灯光,并断断续续传来人声。通海十分惊奇:怎么在山沟下边还藏有人马?这是一支什么队伍?莫非是白起龙的秘密据点吗?不对呀,白起龙应该在山上指挥,不能隐在山沟里。噢,明白了,一定是白起龙挖下的暗道,事败之后,他想从这里逃跑。这才叫踏破铁鞋无觅处,得来全不费工夫!替白起龙看守暗道者,必是他的心腹。也罢,凑巧让我看见,我就不用上山了。想到此处,他连忙抽出钢刀,踏着山石和荆棘,奔往火光而来。

其实,高通海全猜错了。这里既非据点,又非暗道,而是"神机营",也就是七门"老洋炮"的隐蔽之处。神机营的首领正是山上四寨主、小湘子龙大奎。前不久,龙大奎曾在高楼山追求九花娘,后被徐胜赶走。回山之后,他觉得颜面无光,便讨了这份差事,暂且躲避众家寨主。此时,龙大奎正面对孤灯长吁短叹:"唉,不知在此隐蔽多久?荒山旷野,无人陪伴,更不知九花娘流落何方?美人呀美人,你怎么就看不上我呢?"他越想越愁,只得以酒解闷:"来呀,拿酒来!"

"寨主爷,"随从劝道,"您已喝了不少,该休息啦。"

"浑蛋!咱俩谁是寨主?"

"您别生气,咱处在大山沟里,两边都是峭壁。若回山取酒,得绕出二十多里地。小人跑一个来回,天也亮啦。"

"放你妈的狗臭屁!谁让你回山取酒?神机营没带酒吗?"

"这……大寨主和马神甫有令,不准带酒,恐怕误事。您今晚喝的这坛酒,是小人偷着背来的,若被大寨主知道……"

"哼,他们在山上狂饮,还有洋娘儿们陪着,却让我当和尚!刘头目,快去弄酒,若弄不来,我先杀你人头!"

"是。"刘头目不敢多说,走出大帐。他自言自语:"这位四寨主本事不大,挺难侍候。深更半夜的,上哪弄酒去?得啦,挨个帐篷问问,也许有偷着带酒的,先把今夜混过去,明天找大寨主辞职！"他边说边走，来到野外。

"不准出声，快随我走！"高通海刀压头目脖颈，将他带到远处。

"好汉饶命。"

"我问你几件事，你若撒谎，立刻就杀！"

"小人不敢撒谎。"头目战战兢兢。

高通海唯恐耽搁，把该问的事情一一询问起来。幸喜这个头目多少有些身份，对山上的事情大致了解，因而做了回答。诸事完毕，英雄手起刀落，处死了头目，并将尸体抛入僻静山林。至于四寨主龙大奎不见头目归来，帐中大骂："这小子准是弄不到酒，怕我真的杀他，因而吓跑了。嘿嘿，明天再跟他算账！"说罢，倒头睡去。

再说高通海，照原路跑回"阴阳洞"。他爬上顶口，纵身水中，然后顺流而下。为什么不走旱路，仍走水路？原来他怕旱路不熟，再逢意外，这也算他的精明之处。拂晓时刻，回到八达川军营。钦差与诸侠义一夜未睡，静候消息。他们见通海回来，忙问经过。听罢叙述，人人惊呆！

黄三太双眉紧皱："大人，我们武林界不怕真杀实砍，对于西洋火器却无能为力。不得近身，如何交锋打仗？"

"唔呀，龟孙王八羔子，摆哪门子'耶稣阵'、'神机营'？让吾老人家有劲使不上呀！"怪侠沉思了片刻，突然问道："通海贤弟，他们那座耶稣阵全是木头的吗？"

"据头目说，洋女人所盖的全是木楼。"

"唔呀，有了！吾想起一个人来。"

"谁？"

"诸葛亮啊！"

"嗐！"

"要破贼兵，全靠火攻，别人不用，吾打冲锋！他们既是木

楼，秋天风大，吾老人家烧他个龟孙！"

"不行啊，"黄三太摇头，"火器封锁山口，你怎样才能进去？"

"据吾观察，耶稣阵的火枪只能往下射，而不能往高射。吾想冒险施展绝艺——八步登空法！只要此招成功，便能闯入山口。"

诸侠义商面相观，均有不解："什么叫'八步登空法'，我们怎么从未听说过？"黄三太看出众人心意，连忙解释道："八步登空法乃武林奇功，就是平地纵起之后，用一只脚的脚尖再踩另一只脚的脚背，从而产生动力，二度拔高。周而复始，连续八次，可飞起三丈以上。这种奇功，会练者没有几人，就连黄某也望尘莫及！"

"哎呀，"群雄叫道，"这跟神仙驾云一样，欧阳大侠真的会练？"

"唔呀，"武杰急忙帮腔，"吾师父老人家不但会八步，还会十六步呢。跟孙大圣一样，眨眼就没影了！"

"混账王八羔子，哪有吹捧师父的？"怪侠笑了起来。

黄三太又道："欧阳大侠若是施展八步登空法，肯定能躲开火枪，靠近耶稣阵。但是，南山沟下隐藏着神机营，他们的火枪却是由低向高射，你的绝艺能躲上面的火枪，却难躲下面的火炮呀！"

"唔呀，糟透了！吾把神机营忘了！"怪侠把脚一跺，再不言语。

"嘻嘻，大侠别恼。"高通海笑道，"您用火，我用水，水火无情，神机营交给我了。"

"唔呀，你有什么好办法？"

"我上山探听消息时，发现了一个水洞。只要弄点火药，将水洞炸穿，驮娘江水便从洞底滚向南山沟。您想想，火炮被水一淹，全成哑巴，连那些喽啰、寨主一块淹死！"

"唔呀，好一个高通海，你功劳最大！"

"您可别夸我，我全凭撞大运。您那八步登空法才是真功夫呢！"

"唔呀，你的水性也不是假的。咱俩赶快准备吧。"

彭公大喜，立刻命令广西提督萨布素找来十斤上等火药。高通海将火药、导索、引物全都包进油布之中。里三层、外三层，严严实实，以免河水浸入。万事就绪，辞别诸人，又跳入驮娘江，奔往阴阳洞。

单说怪侠欧阳德，他把硫黄、焰硝装进竹筐，又用细绳绑在身后。今日一反常态，皮袄也脱了，眼镜也摘了，烟袋也收了，一身短衣巾、小打扮，显得干净利落，耀武扬威。

"师父，你好年轻、好漂亮啊！"武杰说着，看了黄花一眼。黄花收服九花娘后，本想告辞回山。可是彭钦差再三挽留，她只得应允。打仗的时候，有黄三太、欧阳德、赫连宝吉等人，根本用不着她动手。黄花无事可做，只得教授胜玉环、刘云芳二员女将练习剑术。二女都很年轻，心中敬佩黄花。闲暇时，玉环向她讲些胜氏镖法、云芳讲些机关埋伏。今日见怪侠孤身火烧耶稣阵，不由得提心吊胆。魔侠女终究与众不同，上前说道："侠客爷，你有武功、有胆量、有正气，这是侠客爷的长处，可是你嘻嘻哈哈、玩世不恭，这又是你的短处。你今日铤而走险，我佩服你，你可得小心点。活着回来，我是你的夫人，回不来，我为你守一辈子！去吧！"

"唔，唔呀，为了让你当夫人，吾老人家也得活着回来！"怪侠口中说笑，心中也觉得分外紧张。

黄三太一摆手，叫来轻功最好的杨香武。向他吩咐道："你立刻赶往南山头，只要山沟里见水，就向阵前去报告。千万要看准，大意不得！"

"放心好了。"杨香武领命而去。

黄三太又传来赫连宝吉,说道:"军营之中,你的武功属于上乘,我与你师兄走后,钦差大人就交给你了,你切记不离钦差左右。"

"唔呀,一定照办。"

"徐胜,"黄三太又道,"你领着一百名军士,多带锣鼓,随同我们一道动身。"

"是。"徐胜不知用意,立刻执行。

三令传毕,黄三太亲自为怪侠送行。来到山口,他命金鼓齐鸣,却不闯山。这是一条计策,为勾引敌人放枪放炮。果然,耶稣阵火枪齐发,神机营洋炮轰鸣。又过了半个时辰,光剩枪响,洋炮却无声无息了。怪侠笑道:"唔呀,高通海已经得手,该看吾的了。"

"不忙,等香武报信后,再闯耶稣阵。"黄三太沉着镇定,指挥有方。这时,只见杨香武如飞似箭,跑到山口:"哈哈,漂亮透啦,南山沟成了南海洋,死尸漂起,火炮冲倒!"

"唔呀,胜败在此一举,吾去也!"

好怪侠,身躯猛纵,凌空飞起,足有八尺多高。又用左脚尖一踩右脚面,再跃五尺、四尺、三尺,到了第八步时,只升半尺,再往上就没力量了。他忙将身躯放平,头朝前,脚朝后,如海燕朝水,向耶稣阵飞去!

三百年前的"单打一"还十分落后,只能平射、下射,往上射却无力量。那些喽啰射手一见"空中飞人"也有点发蒙。急忙按动机关,将木楼升高,他们藏在下边,以为万无一失。谁料怪侠早将硫黄、焰硝撒出,又点燃火种。诸事完毕,再度施展"八步登空法"飞出山口。这一切动作,只在眨眼之间!

再看耶稣阵,但见:天干物燥,烈火飞腾,风助火势,火借风威,呼啦啦金蛇狂舞,乒乒乓子弹乱炸,艳红红直冲霄汉,光冽冽难辨四方，好一场大火！

欧阳德两度施展"八步登空法"，虽在刹那之间，却累得满身热汗。摇晃晃站立不稳。黄三太忙命徐胜将他背起，一声令下得胜回营。

彭钦差早已闻报，率领群雄迎出门外。魔侠女黄花一见怪侠累成这样，又是心疼，又是替他高兴，急忙叫过赫连宝吉，说道："师弟，咱俩向他发内功，快快减轻你师兄的疲劳。"

"唔呀，还是师嫂疼师哥！"

二人坐在怪侠两侧，一同运用峨眉奇功，过了片刻，欧阳德轻松愉快："唔呀，吾老人家火烧耶稣阵，全凭众人帮忙。尤其是通海贤弟，他若不淹南山沟火炮，吾是不能成功呀。通海贤弟回来没有？"

"是呀，"彭公说道，"高壮士怎么还不回来？"

"不必替他担心，为欧阳大侠庆功吧。"鱼眼高恒说得轻松，心中却万分惦记爱子。

"不行，"彭公和黄三太齐声说道，"快派人去找通海，他也许遇到意外之事。"

高恒摆手："偌大山岭，到哪里去找？"

众人正在着急，高通海从营外归来，并且还押来一名青剑岭头目。

高恒舒了一口长气："儿呀，你怎么才回来？让钦差替你操心！"

"哈哈，别提了，"高通海笑逐颜开，"我奉钦差之命，重返阴阳洞。老天爷也偏向咱们，讨厌白起龙。"

"此话怎讲？"众人不解。

"阴阳洞外口，恰有一个半尺见方的窟窿，十斤火药往里一塞，不松不紧。这不是老天爷帮忙吗？要靠我凿洞，那得多费时间？我装好火药，又添了几块石头，拉出导索，在远处点着

了。嘿,一声巨响,阴阳洞就崩漏啦。一开始,水流得挺慢,后来越流越急,赶上瀑布。我这个乐呀,乐着乐着又发愁了。阴阳洞已成瀑布,我再也钻不回去了。水路不能走,旱路又不认识,怎么回营交令?万般无奈,只得在山里绕来绕去。谁料歪打正着,捡个便宜货来。这个便宜货职位不高,身份却挺特殊。我已草草问过几句,还得请钦差详审。"

"好。"彭公笑道,"高壮士,你一探军情、二炸水洞、三抓俘虏,连立三项大功,本钦差要为你请赏……"

"大人,您快升堂吧,那便宜货对咱们极为有用,您一问便知分晓。"

"来呀,"彭公传令,"把那头目带到大帐!"

第二十三回　怪侠客石击马德赖
　　　　　　南霸天镖打白起龙

　　头目战战兢兢，扑通跪倒："小人给钦差磕头，望钦差饶命。"

　　"你叫何名？在青剑岭任何职务？"

　　"小人姓宋名瑞，外号二山神。我祖、父两辈都是下黄山的猎人，对山形地理了如指掌。为此，我爹在世时，得了个大山神外号，我便借光叫二山神了。白天王，不，白起龙占据青剑岭后，知我是个山里通，便调我上山，当他的亲随。任务只有一条：领他满山乱转，察看地形。后来，马神甫也上山了，我便成了马神甫的跟班。这位神甫与白天王不同，他不满山跑，却天天让我领他察看南山。一来二去，便在南山找到一条幽静小道。当时，马神甫兴高采烈，还要和我拥抱，吓得我连忙躲闪。他们洋人真绝，俩男的还讲拥抱……"

　　"快讲下去！"

　　"是。马神甫告诉我，这条小道是绝密，就连白天王也不准知道。"

　　"为什么呢？"

　　"有一次，马神甫喝醉了，他对我说，办事得留后路。这条小道可通安南国，青剑岭一旦事败，他便从这里出走。还说，

将来带我去西洋溜溜,让我也开开眼。"

"糟了!"彭公大惊,"宋瑞,你今天干什么去了?莫非送马德赖出逃吗?他可曾跑掉?跑了多久?"

"马神甫没走,我送的是另外几个人。"二山神宋瑞讲了起来。

且说月亮神金丝娃摆下耶稣阵和神机营之后,自觉得身价倍增,不可一世。白起龙对这洋美人也大献殷勤,极力讨好。他把对九花娘的那股劲头全转移在金丝娃的身上。洋女人不讲妇德、妇贞,每逢酒热,常以半裸之躯呈现在白起龙眼前。急得白起龙心猿意马,眼红肉跳。一次,他实在按捺不住,便仗着酒胆动手动脚,谁料洋美人不但不恼,反一头扑进"天王"怀中。她说了一通洋话,见"天王"不懂,又主动将那仅存的几片遮羞布扒了下来。这回"天王"懂了,惊喜万状。青天白日,二人如鱼得水,共赴巫山。从这日起,白起龙对金丝娃低声下气,不敢稍加得罪。

今日上午,欧阳怪侠火烧耶稣阵,高通海水淹神机营,使白起龙又恨又惊:"哼,什么洋枪洋炮,我早就说过,它们不如烧火棍!要想成大业,还得靠中国武功。你们那套洋玩意儿全是瞎胡闹!"

"你骂谁?"金丝娃碧眼圆睁!

"洋玩意儿损了我几百兵丁,全是你带来的祸害!"白起龙斥责洋情妇。

金丝娃终究是个青年女子,她在山上一直受宠,岂能容人嘲骂?于是把脚一跺:"哼,我走,我走,我立刻回国!"

白起龙冷静下来,忙向马德赖求援。马德赖心想:二阵已破,大战即将爆发。金丝娃留在山上有险无益,不如让她早走。于是劝住白起龙,又令二山神宋瑞秘密领着金丝娃及五名洋随从由南山小路出走。宋瑞将六名洋人送出南山,返回之时,恰被高通海活捉。

"唔呀,"欧阳德心中一动,"宋瑞,你是想活,还是想死?"

"想活,想活!"

"既然想活,你把吾老人家领向南山小路,只要堵住马德赖,你就可以将功赎罪。"

"行,我是个猎户,被逼跟了白天王。如能活命,还继续打猎。"宋瑞满口应承,被人暂且押下。

"大人,"欧阳德又道,"青剑岭共有两名首犯,一是白起龙,一是马德赖。对他们或抓或杀,却绝不能任其逃走。如今二阵已破,大战即将开始。如无意外,官军必胜。有黄大侠在此,捉拿白起龙足矣。吾去堵截马德赖,以免这洋奸外逃。"

"欧阳大侠言之有理。堵截马德赖乃是一件重任,请欧阳大侠多带些人马、武士……"

"不必,人多了反而容易暴露。只吾一人出马,更为有利。"

"不知大侠何时动身?"

"赶早不赶晚,吾立刻就走。"欧阳德带上吃食、饮水,在宋瑞的指引下,奔往南山。为什么还带吃喝呀?因为在攻下青剑岭之前,他必须坚守在小道,寸步不能移动。也许一天两天,也许三日五日。为此要做好充分准备。

来到南山,走山弯,过山环,越往前进树木越多。穿过一片原始森林,眼前又现出悬崖峭壁。峭壁后边,果然藏着一条幽静的小道。这条小道多年无人走动,乱草遮盖、荆棘遍地。崎岖宛转、坎坷不平。道两旁长满老树,枝杈歪扭。落叶飘零。这时天色已黑,秋风又送来细雨,寒虫哀鸣,令人透骨生凉。

二山神宋瑞冻得浑身发抖:"上差,我先拢把火,咱们暖和一会儿。"

"唔呀,你想暴露目标,给马德赖暗中送信吗?"

"小人不敢。可是太冷了。"

"吾老人家这件老羊皮袄可御风寒,你快穿上吧。"

"这,您不冷吗?"

"哈哈,吾老人家寒暑不侵,三九天敢光屁股呀。"怪侠将皮袄脱与宋瑞。宋瑞起初不信,后来佩服,最后惊讶:"上差,您真的寒暑不侵呀?"

"别大声说话。你要饿了,现成的馒头、酱牛肉;你要困了,先自己睡去吧。"怪侠说罢,跳上一棵古松,向青剑岭方向望去。

一连两天,由于不敢拢火,只能吃凉馒头、酱牛肉、喝冷水,宋瑞几乎支持不住。他已经问明怪侠的身份,于是说道:"侠客爷,马神甫还能来吗?"

"这要看你小子是否撒谎。如果你不撒谎,马德赖准来!"

"小人说的可都是实话。"

"唔呀,他来了。"怪侠惊喜异常!

果然,顺着小道,慌慌张张地跑来一人。这人碧眼金发,身着洋装,很容易辨认。他正是马德赖,一面跑,一面东张西望。欧阳德沉着镇定,准备等他跑到切近,再生擒活捉!

谁料二山神宋瑞却紧张万分。他没见过这种场面,吓得浑身发抖。这时,他正拿着个花瓷碗饮水,一时害怕,失手落碗。"啪嚓"一声,虽说响音不高,在寂静山林中,却如惊雷炸起!

马德赖似乎早有防备,他听见响动,拐弯就往西逃。欧阳德又恨又气,追了下来。智者千虑也有一失,怪侠一心想捉活口,所以身边没带武器。此时追得急迫,更顾不得去取大烟袋了。只好赤手空拳,穷追猛赶。

马德赖从小跟中国师父牛金成学艺练武,虽然不太用功,却也基础扎实。更主要者,山路坑坑洼洼,高低不平,怪侠难以施展"金蛇狂舞",只能用飞行术追赶。虽比马德赖快出许多,一时也难追上。怪侠暗想:四周尽是山弯、山环,又有许多藤萝古树，很利于隐蔽。偌大山岭，藏起一个人来，让吾到哪里去找？吾得先用大话把他镇住："唔呀，洋老道，外国杂毛，你跑不了呀。吾们大清差官布满了全山，不论你从哪条路走，都有人截你。若听吾劝告，赶快投降吧。看在你洋人分儿上，吾们皇上开恩，不千刀万剐，只砍你脑壳！"

"啊！"马德赖心惊胆战，继续逃跑。

距离越来越近，马德赖似乎明白了，哪里还有人马？分明只他一人，我上当了。早该藏起来，何必满山乱跑！想到此处，急忙寻找有利地形。他这心意，已被怪侠识破。怪侠埋怨自己：若带大烟袋，可发射钢球击他。怎奈双手空空，无能为力。为防止洋奸躲藏，欧阳德捡起数块山石，击向马德赖，迫使他无暇寻找蔽地。这招果然奏效，洋人只能赶路，旁顾不暇。跑来跑去，慌不择路，竟然跑到一座断壁之上。前进不能，后退不能，马德赖急得手足无措，大汗淋漓。恰在此时，欧阳德又有一块山石飞了过来，马德赖连忙躲闪。谁料一步登空，摔下山去！

"唔呀，活口捉不到了！"怪侠跑上峰顶，往下观看。只见马德赖四肢伸开、颅骨粉碎，一摊血液染满山崖。

这个罪恶昭著的西方殖民主义者，得到他应有的下场！

欧阳德原路返还，回到驻地。二山神宋瑞一动不敢动，还守在这里："侠客爷，我，我是吓坏了，可不是有意通风报信。"

"哼，混账王八羔子！你把装食品的麻袋快腾出来，跟随吾老人家去背死尸！"

"他，他死了？"宋瑞不敢多问，跟随怪侠走到山脚。二人把洋奸的尸体装入麻袋，宋瑞虽非情愿，也得将麻袋背起。欧阳德将大烟袋一晃，急急忙忙向青剑岭山口走去。

他为什么这样着急呢？据他事先估计：青剑岭早该攻下，马德赖早该逃跑。可是自己守了两天两夜，那洋奸才迟迟到达。

由此可见,前山的战斗势必艰苦,从而延误了战期,怪侠想到这步,岂能不急?

果然被他猜中了,官匪之战,确实打得十分激烈!

再说黄三太送走欧阳德之后,转身说道:"大人,事不宜迟,以在下之见,应该立刻发兵,讨伐白起龙。"

"军事行动,全凭黄大侠安排。"

"多谢大人信任,"黄三太义不容辞,立即排兵布阵,"三手将卢云龙、凤凰张茂隆、八臂哪吒万君兆听令。你们一位步下将,二位马上将,三将组成头路人马,负责首战。"

"遵令。"三将欲夺头功,面露喜色。

"赫连宝吉听令,从现在起,你要日夜守在钦差身边,钦差若有差错,拿你是问!"

"唔呀,黄大侠,吾也应该上阵呀。"

"保护钦差更为重要,不准多说!"

"唔呀,遵令呀。"

"胜奎、高恒、邱成三位老将守候在八达川大本营,注意看管粮草,防止火烧雨淋。"

"是。"三老将连忙应承。

"其余的侠义英雄随军上阵,临时听从调遣。"军令传毕,人马起程。来到青剑岭下,在山口外半里之处扎下军营。广西提督萨布素代表钦差首先上阵,高声宣读圣旨和劝降书,明知这是官样文章,也得走走过场。

青剑岭喽啰连忙报告白起龙。白起龙早有准备,点兵升帐,全力迎敌。

此山此寨果是藏龙卧虎之地。除了总辖大寨主、西路天王紫面达摩僧白起龙之外,另有九员马上,九员步下,一十八位副寨主,世上号称"十八路诸侯"!

不过,"十八路诸侯"此时已经不全了。二寨主九花娘桑玉薇被恩师带走；四寨主小湘子龙大奎被淹死在南山沟。"十八路"只剩下了"十六路"，其中以三寨主单峰驼黎军最为勇猛善战。余下的还有：首席副寨主神机军师八卦仙人贾朝天、五寨主闪电神魔萧静、六寨主花斑豹楚北雄、七寨主五方太岁曹彪、八寨主无形鬼曹泰、九寨主镔铁塔孙宝元、十寨主铁笛仙柳敬、十一寨主碧眼金蟾石涛、十二寨主追云太保魏国安、十三寨主小白猿侯文彩、十四寨主琴剑书生高广智、十五寨主春秋刀金景龙、十六寨主牡丹仙子白丽梅、十七寨主桃花仙子白丽菊。白丽梅、白丽菊两员女将，乃白起龙的本家侄女。二人自幼跟随姑祖、女尼白慧贞学练武艺，两口鸳鸯剑各有春秋，一待双剑合璧，神鬼莫测。最后的十八寨主武功不高，却擅长使用熏香迷魂药。此人名叫陈温果，人送外号"一股烟"！

白起龙率领十六位副寨主，连同下五门客户：金眼骆驼唐治古、火眼狻猊杨治明、双麒麟吴铎、青毛狮子吴太山、雪中蛇关保、白脸狼马九、小温侯吕豹、小诸葛孔原以及赤发灵官马道青等，一共四十余人，耀武扬威、精神抖擞，浩浩荡荡，开出寨门。

官军方面原有四十五位豪杰，后来黄花加入，共有四十六将。不幸的是：活阎王焦振远、赤发鬼焦仁、闪电鬼焦义、独角鬼焦礼、地理鬼焦智、金罗汉伍显、银罗汉伍芳、玉罗汉伍捷、小雄信余光、泥金刚贾信、红旗李玉、铁掌方飞十二员战将已经阵亡，现剩三十四将。从人数而论，少于青剑岭。但是，却有南霸天飞镖黄三太、怪侠欧阳德、怪客赫连宝吉、魔侠女黄花、赛毛遂杨香武、粉金刚徐胜、小蝎子武杰、白马将李七侯、三手将卢云龙、扑刀李俊等武林著名高手，就功力而论，又超过青剑岭。用个现代名词：以质量对数量，各有优势。

两军对垒，正邪相遇，龙虎盛会，鹿死谁手？青剑岭下免不了有场恶战。

　　三手将卢云龙首先上阵,他在武林很有名气,惯用两把链子飞抓,抓头是五爪钢钩,能松能紧。除此而外,身后还背有弩筒,只要一低头,手按崩簧,便能发射枣核弩,为此人称"三手将"。他来到军前,高声断喝:"呔,反叛听真,谁来送死!"

　　"某家会你!"七寨主曹彪挺身而出。他手使双刀,刀沉力大。十余回合,曹彪不敌,左肩头被链子飞抓抓得皮开肉绽。紧接着,八寨主曹泰举刀上前,三招两式,又被卢云龙的飞抓抓破面门。敌军连伤二将,官军威风大震。十寨主铁笛仙柳敬不由得大怒:"休要逞强,某家来也!"这人手使一根铁笛,长有三尺,重有九斤。笛上共有八孔,称做"八仙笛",既是兵刃,又是暗器。八孔之中藏有八颗"蜂尾钉",只要按动崩簧,百发百中。他与卢云龙走行门,迈步眼,大战二十余回合,不见上下。柳敬心想:我何不发射蜂尾钉针,取他性命;卢云龙也想:我何不发射枣核弩,将他打死!俩人想到一块去了。借转身之机,暗器齐发,只听他们"哎呀"一声,同时丧命身亡!

　　双方各派军卒,抢回尸体。

　　天色近晚,罢兵休战。

　　次日清晨,青剑岭三寨主、单峰驼黎君率先上阵。这人身材高大,体态魁梧。他出生于新疆塔克拉玛干大沙漠,并在那里长大。又因为稍有"罗锅",人称"单峰驼",跨下马掌中枪十分骁勇。卢云龙既死,该由凤凰张茂隆上阵。张茂隆手使一口门扇大刀,刀法精奇。二人你来我往,相争六十回合,张茂隆觉得渐渐不支,拨马欲败。黎君的坐骑乃是新疆良种马,取名"伊犁黑",奇快无比,他马到枪到,将张茂隆挑死在军前。八臂哪吒万君兆怒冲牛斗,挺枪上阵。谁料黎君施展回马三枪,又伤了万君兆的性命。官军中的滚马将石斌、快斧子黑熊乃是万君兆的盟弟,二人报仇心切,未经黄三太允许,纵身双战单峰驼。怎奈武功差距太大,一并丧于对方枪下!

李七侯手颤银枪:"黄大侠,待我会他!"

"七弟,这人连伤我四将,你要小心。"

"知道了。"说罢,跃马向前。

两员大将,两杆长枪交织在一处,杀得难分难解,天昏地暗。直到日落西山,仍不见胜败。双方鸣锣收兵,各自回营。

首战死了卢云龙,二战又死了张茂隆、万君兆、石斌、黑熊四员战将,官兵情绪不稳,人心慌乱。黄三太胸中有数:自己若胜黎君,绰绰有余。只是匪首白起龙尚未露面,本人身为主将,理应分外沉着。他来到彭公寝帐,见怪客赫连宝吉在外间屋独自值班,于是低声问道:"大人睡了吗?"

"刚回里屋,未必睡稳。我见大人长吁短叹,又不敢多问。"

"两日之内,连损五将,大人难免着急。"

"黄大侠,现在的战局,对吾方不利。吾师哥欧阳德又去捉拿洋龟孙,不在军营。明日再战时,应该派吾上阵了。"

"赫连壮士,你若上阵,肯定能扭转局面。怎奈钦差身旁,必须留下一位高手。除你之外,留下别人我也不放心呀。"

"黄大侠,你是主将,白起龙出马之前,您不宜暴露。吾又留下保护钦差,你吾之外,谁能力战单峰驼?那龟孙连伤四将,才与李七爷战平。若是生力军,七爷必败。"

"我也看出来了,七侯不是他的对手。"

二人正在小声议论,彭公从内帐走出:"黄大侠,你们不必为我担心。唉,前前后后,已有十七位英雄以身报国,本官于心不忍呀。既然赫连壮士能够取胜,明日就派他上阵。"

"大人,您被吵醒了?"

"我根本就没睡。你们的议论,我已全部听清,我身边就不必留人了。"

"您是千金之躯,国家的代表,我们丝毫不能大意。请您放

心,自有能人会战胜黎君。"

"谁?"彭公急忙问道。

"魔侠女黄花。"

"唔呀,"赫连宝吉连连点头,"吾只想师兄,把师嫂忘了。她乃女中魁首,武林奇才。黄大侠,派她保护钦差,吾就能上阵了。"

"黄花虽勇,终是女子。日夜守护钦差,也不太方便。我想明日派她上阵。"

"也对。师嫂的武功,吾心里有数。她胜单峰驼黎君,不在话下。"

"噢?"彭公不懂武艺,更不知黄花有多大本领。既然黄三太、赫连宝吉两位高手这样信任她,想必她行。于是说道:"本官只知欧阳大侠英勇无敌,却不知他那未婚夫人也是强手。黄花若能取胜,本官定将男女二侠之功详禀圣上,并请求圣上钦赐嘉奖!"

"吾替吾师哥、师嫂多谢钦差。"

此时天色渐亮,黄三太调齐兵马,三打青剑岭。

出人意料,青剑岭今日又换主将,上阵的不是三寨主单峰驼黎君,而是十八寨主一股烟陈温果。这人身材瘦小,穿一套黄色短靠,生了一脸黄毛,尖嘴撮腮,圆眼乱转。远处望去,活像一只"大马猴"。他在阵前蹦蹦跳跳、左顾右盼:"呔,有不怕死的吗?快点过来!"

黄三太心想:不怪白起龙谋反,他手下确实很有人才。阵前这个"活猴"天生异相,人有异相,必有异功,我们还得多加小心。根据昨夜安排,黄花的主攻对象乃是黎君,黎君既未出马,黄花也不宜上阵。派谁去呢?他正在犹豫不决,小蝎子武杰主动请战:"黄大叔,吾去会会这个猴崽子,看看他是人是鬼!"

"且慢，"黄三太吸取前两天的教训，扭头对徐胜、杨香武吩咐道，"待武杰上阵后，你二人时刻做好准备，一旦发生不测，立刻上前援助。我们已经阵亡十七将，不能再有失误了。"

"记住了。"徐胜、杨香武走到队前。

武杰将铁棍一抢，冲向陈温果。口中笑道："唔呀，猴崽子，你刚从水帘洞出来吗？吾小人家就是如来佛！"

"嘻嘻，你是玉皇大帝我也不怕。"说罢，一举小单刀，劈了下来。

"唔呀，你跟谁学的功夫？"武杰纳闷：他这刀法根本没有门路，似乎不会武艺。这一愣神，给一股烟陈温果留下空隙。陈温果往背后一伸手，只见他背后冒出一股白烟，直扑武杰面门，武杰大叫一声，摔倒在地。幸亏黄三太早有布置，徐胜、杨香武冲向阵前，将武杰抢回军营。

原来，陈温果武功极差，背后却有一个竹筒。筒中安有转轮，一按崩簧，转轮就将火石打着了。火石点燃熏香，必伤敌将。这虽属左道旁门，为武林不齿，却往往容易获胜。

武杰昏昏沉沉，不省人事。还是徐胜反应灵活，回身对黄花问道："女侠，九花娘的迷魂帕，与此相似。不知她那解药能否管用？"

"七星迷魂帕乃熏香之祖，玉薇曾对我说，她的解药包治百毒，让我试试看。"黄花将解药抹在武杰鼻息。真灵，小爷立刻缓醒过来："唔呀，混账王八羔子，吾去跟他算账！"说罢，重到阵前。

陈温果一愣："你，你怎么又活了？"

"唔呀，吾是如来佛，跟你猴崽子闹着玩呢！龟孙，你那香烟儿气味不错，还有多少，都放出来！"他嘴里这么说，手下可不留情，铁棍一轮，将陈温果打了个脑浆迸裂！

敌军大惊。原以为"一股烟"能熏倒几个，谁料一阵未胜，

自身先亡。三寨主单峰驼黎君跃马拧枪,直取武杰。黄三太传令收兵,另派魔侠女出阵。

"嘿嘿,"黎君冷笑,"清营没人了吗?怎么派上女将?"

"休走,看剑!"黄花闪电剑一晃,拦腰砍下!

"啊!好快的招法。"黎军再不敢轻敌,双手合枪,向外招架。他哪里知道,闪电宝剑切金断玉,削铁如泥!枪杆碰到剑峰,"刷"的一声,被斩为两断!黎君大惊失色,幸亏久经沙场,临危不乱,他急忙将枪杆当成大棍,搂头盖顶,狠狠砸下。好黄花,施展"缩小绵软巧",五功齐发,立刻矮下多半截。黎君的枪杆太短,够不着她。女侠乘此机会,反手一剑,削向马腿。太快了,反应快,动作快,剑锋更快,"伊犁黑"的两条前腿,生被同时切断。战马疼痛难忍,咆哮而立,将主人甩下鞍鞒。女侠刻不容缓,一招"划地剑",那凶神恶煞划成两半!

白起龙三声怪叫:"快取冲天杵,本天王要与三寨主报仇雪恨!"

"是。"两名喽啰,抬过一条大杵。

这种冲天杵不在十八般兵刃之内。杵头三尺三寸,锋利无比,可做刀做枪,杵杆三尺三寸,又粗又重,可做棍做棒,杵柄三尺三寸,镶有八楞浑铁球,可做锤做斧。全长九尺九寸,净重九十九斤。一种兵器,多种用途,功夫不精、力量不足者难以驾驭!

白起龙单膀擎杵,欲战黄花。

南霸天飞镖黄三太微微冷笑:"黄女侠,请回营休息,某家会他!"

"噢?如此说来,你就是清营主将黄三太吗?久闻大名,倒要看看你的本领!"他将大杵一抖,斜肩砸下。

黄三太虽有银龙宝刀,却不敢招架。因为杵杆太粗,夹住刀锋反而不利。于是躲闪身形,用刀面压住杵杆,顺水推舟,向前砍去。根据以往经验，凡是使用重兵器者，多以力量取胜，对于招法和身形并不太讲究。白起龙却大大不同，既有力量，招法又十分灵巧。你看他大杵带动狂风，上下翻飞，招招有眼，打得黄三太难以进身。武林群雄都是里手，一个个吃惊不已，暗中担忧：黄大侠若是不敌，谁能取胜？

黄三太真的不敌吗？非也！这位南霸天乃江湖路上头条豪杰，如果功力这般平常，岂能扬名四海？此时，他不过以逸待劳，观察动静。战了五十回合，黄三太心中佩服：这人若走正路，可以纵横天下。得了，普通刀法难以胜他，只有施展"绝命三刀"，才见功效。想到此处，刀花突变。白起龙一惊："哎呀，好个南霸天！"

书中交代：所谓"绝命三刀"，乃黄三太独创。第一刀称做"蔷薇花落秋风起"，算作"开场式"；第二刀称做"天光云影共徘徊"，算作"主题歌"；第三刀称做"霜叶红于二月花"，算作"尾声"，暗含刀光见血之意。管你神魔妖鬼，难逃此刀！

谁料三刀过后，白起龙竟平安无恙！

"高人也！"黄三太早有两手准备，三支单龙头、双凤尾、寒光闪闪的紫金镖已握掌中。人称他飞镖，镖法由四句话概括：

> 位列上中下，
> 镖打天地人。
> 一镖定生死，
> 三镖论君臣！

不言自明，三支金镖，可定天下！

白起龙不愧武林奇才，他扭转脖项，躲开上路"天镖"，岔开裆口，闪去下路"地镖"，天地二镖走空，中路"人镖"却不饶他，不偏不斜，恰射人心。颏金山、倒玉柱，白起龙偌大身

躯,一头栽下,当场丧生!

马德赖早有准备,慌如丧家之犬、忙如漏网之鱼,转身逃向南山小道。他满以为只要奔往国外,不愁东山再起。哪知怪侠欧阳德以静制动,迫使洋奸自取灭亡!

主帅阵亡,敌军大乱。下五门群贼准备逃跑,各路"诸侯"又想负隅顽抗。你喊我叫,天昏地暗!

彭公传令:"侠义英雄们,快快一鼓士气,为国立功,攻山破寨,擒拿余党!"

"遵令!"群雄一拥而上,争打青剑岭。双方混战,血影刀光。恰在此时,有一人手提宝剑,扑向钦差而来!

第二十四回　拜老祖古刹小相会
　　　　　　朝天子金殿大封官

　　来者正是赤发灵官马道青。
　　恶道为了替兄报仇，卖身投靠青剑岭。他原想借白起龙之手，杀死武杰等人。此时见大势已去，只得夺路逃脱。
　　两军阵前，兵对兵，将对将，正在激烈鏖战。杀得尸横遍野，血溅山崖。马道青这口霹雳剑与黄花那口闪电剑乃雌雄二刃，皆能切金断玉，削铁如泥。清兵的刀枪只要被剑碰上，均成两段。为此，无人拦他。恶道很快冲到了山上。他忽然发现了彭公，虽说不识，却从一品红顶、双眼花翎上辨出钦差身份。暗道：我把他杀了吧，钦差一死，武杰他们全得处罪！主意拿定，举剑冲来。护兵大惊，刚要上前阻挡，只听钦差马后有人笑道："唔呀，吾老人家正愁没仗可打，混账王八羔子送上门了！杂毛龟孙，吃吾一烟袋！"怪客赫连宝吉身形一晃，跃到钦差马前。
　　"哎呀，欧阳德！贫道杀得眼花，竟然没发现他！"马道青错将怪客当成怪侠。赫连宝吉也不解释，抡起烟袋，横扫恶道。恶道见他招法精奇，怎敢再战？于是仓皇逃窜，跑出山口。怪客叫道："唔呀，哪里走！"他虚张声势，却不敢移动，眼睁睁让恶道逃走。
　　"好险，"彭公说道，"幸亏赫连壮士在此，否则，本官性命休矣。"

"这都是黄大侠的安排。"

这时,战斗已进入尾声,官军大获全胜。黄三太先到山寨察看了一遍,又将彭钦差请上青剑岭。傍晚时分,怪侠欧阳德也回来了。他把马德赖坠崖之事一一禀明,又将洋奸尸体呈上。钦差大悦,摆宴庆功。

一连十天,清查战果。青剑岭两名首犯均已身亡。人头割下,泡入水银缸内,准备将来带往京师。山上原有十八名副寨主,除了二寨主九花娘桑玉薇,余下的十七名皆被列为重要从犯。其中:三寨主单峰驼黎君、十寨主铁笛仙柳敬、十八寨主一股烟陈温果三人死于阵前;七寨主五方太岁曹彪、八寨主无形鬼曹泰、十二寨主迫云太保魏国安、十五寨主春秋刀金景龙四人死于乱军之中;五寨主闪电神魔萧静、六寨主花斑豹楚北雄、九寨主镔铁塔孙宝元、十一寨主碧眼金蟾石涛、十三寨主小白猿侯文彩、十四寨主琴剑书生高广智六人被生擒活捉;四寨主小湘子龙大奎被淹死在南山沟神机营;总数加在一起,共为十四人。只有首席副寨主神机军师八卦仙人贾朝天、十六副寨主牡丹仙子白丽梅、十七副寨主桃花仙子白丽菊三人逃跑,不知去向。对山中头目、喽啰的死伤人数,无法一一细查,交广西提督萨布素日后处理。至于下五门群寇,早已逃得无影无踪。他们的姓名不注花名册,自然无法通缉。

官军之中,又有金刀太岁吕胜、勇金刚杜其明、落马川刘珍三人死于乱军。彭钦差无限伤感,将三人载入功劳簿,来日奏与天子。

山上的财产、粮草、马匹、衣物登记造册,全部查封。这些细情不必多说。诸事完毕,钦差率领群雄起驾还京。

六辆囚车木笼,押着六名副寨主,浩浩荡荡,朝东北方向开去。桂林府歇兵两日,又进湖南。这日来到陵零府,当地大小官员免不了参拜,招待。小蝎子武杰年轻好动,又厌烦官场规矩,他对徐胜笑道:"唔呀,徐大叔,让他们热闹去,你陪吾小人家上街溜溜,吾小人家请你喝酒。"

"真怪,公馆里要啥有啥,怎么还上街喝酒?"徐胜跟武杰关系密切,历来有求必应。二人来到街头,向行人问道:"借光,陵零府哪里最好玩?"

"二位往南走,过了潇水,便是回龙塔。那是我们陵零的宝地,好玩极了。"

"多谢。"他们走到回龙塔,景色果然壮观。这塔造于明朝嘉靖年间,高有十丈,外呈八角形,里边是空心,可拾级而上。塔上塔下游人众多。做买做卖,十分热闹。在回龙塔的东南方向,围着一伙人。中间坐着一个和尚。这和尚三十来岁,眉清目秀。他身边放着一堆大小不等的山石,有长有短,有圆有方。和尚笑道:"众位施主,小僧奉命在此化缘,请您多加关照。您若能施舍,小僧不但感激,而且还回赠一份纪念品,茶余酒后,供您一笑。"

"和尚,"有人问道,"你给什么纪念品,拿出来让我看看。"

"您想要什么,我就给什么。"

"口气不小。"好事者掏出二百钱,扔进箩筐。又道:"我想要这座回龙宝塔,你能给我吗?"

"容易。"和尚选出一块立石,又从怀里掏出了几把小刀,不言不语,低头抠了起来。只听"刷刷"声响,粉末飞扬,片刻之间,他竟把这块立石抠成一座小宝塔,形状跟真塔一模一样!然后双手捧起:"施主,宝塔敬献,您满意吗?"

"我,我……"那人二目发直,"和尚,你可真行,抠石头比抠木头还容易!"

武杰一笑,心想:骗人的玩意儿!这山石用药水泡酥了,又软又脆,当然好抠。吾何不跟他开个玩笑?主意拿定,取出半两银子,扔进箩筐:"和尚,给吾小人家也抠一个,不过,吾

得亲手选料。"

"随便,随便。"和尚并不在意。

武杰挑了几块山石,掂掂分量,又用力敲打了几下。山石都是纯正花岗岩,沉重坚硬,并无药水浸泡的痕迹。武杰心想:这和尚真狡猾,他怕被人识破,石头堆里半真半假。我拿这块真的给他抠,让他出点洋相:"和尚,就抠这块吧。"

"阿弥陀佛,这是一块圆石,很难抠成宝塔形,请施主换块立石吧。"

"别换,吾小人家不要宝塔,想要一尊人头像,就照吾的模样抠吧。"

"施主请坐在我的对面。"和尚看了看武杰,捧起圆石,抠了起来。这次更怪,他先不用刀,而用掌背砍平棱角。掌背好似铁锤,落在山石上,竟有火花爆出。武杰傻啦,连忙摇头:"您不必抠了,请问,您每天能化多少钱?"

"小僧化缘,全凭赏赐,最多时能化五两纹银。"

"收摊吧,我给您十两银子。"

"多谢施主。"和尚并不推辞。

"请问,您在哪座高山出家?法号怎么称呼?以掌击石,功力深奥,您是怎么练的?"

"阿弥陀佛,施主好奇心强,小僧不敢隐瞒。由此往南三十里,便是阳明山天台寺。小僧在那里出家,法号留清。我的恩师松岩和尚,外号'铁掌僧',以掌击石,为恩师所授。"

"您今日让吾大开眼界,想那松岩长老更是……"

"不,我师父不是长老,而是'首座'。"

"'首座'?什么叫'首座'?"

"施主对寺院的规矩不太清楚吧?我们僧家寺院,品位分明。由上而下共分十九级。第一级称做'长老',俗称'主持'。往下排列为:首座、维那、侍者、监寺、督导、知客、书记、提点、院主、藏文、阁主、浴主、化主、塔主、饭头、茶头、净头、菜头。其中,长老只有一位,乃德高望重的长者。我恩师是首座,排在二级。至于小僧,不过是个九级提点。"

"唔呀,闻所未闻呀。您这九级提点便能以掌击石,您那首座师父,想必抬脚踢山了!至于长老,恐怕是位活佛吧?"

"长老是我师祖,法号天目,"留清和尚很健谈,他见武杰给他十两银子,便滔滔不绝有问必答,"前不久,我师祖天目长老荣任峨眉派总门长。他老人家多少有点好大喜功,既任总门长,便想重修大殿,以示堂皇。可是,重修大殿费用很多,到哪里筹借?老人家说一不二,便派我们这些徒子徒孙四处化缘。我这人死要面子,白讨人家施舍,有点惭愧。为此才弄点小玩意儿,让您见笑了。"

"唔呀,您说得不对吧?据吾所知,峨眉派总门长是红莲长老,怎么变成你师爷天目长老了?"

"听您这话音,可能也是武林中人。您只知其一,不知其二。今年春天,红莲长老圆寂了。峨眉派在阳明山召开大会,选举天目长老为继任总门长。他是红莲长老的亲师弟,今年九十高龄,乃峨眉派第五代正宗传人。"

"原来如此。照您的说法,丐剑哈哈叟诸葛方应为天目长老的徒侄?"

"正是。您认识诸葛剑客吗?"

"他是我师爷。我师父叫欧阳德,人称怪侠。照此排辈,我得管您叫师叔了。"

"不敢当,不敢当。你就是小蝎子武杰吗?"

"您怎么知道?"

"哈哈,我不但知道你,还知道一个叫徐胜的,可惜没有见过。"

"师叔,我徐大叔也来了。"武杰把徐胜叫过来,相互指引。

其实，徐胜一直站在旁边，早已听清了他们的谈话。抱腕禀手："法师，在下正是徐胜。"

"哈哈，您可别叫我法师，还是叫我师兄吧。"

"此话怎讲？"徐胜疑惑起来。

"我有位叔伯师姑，本名东门金婵，道号白衣道姑，徐壮士一定认识吧？"

"认识，认识。还见过几面呢。"

"她老人家的二徒弟桑玉薇是我本家师妹，从玉薇而论，我不是你师兄吗？"

"您，您怎么知道此事？"徐胜脸面发红。

"别害羞呀。你们俗家之人，男婚女嫁乃是正理。徐壮士，你想见见玉薇吗？"

"她在哪？"徐胜心速加快。

"她就在天台寺。要想见她，请跟我去。"

"快走！"

"唔呀，"武杰笑道，"师叔，吾小人家也要去。前些日子，高楼山三剑会三僧，吾已见过师爷诸葛方。老祖红莲已经圆寂，吾再也见不到了。今日能见天目长老，也算拜拜老祖，不知他老人家能否接待。"

"天目长老白发童心，我们背后叫他'老小孩'。老人家最爱热闹，晚辈朝拜，他会乐得手舞足蹈。你只要多喊几声'老祖'，他便教你几手绝艺。"

"吾更得去了。"武杰连连催促。

三人离开回龙塔，南奔天台寺。途中，留清和尚边走边谈，讲述九花娘桑玉薇之事。

原来，天目长老荣任峨眉派总门长之后，曾经提出上三门"九剑客论剑"。后因少林派反对，撤销此举。为了通知诸葛方、皇甫松、东门金婵，天目长老曾亲往大楞山白衣院。当时，高楼山三剑会三僧刚刚结束，复姓三剑客返回白衣院，并将九花娘也传唤了出来。三剑客参见了总门长，又让九花娘跪拜师祖。高僧问过她的身世，摇头说道："这孩子年幼无知，你们千万不要难为她。"

"师叔放心，我只让她闭门思过。"

两天之后，高僧告辞。由于他是师叔，又是总门长，身份显贵。再加上九旬高龄，需人照料，为此，三剑客都要送他。高僧摆手："不必了，你们虽是晚辈，也都年过花甲，何况还是著名三剑客、峨眉派副门长，我岂肯让你们护送？如果不放心，就让那小徒孙女送我吧。这孩子身世好可怜，你们这些当师父、师伯的又过于严厉。还要搞什么'闭门思过'，用得着吗？让她跟我去阳明山天台寺吧，我教她几招武功，武功可以净化思想，她自然会痛改前非。过个三年二载，派她重新下山。那个徐胜若是有情等她，就成全他们两个。少男少女，儿女情长。你们三剑客已经耽误了青春，别让下一辈再学你们！"

"看您说的！"白衣道姑脸色发红，"老祖宗，人家都管您叫'老小孩'，您呀，总是宠着这帮徒子徒孙，让我们都不敢管徒弟了。"说罢，又对九花娘盼咐："玉薇，老祖宗满身绝艺，你若学来万分之一，这辈子就够用了。看来你福分不浅，还不磕头谢恩！"

"多谢师祖。"玉薇粉面含羞，眼圈发红。这日傍晚，她陪同师祖，回到天台寺。

天目长老是个急性子。次日清晨，他便叫来徒孙女，开始传授剑术。"我峨眉剑术，共分三等。初等叫做'舞剑'，必须全神贯注，讲究'快、狠、猛、急'四大章法，掌握要领，便可杀敌。中等叫做'醉剑'，似乎酒醉，讲究'摇、摆、伸、缩'四大章法，外貌松松垮垮，路数尽在其中。一旦掌握，十战九胜。高等叫做'睡剑'，最为难练。讲究'安、宁、平、静'四大章法。好比人在梦中，以不变应万变，招法千奇百怪，

无穷无尽。学会'睡剑'，可以纵横天下！"

"师祖所述，孙儿闻所未闻。"

"你师爷红莲长老有个毛病，他只重实际，而不重理论。代代相传，便形成你们那个支脉的风格。为了这件事，我们师兄弟没少吵嘴，怎奈他是师哥，我又不好深说。你师父号称'天下第一剑'，她的'醉剑'已达炉火纯青，可是'睡剑'却很难提高。为什么？就因为轻视理论！"天目长老是"老小孩"，说话不管不顾。桑玉薇听来，却感新奇："师祖，我练趟剑法，您看看是哪种？"说罢，练起剑来。才走了三五趟，长老笑道："停下吧，你剑法不错，属于初等'舞剑'。从现在起，我教你练习'醉剑'。至于'睡剑'，还得再等几年。"

"多谢师祖。"

"孩儿，'醉剑'共有一百单八套，最简单的叫做'醉八仙'，我练你看。"高僧接剑在手，银须飘散，袈裟飞扬：

　　醉八仙，剑法高，
　　铁拐先生有绝招。
　　洞宾架势玄中妙，
　　钟离仙翁把扇摇。
　　曹国舅，云板敲，
　　果老骑驴过小桥。
　　采和神笛风韵好，
　　湘子推篮献仙桃。
　　仙姑摆下八仙阵，
　　追魂夺命人难逃！

桑玉薇看得眼睛发直，寺中的徒子徒孙连声喝彩："老祖宗轻易不练剑，今天怎么啦？"

"你们还不知道呀？咱老祖宗要亲传小师妹剑术。"有个和尚专爱打听"小道消息"，他把九花娘的身世讲给诸人。从此，群僧对九花娘皆表同情，也都知道了徐胜的名字。

书归正传。留清和尚把徐胜、武杰领到阳明山天台寺，扭头吩咐："您二位在山门稍候，我去报告长老。"说罢，走进寺中。

"徐大叔，"武杰笑道，"从吾师娘那论，吾管九花娘叫姨，从您这论，吾得叫徐大婶，过一会儿她来了，吾怎么称呼？"

"你随便。"

二人正在说笑，忽听身旁有人喊道："无量天尊，冤家路窄，不料在此相遇，该为我兄长报仇了！"

"啊！"二人抬头一看，来者正是赤发灵官马道青！

恶道在青剑岭山口刺杀彭公时，被怪客赫连宝吉赶走。他贼心不死，总想寻杀武杰，替兄报仇。无巧不成书，今日游逛天台寺，恰与武杰相逢。仇人见面，分外眼红。拉出霹雳宝剑，狠狠落下。二人自知武功不敌，连忙躲闪。他们本想往寺里跑，可是恶道堵住寺门，左杀右砍，来势凶猛。在此紧要关头，忽听寺中喊道："马道青，休要无理，姑娘来也！"

"九花娘？你怎么会在天台寺？"恶道曾在高楼山协同九花娘作战，彼此熟悉，他先惊后喜，"快来帮我截杀仇人！"

"嘿嘿，是你的仇人，可不是我的仇人呀。"

"哼，水性杨花。也罢，看在你的分儿上，贫道不杀徐胜，只杀武杰。"

"有我在此，你谁也不能杀！"

"无量天尊，我就先杀你！"马道青心中有数：九花娘高于徐胜、武杰，却非自己对手。他挥动宝剑，扑面刺来。九花娘知道霹雳宝剑削铁如泥，不敢招架。忙将身躯晃晃摇摇，施展起刚刚学会的"醉八仙"，武杰惊叫："唔呀，吾徐大婶喝多了，徐大叔快去扶她！"

"嘻,这是怎么回事?"徐胜心急,便要上前。唯有马道青看出数路:"无量天尊,莫非这是'醉剑'吗?贫道只是听说,从未见过。"

"听说就好。"九花娘继续摇晃。徐胜见她神智清楚,停刀止步,一旁观望。只见九花娘摇晃之中,剑招紧凑,招招逼向马道青。马道青虽是宝刃,却碰不着人家,他节节败退,手忙脚乱。只打了五招,九花娘一剑"果老骑驴过小桥",便将马道青右臂斩断。武杰不失时机,上前一棍,结果了恶道性命。又连忙摘下剑鞘,宝剑还匣:"唔呀,徐大婶,这口宝剑削铜剁铁,您掌握之后,吾徐大叔更得服服帖帖了。"

"贫嘴!"九花娘接过霹雳剑,满心喜悦。暗想:师姐黄花有闪电剑,我有霹雳剑。将来二度下山,霹雳、闪电双剑联袂,势必称雄天下。

"玉薇,"徐胜拱手,"多谢救命之恩,你再晚来一步恶道就得势了。"

"徐胜,老祖让我请你进去,走吧。"

"唔呀,徐大婶好偏心,只请徐大叔,吾小人家怎么办?"

"你要再叫大婶,我宰了你!"九花娘半嗔半怒,将二人领到禅堂。

天目长老见徐胜一表人才、谈吐文雅,心中极为高兴。又叮咛他不要错待九花娘,将来比翼齐飞,为国效力。徐胜一一记住。武杰遵照留清和尚的嘱托,老祖长、老祖短,叫个不停。喜得老祖眉开眼笑:"小重孙子,你很懂礼节呀。"

"老祖,您可不懂礼节。吾徐大叔跟吾住在同屋,他夜夜长吁短叹,惦记吾徐大婶的安危。今天特意跑来会面,您却说个没完,不给人家留点机会。"

"哈哈,你小子机灵,老祖老糊涂了。玉薇呀,你把徐胜领下去吧,该说的话都交代清楚。我也别闲着,武杰,把你铁棍给我,老祖教你'丧门八棍'。"

单说九花娘把徐胜领到自己的闺房,二人情切切,意绵绵,相偎相依:"徐郎,大破青剑岭,你功劳不小。来日当官,切莫忘我。"

"若忘贤妻,天诛地灭。玉薇,今日小相会,我不敢久留。不知老祖何日放你下山,我来接你。"

"估计也得三年两载。"

"时间太长了。我随彭公进京交旨,不论做官不做官,公事完毕,我立即返回。哪怕长跪老祖面前,也得请他开恩,让他允许咱们即刻完婚。"

"以后再说吧。"

前庭,天目长老指点武杰练习"丧门八棍",怎奈时间仓促,只得画下草图,让他慢慢自学。天近傍晚,九花娘恋恋不舍,送二人下山。直到金殿封官,徐胜当了将军,重返天台寺,才算了结这段姻缘。后话暂且不提。

二人回到公馆,已近午夜。欧阳德、黄三太正在焦急,以为二人碰上意外。问明去向也倒欢喜。怪侠祝贺:"唔呀,这才叫有始有终。吾一直惦记两件事:一是马道青在世,对吾徒儿总是有威胁;二是九花娘下落不明,吾这媒人内心有愧。如今好了,两件事情都有了结果,吾老人家心安理得。"

次日清晨,继续上路,平平安安,到达京都。彭公盛夏出京,盛夏返回,来往恰好一年。

金殿交旨,康熙皇帝圣颜大悦:"彭爱卿,为国操劳,辛辛苦苦,朕心感激万分。你派快马送来的奏折及功劳簿,朕已连夜看过两遍。又与索亲王商议,应把武林侠义请到金殿,由朕钦加封赏。不知他们现在何处?"

"侠义英雄没有功名,不敢随便入朝,均在午门候旨,待臣去传他们上殿见驾。"彭公起身,将众侠义带到太和宝殿。

文武大臣列在两旁,他们见众侠义上殿,争相观看。果然人人威风,个个俊勇。当看到怪侠、怪客时,不由得暗笑:这二位六月穿皮袄,不怕热吗?

众侠义跪倒一片,山呼万岁。

"平身。各位壮士为国除奸,功高如同日月。朕今日相见,分外高兴。自古以来,赏功罚过,普天同理。听朕宣旨:第一,白起龙、马德赖为罪魁祸首,虽死不赦。速将人头悬挂午门,以示天下。七日之后,焚灰掩埋。第二,青剑岭三寨主黎君、四寨主龙大奎、七寨主曹彪、八寨主曹泰、十寨主柳敬、十二寨主甜国安、十五寨主金景龙、十八寨主陈温果,这八人为重要从犯,念其已死,既往不咎。五寨主萧静、六寨主楚北雄、九寨主孙宝元、十一寨主石涛、十三寨主侯文彩、十四寨主高广智,六人为重要从犯,明日午时验明正身,开刀问斩。首席副寨主贾朝天、十六副寨主白丽梅、十七副寨主白丽菊,三人为重要从犯,虽乱军逃走,立刻下达海捕公文,天下追缉。"康熙念到此处,稍稍迟疑:"彭爱卿,这里边怎么缺少第二副寨主呀?"

徐胜闻言颤抖,冒出一身冷汗。

"万岁,"彭公奏道,"按照花名册,青剑岭二寨主空缺。估计白起龙留给马德赖的,只是尚未填补。"

"原来如此。"康熙并不追究。他接着宣读:"礼部尚书彭朋晋升文华殿协理大学士,为候补阁员,兼管礼部。"

"谢主隆恩。"

"武林侠义焦振远、焦仁、焦义、焦礼、焦智、伍显、伍芳、伍捷、余光、贾信、李玉、方飞、卢云龙、张茂隆、万居兆、石斌、黑熊、吕胜、杜明、刘珍二十人为国捐躯,一律追赐为神武将军,享三品武职祭祀。若有后代,倍加抚恤,可来京袭职。"

"臣替死难烈士谢恩。"彭公再次跪拜。

"武林侠义高恒、杜奎、邱成、蔡庆、刘德太听旨。你五人年纪高迈,国家不忍再用。各赐黄金二十两,白银一千两,挂四品武职虚衔,回家颐养天年。"

五老正合心意,连忙谢恩。

"另有三员女将,不便在朝居官。黄花挂四品虚衔,胜玉环、刘云芳挂五品虚衔,赏赐同前。"

三女各自高兴,站立一旁。

"褚彪、杨香武、杜清、黄顺、焦信、贾亮、苏永禄、何路通、李俊、季全,该十人钦封五品守备,各赏银五百两;赫连宝吉、李七侯、高通海、余华、徐胜、武杰,该六人功高,钦封四品都司将军,各赏银千两;黄三太、欧阳德力擒二匪首,功劳最高。钦封三品游击将军,各赐白银两千两。诸爱卿更换官服,朕赐御宴庆功。钦此!"

欧阳德连忙拜见圣驾:"万岁,吾游荡惯了,不会当官呀。请万岁开恩免职。"

"唔呀,吾年纪太小,也不会当官。还得跟师父、师娘重新学艺呢!"武杰随声附和。

康熙笑道:"小壮士,谁是你师父、师娘?"

彭公连忙代奏。

"原来如此。男女二侠,由朕主婚。欧阳德辞职,照准。武杰挂职学艺,学成之后,殿前效力。钦赐男女二侠紫金牌两块,他们云游天下,各地官员必须盛情。引二侠发怒者,一律撤职。将来国家有事,尚望二侠听从召唤。来呀,速取宫绸十匹、御酒二十坛。再取两枝御制金花,朕与二侠亲自佩戴!"

这真是天大的殊荣,千古难逢!

有分教:

唯大英雄能本色,

独怪侠客任风流!